ESTRELAS ERRANTES

ESTRELAS ERRANTES
TOMMY ORANGE

Tradução de Bruna Miranda

Rocco

Título original
WANDERING STARS

Copyright © 2024 by Tommy Orange

Todos os direitos reservados.

Direitos para a língua portuguesa reservados
com exclusividade para o Brasil à
EDITORA ROCCO LTDA.
Rua Evaristo da Veiga, 65 – 11º andar
Passeio Corporate – Torre 1
20031-040 – Rio de Janeiro – RJ
Tel.: (21) 3525-2000 – Fax: (21) 3525-2001
rocco@rocco.com.br|www.rocco.com.br

Printed in Brazil/Impresso no Brasil

Preparação de originais
ANNA CLARA GONÇALVES

CIP-BRASIL. CATALOGAÇÃO NA PUBLICAÇÃO
SINDICATO NACIONAL DOS EDITORES DE LIVROS, RJ

O72e

    Orange, Tommy, 1982-
        Estrelas errantes / Tommy Orange ; tradução Bruna Miranda. - 1. ed. - Rio de Janeiro : Rocco, 2025.

    Tradução de: Wandering stars
    ISBN 978-65-5532-523-2
    ISBN 978-65-5595-330-5 (recurso eletrônico)

    1. Ficção americana. I. Miranda, Bruna. II. Título.

25-95978
        CDD: 813
        CDU: 82-3(73)

Meri Gleice Rodrigues de Souza - Bibliotecária - CRB-7/6439

Esta é uma obra de ficção. Nomes, personagens, lugares e incidentes são produtos da imaginação do autor ou foram usados de forma fictícia. Qualquer semelhança com pessoas reais, vivas ou não, acontecimentos ou localidades é mera coincidência.

Para todos sobrevivendo ou não a esta coisa chamada e não chamada de vício.

Prólogo

✦

> *Em uma comunidade nativa, eu sou batista,*
> *porque acredito em mergulhar os índios na nossa civilização e,*
> *quando estiverem no fundo, segurá-los lá até*
> *estarem imersos por completo.*
>
> — RICHARD HENRY PRATT

Havia as crianças e havia as crianças dos indígenas, porque os habitantes selvagens e impiedosos das terras americanas não faziam crianças, e sim lêndeas, e lêndeas viram piolhos; foi isso que disse o homem que quis fazer o massacre de Sand Creek parecer uma dedetização de insetos, quando setecentos homens bêbados desceram com canhões – e quando, quatro anos depois, quase no mesmo dia, no rio Washita, onde setecentos cavalos pertencentes a indígenas foram agrupados e mortos com tiros na cabeça.

Esse tipo de evento foi chamado de batalha e depois, às vezes, de massacre, naquela que foi a guerra mais longa dos Estados Unidos. Mais anos de luta contra indígenas do que como um estado-nação. Trezentos e treze. Depois de tanto matar, remover, espalhar e agrupar povos indígenas para realocá-los em reservas, e depois que a população de búfalos foi reduzida de cerca de trinta milhões para algumas centenas, seguindo a lógica de que "cada búfalo morto é um índio a menos", outra campanha teve início para resolver o problema com os nativos: "Mate o índio, salve o homem." Quando as Guerras Indígenas começaram a esfriar, e o roubo de terras e a soberania dos povos se tornaram algo burocrático, vieram atrás das crianças: forçando-as a irem para as escolas residenciais, onde morriam graças àquilo que chamavam de tuberculose enquanto passavam fome; isso quando não estavam sobrecarregadas com tarefas, sendo treinadas para trabalharem em plantações ou outras funções braçais, ou em servidão por contrato; quando não eram enterradas nos cemitérios infantis, em covas não identificadas ou em algum lugar entre a escola e suas casas – sem sepultamento, nunca encontradas, perdidas no tempo ou entre exílio e refúgio, entre escola, terras ancestrais, reserva e cidade; se suportassem a rotina de violência e estupro, se sobrevivessem, tivessem vidas, famílias e lares depois, teria sido apenas por um motivo: essas crianças indígenas tiveram que suportar muito mais do que deveriam.

 Mas antes das escolas residenciais, em 1875, um grupo de indígenas, sendo setenta e um homens e uma mulher, foi capturado como prisioneiro de guerra em Oklahoma e levado de trem para St. Augustine, na Flórida, onde ficou mantido em uma prisão-castelo com um formato de estrela – um forte-estrela. Era a construção de alvenaria mais antiga do país, a primeira colônia europeia nos Estados Unidos continental, construída às custas de indígenas sob o domínio espanhol no final do século XVII e feita de um tipo de calcário – conchas antigas que se transformaram em pedra. O forte, construído para proteger a rota de comércio do Atlântico, foi nomeado pelos espanhóis como Castillo de São Marcos, em homenagem a São Marcos, padroeiro de prisioneiros entre outras coisas. Uma vez que os Estados Unidos tomaram posse do território, o local passou a ser chamado de Forte Marion, em homenagem a Francis Marion, um herói de guerra que ganhou o apelido de Raposa do Pântano e era conhecido por estuprar seus escravizados e caçar indígenas por diversão.

Na época, o carcereiro Richard Henry Pratt ordenou que os indígenas usassem uniforme militar e tivessem seus cabelos cortados. Além disso, solicitou que recebessem livros de registro para desenhar. Um homem Cheyenne do Sul chamado Howling Wolf gostou da ideia porque costumava desenhar em couros de búfalo para contar histórias. Nos livros, ele desenhava o que via de longe e do alto. A visão de um pássaro. Isso não acontecia nos desenhos em couro. Foi apenas depois da longa viagem de trem de Oklahoma até a Flórida, com mãos e pés acorrentados, que Howling Wolf começou a desenhar a partir do ponto de vista dos pássaros. Entre os animais vertebrados, eles têm a melhor visão, são sagrados porque voam pelos céus e, com uma de suas penas e um pouco de fumaça, fazem com que as rezas cheguem a Deus.

Os indígenas podiam vender seus desenhos para brancos que vinham ver os prisioneiros dos povos Kiowa, Comanche, Cheyenne do Sul, Arapaho e Caddo; vê-los dançar e se vestir "como índios", observar aquela raça em extinção antes que fosse tarde demais e levar para casa um desenho, uma pedra do mar polida ou um arco e flecha, os chamados *curios*, como um suvenir de um parque de diversões ou um zoológico humano – que eram populares na época e geralmente incluíam indígenas. Desenhos de suas vidas, feitos por eles mesmos em folhas de registro de transações, eram vendidos como os primeiros exemplares de arte indígena. Pratt usou tal experiência na prisão-castelo como um guia à Escola Industrial Indígena de Carlisle, que abriu um ano depois de os prisioneiros serem libertados.

A partir de 1879, pais indígenas foram incentivados, coagidos e ameaçados de encarceramento caso se recusassem a mandar os filhos à escola. Em um caso, pais Hopi no Arizona se recusaram a seguir aquela ordem e, por consequência, foram mandados para a Califórnia, onde passaram nove meses presos em Alcatraz. Lá, os prisioneiros tinham as roupas substituídas por uniformes militares e ouviam que ficariam ali até compreenderem, sem sombra de dúvida, que seus costumes eram malignos e, portanto, errados. Eles ficavam presos em caixas de madeira menores do que as celas da solitária construídas posteriormente para aquela famosa prisão draconiana. Durante o dia, eram obrigados a serrar grandes toras de madeira em pedaços menores, de maneira exaustiva e interminável. Quando foram libertados e levados de volta para o Arizona, continuaram a se opor que os filhos fossem enviados para a escola e voltaram a ser presos.

Alguns indígenas entenderam que seus filhos estavam sendo usados como reféns para incentivar o bom comportamento dos povos mais problemáticos. Outros foram forçados a deixar seus lares em algo que chamavam de cavalo de ferro, isto é, trens barulhentos cruzando terras desconhecidas, até uma escola onde as crianças eram expostas a doenças e fome, e ensinadas que tudo sobre ser indígena era errado. O envio de crianças indígenas à escola se tornou lei na mesma época em que a medicina, as cerimônias, os costumes e rituais indígenas foram proibidos.

Em Carlisle, eles eram ensinados que deveriam se tornar "índios de Carlisle". Uma nova etnia que misturava várias outras sem pertencer, ao mesmo tempo, a nenhuma, apenas à escola, que era propriedade do governo dos Estados Unidos e por este financiada.

Assim que chegavam à escola, os cabelos compridos eram cortados. As crianças eram privadas de suas roupas e recebiam novos nomes com os uniformes, o que era o mesmo que dizer que já eram soldados em uma guerra. Todos os dias, recebiam treinamentos militares e marchavam como se estivessem lutando contra si mesmas em batalhas diárias que aconteciam primeiro de fora para dentro, e depois de dentro para fora, como uma doença. No começo, se falassem inglês em vez de seus idiomas nativos, eram recompensadas, mas esse não era o único incentivo para abolir tais hábitos. Espancamentos, encarceramento e várias outras formas de abuso viraram rotina. Para ser salvo, era necessário matar tudo o que havia de indígena na própria identidade. Tempos depois, estimou-se que as crianças indígenas nessas escolas tinham a mesma probabilidade de morrer que os soldados nas duas guerras mundiais.

Todas elas, que eram crianças "índias", nunca deixaram de ser crianças indígenas, e não tiveram lêndeas, e sim crianças indígenas, cujas crianças indígenas tiveram outras crianças "índias", cujas crianças indígenas se tornaram "indígenas americanas", cujas crianças "indígenas americanas" passaram a ser chamadas de indígenas, cujas crianças indígenas se chamariam de nativos, ou NDNS (Native Indians), ou os nomes de suas nações, ou dos povos, e com frequência não eram consideradas "índias de verdade" por vários americanos que aprenderam a vida inteira que os únicos "índios de verdade" eram aqueles de antigamente, lá do Dia de Ação de Graças, que amavam os peregrinos mais do que tudo.

Havia escolas residenciais como Carlisle espalhadas por todo o país que, por quase cem anos, operaram sob os mesmos princípios. Por décadas, a taxa de pessoas indígenas que abandonam a vida escolar tem sido uma das mais altas do país. Hoje, é o dobro da média nacional.

Para se tornar um não indígena, como ensinado em Carlisle, era preciso "matar o índio para salvar o homem", como dizia o próprio fundador, o que significava que as crianças indígenas precisavam morrer.

Cuidado com o homem que não fala e o cachorro que não late.

— PROVÉRBIO CHEYENNE

O chamado Massacre de Sand Creek ou de Chivington, apesar de alguns detalhes mais questionáveis, foi, no geral, um ato tão justo e benéfico quanto outros que aconteceram na fronteira.

— THEODORE ROOSEVELT

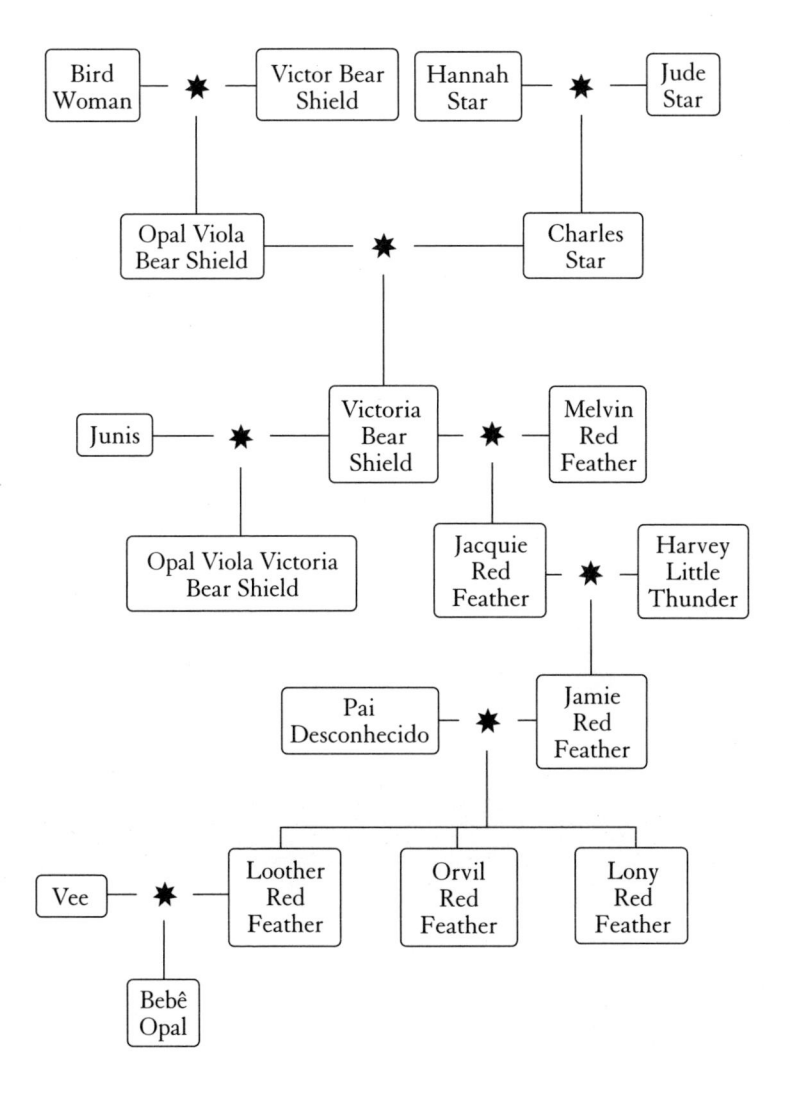

```
Bird Woman ─★─ Victor Bear Shield        Hannah Star ─★─ Jude Star
              │                                        │
        Opal Viola Bear Shield ──────★────── Charles Star
                                   │
                          Victoria Bear Shield
Junis ─★─────────────────────┤         │─────★─── Melvin Red Feather
       │                                              │
  Opal Viola Victoria                          Jacquie Red Feather ─★─ Harvey Little Thunder
     Bear Shield                                              │
                              Pai Desconhecido ─★─ Jamie Red Feather
                                                 │
            ┌────────────────────────┼────────────────────────┐
Vee ─★─ Loother Red Feather    Orvil Red Feather         Lony Red Feather
       │
    Bebê Opal
```

PARTE UM

✳

Antes

1924

Jude Star ✺ *Inverno*

CAPÍTULO UM

✹

Jovens fantasmas

Pensei ter ouvido pássaros cantarem naquela manhã antes de o sol nascer, depois de me levantar afoito, assustado com homens tão brancos que pareciam azuis. Eu vinha sonhando com homens azuis com respirações azuis, e o canto dos pássaros era o rangido de rodas, os obuses se aproximando do nosso acampamento ao amanhecer.

Os pesadelos começaram algumas semanas antes daquela manhã, então eu comecei a dormir com minha avó, Spotted Hawk. Ela rezava por mim antes de eu me deitar, soprava fumaça do tabaco que fumava enrolado em uma casca de milho e cantava uma canção que acalmava minha respiração e fazia minhas pálpebras pesarem.

Dentro da tipi, achei que era um trovão, ou um búfalo, então vi a luz roxo-alaranjada do amanhecer entrar pelos buracos de bala na tenda.

As pessoas lá fora corriam ou morriam quando eram pegas correndo.

Pensando bem, tudo o que aconteceu antes de Sand Creek parecia ser a lembrança de outra pessoa, alguém que eu conhecia, assim como eu conhecia o sorriso perfeito da minha mãe, o sorriso torto do meu pai, o jeito como os dois olhavam para o chão quando se sentiam orgulhosos de mim ou como brigavam comigo quando eu os irritava; o jeito que meus irmãos e minhas irmãs me provocavam por causa das minhas orelhas grandes e puxavam os lóbulos, ou como faziam cócegas nas minhas costelas, me fazendo rir até quase chorar, daquele jeito que odeio e amo e odeio. Nosso acampamento com nossos animais e as grandes fogueiras que fazíamos, os rios e riachos onde brincávamos no verão ou evitávamos no inverno; as caçadas para as quais eu via os mais velhos se prepararem, como eles voltavam rindo, despreocupados, aliviados por ter comida para todos, e depois faziam uma fogueira, rezavam e cantavam honrando o animal e Maheo, nosso Criador.

Tudo o que aconteceu antes em Sand Creek foi engolido pelo solo, mergulhado naquela quietude singular de terra e morte.

Enquanto o massacre acontecia, entre balas e gritos e corpos caindo, Spotted Hawk empurrou um rapaz na minha direção, como se dissesse: Leve-o também. Eu era uma criança na época, não passava de um menino. O garoto que minha avó empurrou para mim tinha sardas ao redor dos olhos que pareciam manchas de sangue. Ter sardas em geral significava que os brancos tinham se envolvido intimamente com um dos nossos, feito alguma bagunça. Uma vez, um dos meus tios foi morto bem na minha frente; um homem branco qualquer atrás de vingança atirou na nuca dele, e o sangue que manchou o rosto de Spotted Hawk parecia com as sardas daquele menino, o menino com as bochechas cheias como se estivesse acumulando saliva, como se estivesse com medo de engolir.

Como sempre, a expressão dela não demonstrou o que sentia. Spotted Hawk apontou com a cabeça para uma égua e, depois que montamos, bateu no animal e seguimos caminho. Quando olhei para trás, vi o corpo de Spotted Hawk cair. Nunca vou saber se foi por causa de uma bala, para se proteger ou se fingir de morta. Eu sabia que as aranhas faziam isso, vi uma preta com marcas vermelhas de barriga para o alto, fingindo-se de morta. Eu me escondi e esperei, esperei e a observei voltar à vida pouco antes de eu pisar nela. Anos depois, na Flórida, quando vi uma ampulheta pela primeira vez e entendi que o tempo era a areia caindo pela estreita passagem de vidro, lembrei-me da marca da aranha e de que há jeitos de se fingir de morto e então voltar à vida.

Um cachorro conseguiu nos seguir. Era todo preto com uma mancha branca no peito, patas longas, pelo desgrenhado e olhos amarelos como o sol. Logo depois de ver o cachorro, senti uma pontada de dor e desmontei da égua, pensando ter sido mordido por algum bicho. Quando toquei minha lombar, encontrei uma ferida úmida. Vi o sangue e senti como se estivesse flutuando. Em seguida, tirei minha calça e amarrei ao redor do abdômen para estancar o sangue. O menino me ajudou a amarrar e depois fez o melhor que pôde para que eu montasse de novo na égua, já que eu estava fraco demais para montar sozinho. Dormi por um tempo depois disso e, quando acordei, já havia anoitecido.

Eu e o garoto nos aconchegamos em um monte de cobertores que minha avó conseguiu preparar para nós. De manhã, vimos que o cachorro estava dormindo entre nós dois. Ainda doía onde a bala me acertou, mas o sangramento havia parado. A perfuração não parecia profunda, então queria encontrar a bala com os dedos e tirá-la, se conseguisse.

Quando o sol se pôs de novo, ficou um frio cortante. Dormimos debaixo da égua.

Senti que minha avó tinha instruído o animal por meio da *reza*. A égua corria como se uma correnteza a levasse. Seguimos as velhas margens do rio, o vale seco, o massacre cada vez mais longe de nós, mas a lembrança dele ainda fresca na minha memória – eu ainda ouvia os barulhos, em alto e bom som. Nós passávamos por florestas e campos como jovens fantasmas.

Antes de nos deitarmos naquela noite, nos encaramos, em silêncio. Naquele momento, eu soube que não conseguiria falar mesmo se quisesse. Não conseguia dizer nada, tampouco sabia se algum dia já o fizera. Eu acreditava ter lembranças de dizer algo, só que, quanto mais o tempo passava, menos certeza eu tinha de que algum dia usei minha voz. Naquele momento, não sabia se o menino não falava pelo mesmo motivo ou se era porque ele já sabia que eu era uma das raras pessoas que não sabia falar.

"Até onde vamos?" Era o que o garoto parecia dizer com o queixo e os lábios apontando para o caminho que seguíamos.

"Até os soldados nos matarem", foi a minha resposta ao olhar ao redor e imitar alguém segurando um rifle, fechando um olho para mirar e então jogando minha cabeça para trás como se eu tivesse levado um tiro.

O garoto ergueu os punhos no ar.

"Vamos lutar dessa vez?", ele parecia dizer.

"Você acha que deveríamos ter ficado e lutado?", perguntei ao apontar com os lábios para o lado de onde viemos.

"Morrer teria sido melhor do que passar fome." O menino esfregou a barriga.

"O cachorro pode nos ajudar a durar mais", respondi, apontando para o animal e erguendo as sobrancelhas.

Ele olhou para baixo e balançou a cabeça, firme. Não. O cachorro, não.

Seguimos adiante por um bom tempo, deixando a égua nos guiar. Quando fiquei fraco demais para continuar acordado e o menino começou a choramingar, não pude mais ignorar a carne do cavalo que nos conduzia.

A noite de inverno chegou, então se eu fosse fazer aquilo, precisava fazer logo. Amarrei a égua em uma árvore com o nó cego que aprendi a usar para situações como aquela. Se fosse necessário comer carne de cavalo, era assim que se amarrava primeiro. Mas eu não matei a égua porque um potro saiu dela. Caiu de lado com um baque úmido e tentou se levantar sem sucesso. Então continuou deitado, imóvel. O menino só ficou observando, já sem conseguir continuar em pé, e se sentou, boquiaberto. O cachorro latiu enquanto a égua cutucava o filhote com o focinho. Eu me aproximei do potro para ver se estava vivo.

Várias perguntas surgiram naquele momento: *Se o potro estava morto, poderíamos comê-lo? Eu devia matar a mãe e comê-la também? Teríamos que lutar com o cachorro pela carne? E se lutássemos e matássemos o cachorro, deveríamos comê-lo também?* Eu estava faminto. O vento ficou mais forte e o cachorro veio correndo, mas tombou de repente, como se tivesse levado um tiro. Eu me virei para ver se havia balas voando, protegendo os olhos da poeira que subia do chão, o vento assobiando tão alto que eu mal conseguia ouvir qualquer coisa. A cabeça do menino estava entre os joelhos, e pensei tê-lo ouvido gritar, mas pode ter sido só o vento. Olhei para cima e vi uma nuvem fina cortando a lua. Havia uma luz escura descendo dela, caindo do céu como chuva. Corri até o garoto, puxei-o pelo braço e nos escondemos embaixo dos cobertores.

Na manhã seguinte, acordei e vi a égua ainda deitada, morta, e o cachorro parecia estar latindo, mas nenhum som saía de sua boca. Em seguida, ele começou a tossir e vomitar grama de um verde-vivo. Andei até a égua morta e procurei pelo potro, mas não o vi, assim como não encontrei qualquer sinal do seu nascimento. Ouvi dizer que mães comem filhotes natimortos e me perguntei se foi aquilo que ela fez, e se foi o que a matou.

Usei uma pedra para afiar um galho e fiz uma fogueira. Precisava agir rápido, antes que a carne estragasse. De imediato, comi metade do fígado da égua e entreguei o restante para o menino, que aceitou, faminto. Depois, cortei a carne de qualquer parte que conseguia mais facilmente. Ficamos ali, comendo aos poucos ao longo do dia, sem nos atrevermos a olhar para o que sobrou do animal quando terminamos.

Pela manhã, nossas bocas estavam manchadas de sangue quando fomos até o riacho. A água estava amarga. Não sei por quanto tempo andamos depois, até eu avistar um jovem em um cavalo preto. Era Bear Shield.

Bear Shield nos levou até um acampamento onde a mulher Cheyenne mais velha que já vi na vida disse para o menino assumir meu nome. Antes, eu me chamava Bird. Ela me deu um novo nome depois de apontar para o céu, quando a primeira estrela da noite apareceu, e em seguida para mim.

O cachorro ficou conosco por um tempo. No entanto, quando não havia mais o que caçar e a fome apertou, o animal – assim como vários outros – foi comido.

Apesar de eu nunca responder, Bear Shield gostava de conversar, e de conversar comigo; primeiro em Cheyenne e depois em inglês quando percebeu que eu não ia responder. Ele aprendeu inglês com o pai, que serviu como vigilante no Exército dos Estados Unidos por um tempo antes de deixar aquele trabalho e jurar fidelidade à Sociedade de Guerreiros Cheyenne, os soldados-cachorro.

Um dia, Bear Shield disse que deveríamos partir, para não morrermos no acampamento. Eu disse para o menino ficar com a anciã que trocou nossos nomes, e então Bear Shield e eu partimos na manhã seguinte, no cavalo dele.

Parecia que era sempre inverno. Às vezes, era como se o mundo tivesse acabado e nós estivéssemos esperando o próximo começar. Com frequência, eu parecia esperar que os barulhos da guerra recomeçassem, que a primeira luz do sol trouxesse consigo homens azuis que viriam nos matar e nos dispersar de novo, nos espalhar pela terra como se fôssemos búfalos – nos perseguir, nos fazer passar fome e nos cercar, como eu já tinha ouvido dizer que estavam fazendo com outros povos por aí. Nós vimos e comemos várias coisas estranhas na jornada em busca dos nossos, em busca de um lugar para ficar. Não havia para onde voltar, então vagávamos por aí. Caçamos e comemos coelhos, perus e cobras. Roubamos de carroças e acampamentos que encontrávamos no caminho, não importava se eram de brancos ou de outros indígenas, desde que soubéssemos que podíamos escapar ilesos. A fome parecia nos manter vivos enquanto também ameaçava nos matar. Não sei dizer onde estivemos durante aqueles anos porque nunca ficamos em um lugar só por muito tempo. Uma das primeiras coisas que roubei foi uma égua, e eu e o animal nunca nos demos bem. Ela não queria que eu a montasse, e não a culpo. Eu a soltei assim que achei outro cavalo para roubar. Viver daquele jeito não era um problema para mim, mas podia ser cansativo. Quando chegamos ao ponto em que tínhamos que machucar uns aos outros para nos manter seguros, percebi que algo precisava mudar.

 Sempre que ficávamos em um lugar por tempo o suficiente, Bear Shield montava seu tambor. Ele me ensinou como fazer um. Com couro, pedras, corda, um chifre para puxar a corda e esticar o couro e um pouco de água no fundo de uma chaleira de ferro. Deixávamos sete pedras no fundo do tambor para representar as sete estrelas no céu que pareciam rodear a lua. Nunca soube por que eles se chamavam de soldados-cachorro nem por que tínhamos aquela história sobre uma menina que deu à luz cachorros que viraram estrelas. Uma dificuldade de não conseguir falar é não poder fazer perguntas muito específicas, então só me restava aceitar a maioria das coisas que eu não entendia.

O som do tambor era alto, então sempre nos afastávamos para tocá-lo, indo até onde sabíamos que ninguém nos ouviria, perto da água, se possível. O som era profundo e triste, e eu tinha que ajustar o quanto queria esticar o couro para deixar o som mais nítido, para que não parecesse tanto que ele ia me levar consigo. Quando eu o deixava do jeito que queria e o tocava, parecia que alguma parte perdida de mim retornava. Então eu tocava sempre que podia. Às vezes, Bear Shield cantava junto, escolhendo algo que harmonizasse com o som do tambor, com meu ritmo. Eu não sabia se Bear Shield conhecia aquelas músicas ou se estava improvisando. Havia uma dor e um luto insuportáveis que nos acompanhava, aonde quer que fôssemos. Tanta fome e sofrimento, mas com o tambor e a cantoria entre nós, algo novo surgia. Nós batucávamos e cantávamos, e da música saía uma beleza esmagadora que deixava tudo mais leve.

O lugar onde passamos mais tempo foi perto de Forte Reno. Já estávamos bem cansados àquela altura e soubemos que podíamos nos entregar para as autoridades lá, e que teríamos abrigo e comida. Pouco depois de chegarmos, nos disseram que havia inúmeros crimes dos Cheyenne do Sul contra o Exército dos Estados Unidos, e um deles era um assassinato terrível de uma família chamada de Alemães, e nós iríamos pagar por esses crimes. Trinta e três de nós, inclusive eu, fomos levados para o Forte Sill, presos em correntes de aço, e depois colocados em um trem para a Flórida.

CAPÍTULO DOIS

Máscaras vivas

Passamos três anos em uma prisão-castelo como prisioneiros de guerra. Nosso carcereiro era um homem taciturno chamado Richard Henry Pratt. Ele estava sempre com os ombros curvados e olhando para o chão. Era severo e direto, com um nariz proeminente que se destacava no rosto como um monumento de pedra em uma colina qualquer. Gostávamos dele porque parecia bem-intencionado. E, apesar de se levar a sério demais às vezes, no começo ele nos fazia rir ao relatar que um Kiowa o vestiu dos pés à cabeça com sua indumentária e pintou seu rosto. Ele contava a história sem parar de rir, enquanto traduziam para o Cheyenne, e então ríamos com ele. Primeiro por educação, mas depois porque parecia ser engraçado – ou porque Pratt nos convenceu com sua risada de que foi engraçado como os indígenas o vestiram como um deles e pintaram seu rosto para honrá-lo com música e dança em frente a uma fogueira. Pouco tempo depois de ouvirmos a história, levaram nossos cobertores e roupas, nos deram uniformes militares e nos disseram que não podíamos mais nos vestir como indígenas. Ninguém riu nessa hora.

Os primeiros meses na prisão-castelo foram os mais difíceis. Muitos dos prisioneiros adoeceram. Alguns morreram. Dois se mataram, sem contar Gray Beard, que tentou se enforcar no trem e levou um tiro ao tentar fugir.

As paredes da prisão eram grudentas com algum tipo de mofo escuro e fedorento. Não estávamos acostumados com a umidade, com o ar tão denso e carregado como se o oceano tivesse se elevado – com uma camada quente dele assolando a terra.

Pratt queria melhorar as condições do local, pelo menos foi o que me disse um dia quando me puxou de lado para perguntar se eu queria aprender a fazer pão e me tornar padeiro. Falou que nos treinaria como soldados. Ensinaria disciplina e hierarquia. Nos daria armas para nos protegermos, e também ia nos manter limpos, uniformizados e disciplinados. Ele disse que ia nos transformar em lobos do Exército dos Estados Unidos. Quando ouvi isso, senti um calafrio.

Pratt cumpriu sua palavra. Havia uma chamada de manhã e toques de corneta, até um tribunal indígena que sentenciava os condenados a passarem um tempo nas masmorras da prisão-castelo. Depois do treinamento militar, veio a educação.

Eu aprendi a ler e escrever em inglês com a Bíblia. Tínhamos aulas na capela. Provavelmente teria aprendido mais rápido se conseguisse falar. Àquela altura, depois de todos aqueles anos com Bear Shield, eu já sabia bem inglês.

A Bíblia era estranha e, mesmo conhecendo as palavras, eu não entendia muita coisa. Os livros dentro do livro eram nomeados apenas com o primeiro nome dos autores, assim como o nome do Pratt era Richard. Se houvesse um livro de Richard, seria cheio de treinamentos militares. Fora a escola e a igreja, aquilo era tudo o que fazíamos – treinar para nos tornarmos soldados, vestidos como os homens que vimos dizimar nosso povo.

Não entendia por que a Bíblia fora escrita por tanta gente, mas eu gostava que não tivesse sido uma pessoa só. Havia beleza e sabedoria nisso, e fiz o possível para interpretar tudo o que parecia ter um significado, do mesmo jeito que fazia com alguns sonhos.

Passei muito tempo lendo os livros de Salmos e Provérbios, encontrei consolo em Jó e gostei de me sentir reconfortado pelas palavras de Isaías. *Ele me enviou para restaurar os contritos de coração, a proclamar a liberdade aos cativos e a abertura da prisão aos presos; a apregoar o ano aceitável do Senhor e o dia da vingança do nosso Deus; a consolar todos os tristes.* Aquela passagem parecia falar comigo. Algumas coisas que eu lia na Bíblia eram tão boas de ler que eu jamais negaria seu valor.

Também passei um bom tempo lendo o livro do Apocalipse. Parecia ter sido escrito sobre o que havia acontecido e o que estava acontecendo com meu povo. Havia um livro bem curto antes do último livro da Bíblia com um versículo que parecia viver em mim antes de chegar à Flórida, antes mesmo que eu soubesse o que era o mar. *Ondas impetuosas do mar, que escumam as suas mesmas abominações; estrelas errantes, para os quais está eternamente reservada a escuridão das trevas.*

Na segunda parte da Bíblia, o Novo Testamento, esse homem chamado Jesus lembrava algumas pessoas Cheyenne de quem ouvi falar, chefes e curandeiros que, com seus corações, guiavam as pessoas. E o nosso profeta Cheyenne, Sweet Medicine, não tinha nascido de uma virgem? E eu não tinha escutado histórias sobre usarem as costelas de um homem para criar mulheres? Então não havia nada nesse livro de Deus, a respeito de Jesus, que fosse uma grande novidade para mim. Sweet Medicine veio de uma virgem. Minha avó me contou que uma voz disse para uma mulher que uma raiz doce estava a caminho. Não havia um pai nessa história, apenas uma avó que criou Sweet Medicine depois que sua mãe o abandonou porque não havia um pai. Sweet

Medicine fazia milagres e ensinava ao povo Cheyenne como viver bem, assim como Jesus fez na Bíblia.

Por algum motivo que jamais vou entender, Pratt nos levou para uma ilha chamada Anastasia por uns dias. Acampamos e depois nos foi concedido um tempo para ficarmos uns com os outros. Voltamos para a ilha várias vezes e, sentindo a liberdade de não estarmos sendo observados, cantamos velhas canções e nos pintamos. Dançamos e nos lembramos. Pegamos botes e capturamos tubarões e jacarés, comemos suas carnes duras e polimos pedras do mar, fizemos acessórios, arcos e flechas, e desenhamos nos cadernos de registro que nos deram, então os vendemos para os brancos que vinham nos ver. Pessoas brancas sempre apareciam quando estávamos lá, bem como quando estávamos no trem e parávamos em Indiana a caminho da Flórida. Diziam que milhares iam lá para nos ver, "índios de verdade em Indiana", para ver a raça em extinção sendo levada para seu último cativeiro antes de desaparecer da história para sempre. Os brancos vinham de todas as partes para nos ver. E nós nos apresentávamos para eles.

Um dia, desafiaram Bear Shield a matar um touro usando um arco e flecha enquanto montava a cavalo. Aquele desafio tinha algo a ver com uma tradição espanhola de lutar contra um touro com uma capa e uma espada. Ele parecia tão grande em cima daquele cavalo que achei que ia cair, mas quando Bear Shield executou tudo com tanta rapidez e elegância, matando o touro com apenas uma flecha, fiquei orgulhoso por ele e mal pela criatura. Fiquei em pé ao lado do touro, que estava com a língua para fora, e pensei que alguém deveria colocá-la para dentro ou cortá-la para comer. Língua era boa para comer.

Aquela foi a primeira vez que nos apresentamos "como índios" para brancos. Alguns de nós dançaram, tocaram tambores e cantaram – pintados e com penas no corpo. Eu vi todos aqueles brancos se aglomerando ao redor com uma mistura estranha de nojo e assombro. Mais tarde, Pratt nos comparou com os Espetáculos de Faroeste do Buffalo Bill e disse que éramos "mais Buffalo Bill do que o próprio William Cody". Depois disso, tivemos mais apresentações. Interpretamos nós mesmos, fazendo parecer autêntico para demonstrar certa verossimilhança. Era como se nossa identidade estivesse à venda, e nós a vendíamos. Até eu dancei uma vez e fingi conhecer coisas que não conhecia. Não importava, os brancos não sabiam a diferença. Em certo momento, nem eu sabia mais distinguir, nenhum de nós sabia.

Pratt nos dava uma parte do dinheiro das apresentações, e eu ia para a cidade comprar mangas e ostras. Comprava papel, caneta e tinta, e cheguei a começar a escrever uma carta para casa, como alguns dos homens faziam; só então percebi que não tinha uma casa, ou para quem escrever, então comecei a fazer desenhos de cavalos para vendê-los quando tivesse oportunidade.

Depois de mais de um ano na prisão-castelo, logo quando estávamos começando a gostar da sensação de liberdade condicional, Bear Shield e alguns Kiowa planejaram uma fuga. Alguém contou a Pratt e fomos pegos antes de tentarmos. Eu não ajudei a planejar porque, com exceção de Bear Shield, todos achavam que eu era um idiota. Quando nos pegaram, Pratt nos fez marchar no pátio, apenas eu e Bear Shield, por horas, acorrentados, para nos amansar. Quando não conseguimos mais ficar em pé, Pratt trouxe agulhas e disse que medicina indígena era forte, mas que a medicina do homem branco era muito mais. Depois da injeção, fiquei mais e mais fraco até parecer que estava fora do meu corpo ou tudo virar um grande pesadelo. De repente, estava de volta a Sand Creek. Achei ter visto pernas finas e pretas descendo das nuvens, mas percebi que era apenas a chuva a distância. Com a visão de um pássaro, avistei os homens bêbados se aproximando do acampamento ao amanhecer. Havia algo ali, tão grande quanto uma montanha, pairando sobre toda a matança como se o que estivesse acontecendo fosse uma presa que a coisa caçou e estava se preparando para comer. Ao ver tudo de onde estava, do alto, parecia que meu povo estava sendo devorado pelas centenas de balas disparadas pelos obuses nas montanhas. Então, vi um homem vindo do leste e, assim que ele se aproximou, eu soube que era Jesus. Ele abriu os braços e me abraçou, levando-me para o alto, acima de algo a que eu não sabia que poderia ir, um lugar onde sobrevoávamos brevemente, uma pequena glória brilhante e cálida que fez eu me sentir mais leve do que jamais me sentiria.

Acordei nas masmorras da prisão-castelo. Meus lábios estavam rachados e eu estava com uma sede que nunca senti antes. Não pensava ou sonhava com Sand Creek havia anos; era algo guardado no fundo do meu ser. Em algum lugar dentro de mim, o Jesus do sonho permaneceu. Senti um amor por Jesus como se fosse minha família, meus ancestrais e as próximas gerações, tudo ao mesmo tempo.

Mais tarde, descobrimos que Pratt nos tirou do pátio em carrinhos de mão, achando que tínhamos morrido, e ficamos sumidos por três dias. Ele chamou aquilo de cerimônia e tentou fingir que tinha nos trazido de volta à vida, como Jesus fez com Lázaro na Bíblia.

Depois disso, não houve mais tentativas de fuga. De maneira suspeita, Pratt não demorou a confiar de novo em nós. Acho que ele acreditava nos próprios métodos e no poder da medicina do homem branco.

Comecei a imaginar o que faria, se pudesse, com Pratt ou com qualquer homem branco se não houvesse consequências; mesmo que houvesse, eu só precisava de uma chance, do momento certo para fazer o que fosse preciso para saciar a maldade que brotou em mim, me virando ao avesso para controlar toda a raiva, ódio e tristeza que eu engolia para conseguir sobreviver. Tentei controlar tudo. Lembrei-me de Jesus. E depois da agulha. Lembrei-me da dor aguda ao sentir o objeto me perfurar e, em seguida, senti a mesma dor nas minhas costas, onde fui atingido pela bala e ainda sentia uma saliência. Levando a mão até lá, senti algo proeminente, algo afiado. Lembrei-me do que Jesus disse sobre um camelo passar por uma agulha para entrar no Reino de Deus. Puxei aquela coisa e a senti deslizar para fora da minha pele. Não fazia ideia do que estava saindo do meu corpo, se não era uma agulha, com certeza não era um camelo. Quando finalmente saiu, antes que conseguisse ver direito o que era, eu desmaiei e, ao acordar depois, não encontrei nada.

Antes de nos libertarem da prisão-castelo, um homem veio medir nossas cabeças, fez moldes com um líquido branco para fazer máscaras de nós. Eram chamadas de máscaras vivas. O homem queria comparar as cabeças de pessoas indígenas e brancas. Achava que se as cabeças indígenas fossem menores, isso explicaria porque éramos selvagens. Fiquei paralisado enquanto derramavam o líquido branco sobre mim. Era frio, depois ficou quente e apertou meu rosto. Então parou e começou a rachar. Havia tubos no meu nariz para eu respirar. Eu me perguntei se aquelas máscaras vivas do homem eram a morte. Achei que estava sendo transformado em algo para a recordação dos brancos. Mas uma cabeça é algo vivo, um rosto se mexe e muda a todo instante, e, quando não consegui mover o meu, pensei que isso devia ser um tipo de morte, um tipo de conservação.

O homem disse que ia fazer uma máscara de Pratt também, e Pratt levou a mão ao peito, como se fosse uma grande honra. Quando tiraram o molde da minha cabeça, olhei e senti um orgulho. Lá estava eu. Ao terminarem todos os moldes, nenhuma das cabeças parecia menor do que a de Pratt. Na verdade, pareciam maiores. *Meça todas elas*, pensei. Meça todas aqui na nossa frente.

A libertação da prisão e a documentação para nos monitorar foi o que me levou a escolher o nome Jude. Alguns dos outros escolheram nomes de presidentes americanos famosos, um cara escolheu Richard Henry Pratt, o nome inteiro mesmo, e Bear Shield escolheu Victor por causa de um livro que ele leu chamado *Frankenstein*, sobre um monstro criado por um homem. Bear Shield me disse que a mulher que escreveu o livro sabia sobre os indígenas, que ela entendia tudo, mesmo lá longe onde morava. Ele falou que ser forçado a escolher um nome, como eles queriam que fizéssemos, ser forçado a se tornar o tipo de pessoa que eles queriam que nós fôssemos, era como o monstro daquela mulher, era exatamente o que o dr. Victor Frankenstein fez no livro dela. Por isso escolheu o nome Victor: ele era o homem criando o monstro ao concordar em aceitar aquele tipo de nome e viver a vida do jeito que homens brancos como Pratt ordenavam. Eu também li o livro e gostei de como o monstro aprendeu o idioma com o menino Felix, e me lembrei com muita clareza de uma cena do livro em que o monstro dizia ser difícil explicar o efeito que ler certos livros tinha sobre ele. Eu sentia o mesmo sobre ler, como era um hábito silencioso, como me tornei mais quieto, como tudo se encaixava e como isso fazia eu me aproximar da leitura e das palavras no papel, que pareciam tão altas em minha cabeça, quase como se as ouvisse enquanto lia – e, às vezes, era como se eu mesmo as pronunciasse.

Na hora de escolher meu nome, procurei algo na Bíblia. Não consegui decidir até chegar ao penúltimo livro e encontrar o seguinte versículo: *São nuvens sem água, carregadas pelo vento de um lado para o outro; árvores de outono, sem frutos; duas vezes mortas, arrancadas pela raiz.* Receber os novos nomes era como morrer de novo. E eu me senti como uma nuvem sem água. Sem frutos, arrancada pela raiz. Morta duas vezes. Tudo aquilo. Aquele era eu. O livro de Judas. Eu nem me lembrava de que o versículo seguinte foi o que me marcou ao lê-lo na primeira vez que li a Bíblia inteira, aquele versículo sobre estrelas errantes.

Meu sobrenome era Star, pelas estrelas, e Jude era meu primeiro nome.

No caminho de volta para Oklahoma, vi inúmeras carcaças de búfalos em pilhas tão altas quanto um homem adulto. Eu tinha ouvido falar sobre o que estava acontecendo. Eles chamavam de Guerra dos Búfalos. Tinha ouvido falar sobre o motivo de fazerem isso. Cada búfalo morto significava um indígena a menos. Mas ver os restos dos animais empilhados daquele jeito, e a quantidade de abutres e outras coisas ao redor de tanta morte, mexeu comigo, destruiu uma parte do que restava de mim. Apesar de não conseguir desviar os olhos, eu queria fechá-los para não ter que ver mais uma parte do velho mundo morta antes de ter chegado ao seu fim.

CAPÍTULO TRÊS

Um filho

Na Flórida, apesar de termos sido forçados a ir à igreja na prisão-
-castelo e a renunciar a nossos costumes, eu não me importava
com o que levavam embora ou com o fato de acharem que o que
eu cultuava antes era tão errado.

Eu nunca teria me chamado de cristão, mas o livro de Deus,
e até mesmo sua leitura, mexeu comigo, me fez acreditar na vida
tranquila para a qual eu nasci ou renasci depois do massacre.
Comecei a amá-lo e guardei para mim mesmo as suspeitas sobre
a Bíblia não ser mencionada na própria Bíblia. O livro e sua leitura pareciam uma parte muito importante dos ensinamentos,
mas não eram citados. O primeiro livro diz que a palavra estava
presente no começo da criação do mundo e que a palavra estava com Deus e que a palavra era Deus. Senti como se pudesse
passar a vida inteira lendo, aprendendo cada vez mais com as
palavras e com os livros.

Havia tantos outros livros de tantos outros tipos e autores
além da Bíblia e, por sorte, a esposa de Pratt, Anna Laura, nos
encorajava a ler para expandirmos nosso vocabulário. Ela nos deu
livros como *Moby Dick* e *Aventuras de Huckleberry Finn*, o livro
do monstro que Bear Shield adorava e o de poesia de um homem

chamado Walt Whitman, que acreditava ter escrito uma espécie de Bíblia chamada *Folhas de relva*, de que eu não gostei muito, mas sempre me lembrava da seguinte frase: "Isto não é um livro, quem o toca, toca um homem!" Eu comecei a pensar em livros como algo vivo. Como seres próprios, quer tenham sido escritos por várias pessoas, muitos anos antes, ou recentemente, por homens brancos velhos e desconhecidos. Para mim, parecia que os livros tinham vida própria, algo separado dos corpos e mentes que os criaram. Eu queria escrever um. Comecei a usar o papel do livro de registro onde desenhava para escrever rascunhos que pareciam tomar a forma de um livro.

Em Oklahoma, Jesus costumava aparecer em meus sonhos, sempre vestindo branco. Uma vez ele era um condutor de trem com uma barba longa feita de espinhos e uma coroa de rosas na cabeça. Tudo no sonho inteiro cheirava mal, em especial ele, ou o cheiro ruim vinha do próprio Jesus. Ele tinha cheiro de algo podre, cheiro de morte, como se seu corpo tivesse apodrecido durante os três dias em que esteve morto. Dessa vez, Jesus me levou para a cova dos leões, onde moravam cães ferozes que acreditavam ser leões, e me deixou ali com eles, rolando uma pedra para fechar a entrada da caverna. Em algum momento, eu me tornei um dos cães que acreditava ser um leão.

Eu vi que outros indígenas estavam se tornando cristãos, falando sobre Jesus e indo à igreja aos domingos. No começo, eu ia de vez em quando para os cultos só porque outros indígenas que eu conhecia também iam. Só para ver como ia me sentir ali. Mas quando comecei a beber muito, ir à igreja aos domingos se tornou algo essencial.

Comecei a beber compulsivamente por acaso, ou, se você acredita nas mesmas coisas que eu, por obra do destino. Eu tinha saído para cavalgar sem rumo – só para sentir o trotar do animal no meu peito e o ar contra o rosto se o vento soprasse ou se a égua começasse a correr – quando encontrei os restos de homens e carroças, alguns cavalos mortos e barris soltos. Parecia uma tentativa de roubo que deu errado ou algum acidente idiota. Um dos cavalos ainda estava vivo e a carroça estava boa o bastante para levar para casa, então foi o que fiz, mesmo sem saber o que havia nos barris.

Eles ficaram por um bom tempo no porão em que os coloquei, um lugar para onde você ia se houvesse um tornado na região. Eu continuei a trabalhar na fazenda e a cuidar dos animais o dia todo, do amanhecer ao anoitecer. Para ganhar a vida, como dizem. Desde que deixei a prisão-castelo e parti para Oklahoma, o objetivo sempre foi viver como um homem branco, a vida que Pratt queria para nós. Apesar de eu querer viver em Hampton ou estudar em uma universidade que me aceitasse, apesar de saber ler e escrever melhor do que os outros prisioneiros, eu não era considerado nada além de alguém digno de pena por não conseguir falar, infectado pelo silêncio, amaldiçoado com minha quietude.

Antes de receber minhas terras em 1887, fiz de tudo para cuidar do lugar que recebemos no nosso território em Oklahoma, um estado indígena que já havia sido saqueado demais para voltar a ser o que era antes. Passei anos trabalhando como lavrador subserviente para qualquer um que me aceitasse e me desse comida ou dinheiro, ou até mesmo nada – eu só queria estar perto de outros Cheyenne. Não tinha problema. Às vezes, era até bom. Lutar em grupo não era tão ruim quanto lutar sozinho.

Então consegui minha propriedade. Cento e sessenta acres é muita terra, o que pode ser muito solitário se você vive sozinho. Dali em diante, eu só dependia de mim mesmo para cultivar o que ia comer, trocar ou vender. Foi quando encontrei os barris.

Certa noite, pensei ter ouvido um barulho vindo do porão. Tinha alguns grãos armazenados lá e fiquei preocupado de algum animal ter invadido, então desci com uma lanterna para espantá-lo. Mas não havia animal algum. Eram os barris que pareciam fazer barulho. A luz da lua entrava pela porta antitempestade e senti o vento nas costas. Tentei abrir um dos barris, mas não consegui. Então tentei com uma pá. O cheiro que saiu dele quando o abri ardeu minhas narinas. Eu sabia o que era. Acho que sempre soube. Que outro tipo de bebida, já que eu sabia que havia um líquido ali dentro, homens tentariam roubar? Havia um balde e um copo no canto que eu usava para pegar água do poço. Mergulhei o copo no barril, tomei um gole e cuspi na hora. Porém, tentei de novo e me forcei a engolir. Depois, bebi mais um pouco. E mais. Muito mais. Queria ver o que aconteceria comigo. Já tinha ouvido falar sobre embriaguez, e certamente já tinha visto homens bêbados, tanto brancos quanto indígenas. Mas eu queria ver o que faria comigo, como seria me sentir daquele jeito. E não foi como imaginei. Nem um pouco. Tossi, me engasguei e, quando achei que ia vomitar, ouvi minha voz surgir. Começou com uma tosse e um engasgo, mas, quando a ouvi, tentei fazer com que continuasse vindo. Senti uma leveza, como se outro peso tivesse sido tirado do meu corpo, escondido em algum lugar que eu desconhecia e, por isso, não sabia como tirá-lo. Algum lugar dentro de mim que eu não conseguia encontrar porque não sabia onde procurar. Então pronunciei as seguintes palavras: *Não está no mapa. Lugares reais nunca estão em mapas.* Era de *Moby Dick*. Foi a primeira vez que falei inglês. Como consegui produzir aqueles sons, tendo apenas lido o idioma em minha mente? Tendo ficado sem voz por tanto tempo? Fiquei me perguntando se já havia falado antes. Quando acordei na manhã seguinte e ouvi os pássaros, percebi que podia falar. Eu tossi primeiro e me senti enjoado da bebedeira, mas falei, pronunciei meu próprio nome. Senti que minha voz estava cansada, como se eu tivesse passado a noite inteira falando comigo mesmo naquele abrigo em meio aos barris. Porém, naquele mesmo dia, na primeira oportunidade que tive de conversar com Bear Shield, ao visitá-lo, percebi que não conseguia falar, então voltei a fazer o que sempre fiz: ficar em silêncio ou, quando necessário, escrever uma pergunta ou resposta em um caderno que sempre tinha em mãos, se gestos ou acenos com a cabeça não fossem o suficiente.

Bebi outra vez naquela noite para tentar recriar o que acontecera. Não funcionou. A bebida virou um hábito noturno. Depois, um hábito matinal e noturno que logo comecei a ver como um problema. Por fim, se tornou um problema que eu sabia que não conseguia, nem queria, resolver.

Descobri que nos dias seguintes àqueles em que eu bebia mais do que o normal – em geral, aos sábados – eu sentia uma vontade maior de ouvir as pessoas falando sobre Deus. Esse sentimento de embriaguez prolongada fazia tudo parecer mais leve, leve e solto, como uma nuvem sem água sendo levada pelo vento. Eu deixava o sermão e as palavras ditas no culto significarem qualquer coisa que minha cabeça e meu coração quisessem, em meio a todo o resto, ainda bêbado, mas algo além disso.

A igreja mais próxima da minha terra era menonita. Ao deixar o culto mais cedo no domingo, vi um cavalo amarrado afastado dos demais. Era uma égua que me lembrava daquela que foi minha salvação do massacre. Troquei minha sela e peguei o animal, deixando meu cavalo no lugar, e desde então mantive distância dos menonitas porque eu tinha a intenção de ficar com a égua e cuidar dela como reparação pelo que fiz com a outra.

Dei a ela o nome de Church e a considerei minha segunda salvação. Tive a ideia por causa de Pratt, que falava que nosso tempo na prisão-castelo era nossa segunda chance e que, depois que passássemos pela parte difícil – a disciplina – e aprendêssemos a viver com o novo idioma, segurando na mão de Deus e aprendendo a viver como verdadeiros cristãos, com regras e disciplina, se sobrevivêssemos àquilo, teríamos nossa salvação e iríamos muito mais longe na vida do que jamais imaginaríamos. Eu não me importava tanto com o que Pratt achava que éramos capazes quanto com a ideia de uma segunda salvação. A ideia de que, se você conseguisse superar algo difícil, a recompensa seria maior, e que em algum lugar dentro de si havia a habilidade de continuar, mesmo quando parecia impossível seguir em frente. Algo como uma reserva de força e poder para continuar, que nos consumia em parte, mas não por completo, e que podíamos guardar parte de quem somos, escondida em algum lugar desconhecido até de nós mesmos, para quando mais precisássemos – acreditar naquilo parecia poderoso o suficiente para ser verdade.

Sempre que tinha a oportunidade de falar, de checar se tinha mesmo conseguido minha voz de volta e não apenas tido um sonho bêbado, não conseguia usá-la, não conseguia fazê-la sair. Foi assim até tudo mudar em uma manhã de domingo. Ouvi falar de uma igreja nova chamada Nova Igreja. Ouvi dizer que indígenas e brancos congregavam lá.

Do fundo da igreja lotada, vi uma mulher lá na frente. Não sei por que ela me chamou tanta atenção, mas tive a sensação de que precisava conhecê-la. Nunca tinha sentido aquilo por uma mulher antes. Seus braços estavam no ar, ela falava em um dialeto estranho. Seus braços subiam mais e mais enquanto o pastor gritava para todos louvarem ao Senhor, louvarem ao Senhor, mais e mais alto.

Havia outros indígenas lá também, nenhum que eu conhecesse, mas eles estavam concentrados, olhos fechados com força, as mãos abaixadas e abertas como se dissessem: "Estou aqui para ser levado por você."

Depois da igreja ouvi de um homem indígena mais velho que eles faziam milagres lá na frente. Pessoas eram curadas de várias coisas, falavam em línguas estranhas e comungavam com o Senhor. Decidi que iria lá na frente da próxima vez. Quando o dia chegou, ali estava a mulher de novo, duas pessoas depois de mim, que estavam orando por todos com mais afinco do que eu jamais tinha visto na vida, tocando nas testas das pessoas e gritando o nome de Jesus de um jeito que me causava calafrios. Quando o pastor chegou a mim, eu já sabia o que ia pedir, pelo que ia orar.

Então ele orou e as pessoas ao redor oraram para minha voz voltar. O pastor chegou até a tocar no meu pescoço e, quando o fez, eu gritei *Louvado seja o Senhor* e tossi tanto que me engasguei. Eu disse *Louvado seja o Senhor* com uma voz rouca, quase um sussurro, e todos, incluindo a mulher cuja atenção eu estava desesperado para ter, comemoraram gritando amém e aleluia.

Depois do culto, eu me aproximei dela. A mulher tinha uma bondade no olhar e um sorriso tímido que não conseguia disfarçar. Seu nome era Hannah e eu me apresentei como Jude Star. Seu rosto era coberto por sardas e ela era irlandesa, então tinha um sotaque que eu nunca ouvira. Hannah me viu a encarando e agiu como se não tivesse notado. Eu gostei de ela fazer aquilo e percebi que ela gostou de mim, talvez pelo milagre que todos presenciaram ali, eu falando pela primeira vez, mas achava que talvez ela gostasse de indígenas. Quando brancos gostavam de indígenas eles tinham certo olhar, uma mistura de fascínio, um tipo de magnetismo, ou pura curiosidade, como alguém vendo um cavalo pela primeira vez, maravilhado com a possível selvageria e poder à espreita.

Na minha casa, bebemos água e uísque na varanda e conversamos sobre nossos passados. Hannah morou com os Cherokee por alguns anos quando era criança depois que toda a sua família morreu em um incêndio logo após chegarem aos Estados Unidos. Foi encontrada em meio às cinzas sem nenhuma queimadura. Ela não sabia como fora possível. Eu lhe contei tudo que conseguia lembrar e, enquanto falava, parecia que podia dizer o mesmo sobre mim: perdido e encontrado nas cinzas de um incêndio americano.

No começo, não falamos sobre Jesus, o culto ou o fato de Hannah ter falado em línguas estranhas, nem sobre meu milagre. Mas continuamos voltando para a Nova Igreja juntos todo domingo, e nos casamos no mesmo ano.

Com frequência, eu sentia que tinha trapaceado para conseguir falar. E continuava trapaceando por causa da bebida e dos barris, que estavam acabando. Comecei a pensar em como conseguir mais. Ou garrafas quando os barris acabassem. Soube por Bear Shield que estavam contratando guardas na polícia da reserva, e de imediato gostei da ideia de ter um trabalho e ganhar um salário fixo porque eu sabia que poderia comprar a quantidade de álcool, que eu mais precisava do que apenas queria, e que sabia precisar cada vez mais. Eu sentia que precisava de mais. Por ter tido acesso àqueles barris por tanto tempo, nunca precisei avaliar quanto eu carecia, a quantidade que eu sentia que precisava, que fazia com que eu sentisse que era o bastante.

Hannah queria ter filhos, e eu não era exatamente contra, mas não tinha muita fé no futuro. Tentávamos várias vezes, mas não conseguíamos. Às vezes, eu me perguntava se estava fazendo certo. Às vezes, me perguntava se era por causa do álcool.

Ninguém nunca me disse como devia ser, qual devia ser a sensação quando estávamos fazendo a coisa que gerava bebês. Fazer um filho enquanto praticávamos aquele ato estranho que eu devia simplesmente saber como funcionava era tão bizarro que eu nem gostava de imaginar. Nós devíamos pensar em algo específico enquanto fazíamos? Mirar em alguma profundidade? Era como rezar? Hannah me disse que estávamos fazendo certo, e eu acreditei. Ela disse que precisávamos pedir a Deus e deixar que fosse feita a vontade Dele. Tudo estava nas mãos Dele.

O tempo passava e nenhuma criança chegava, e Hannah começou a ficar mais envolvida com a Nova Igreja, espalhando o evangelho por todo canto. Ela acreditava que aquele era seu propósito nesse mundo, pregar o evangelho, fazer com que o nome Dele fosse enunciado por todas as bocas e por todos os corações daqueles que não o conheciam. Ela começou a falar sobre a segunda vinda de Cristo. Sobre o fim do mundo. Foi como comecei a perdê-la. Eu sabia. Mas não a privei de nada. Fiquei quieto. Voltei para o silêncio que já me era tão familiar. Queria sentir o que ela parecia sentir na igreja, queria o amor de Deus, mas não conseguia encontrá-lo em meu coração. Apesar de orar antes de comer e agradecer por tudo o que tinha, não conseguia erguer as mãos para Deus aos domingos.

Bear Shield nos convidou para jantar e conversar sobre uma nova igreja que ele começou a frequentar, a igreja peiote. Hannah não conseguiu ir porque estava envolvida com assuntos da própria igreja, que se tornavam cada vez mais comuns para ela.

Na cozinha, Bear Shield me falou que havia um novo jeito de orar e adorar que estava se espalhando para além dos territórios indígenas e que foi trazido do México por aquele chefe Comanche, Quanah Parker. Eu tinha lido a respeito no jornal.

Parker aprendeu com os indígenas mexicanos. O jornal disse que *curanderas* o haviam curado por completo.

Bear Shield disse que a cerimônia se conectava com a terra onde crescia a planta medicinal, e que acontecia bem ali, debaixo de onde as varas de madeira de uma tipi se cruzavam. No final da cerimônia, você amanhecia mais leve e sua visão ficava mais nítida, e, como Bear Shield disse, apesar de as coisas estarem difíceis e continuarem assim, ele viu coisas naquela fogueira que lhe deram esperança de um futuro para os indígenas, a longo prazo. Ele disse que ouviu homens falando sobre rezar para as próximas sete gerações. Eu tinha dificuldade de imaginar a próxima.

"Naquela tipi, com aquele remédio, eles não conseguem tocar na gente", disse ele. "Os homens brancos temem tanto nossa esperança que estão dispostos a nos matar por causa disso. Mas isso aqui, naquela tipi, fazemos ao anoitecer, ficamos acordados a noite toda, quando não conseguem nos ver ou ouvir, quando não podem nos impedir de ser quem sempre fomos. Lá, na tipi, com aquele remédio, e aqueles tambores, aquelas músicas, você se lembra", disse Bear Shield enquanto me encarava.

"Do quê?", perguntei.

"De como era antes", respondeu ele, e apontou com a cabeça por cima do meu ombro, referindo-se a nosso passado em comum com o tambor dos soldados-cachorro, depois de Sand Creek, tantos anos atrás.

Bear Shield me disse que o remédio o ajudou a deixar de lado tudo a que não queria mais se prender. Eu queria me curar do mesmo jeito que ele parecia estar se curando, só que, mais do que isso, eu queria um filho. Não só porque Hannah desejava um, mas porque eu desejava ver o futuro em meu filho, o começo do futuro indígena manifestado. Eu queria um filho indígena, mesmo que fosse com uma mulher branca.

Hannah se recusou a ir comigo para a cerimônia do peiote. Disse que parecia coisa do demônio e não queria que eu fosse. Eu falei que Bear Shield afirmou que isso me ajudaria com a bebida, que sempre fora um problema. Ele disse que viu outros homens como eu nunca mais tocarem em uma garrafa depois da cerimônia.

Eu não conseguia acreditar no que acontecia ali, no que aquele remédio era capaz de fazer com as pessoas. A fogueira no meio da tipi queimava forte e brilhante, e eu me sentia atraído por ela. Quando olhei para cima, para o céu escuro entre as varas, as estrelas brilhavam intensamente a ponto de parecerem distintas. O brilho e o contraste encheram meus olhos com sua beleza, até que se tornaram um tipo de violência silenciosa e uma sensação de queda, como se tudo estivesse se despedaçando, como se houvesse um vidro entre mim e todo o resto. Foi quando vi um espelho e a imagem de um molde branco do meu rosto, como tinha visto as máscaras vivas, firme e morto e se aproximando de mim até quase cruzar o espelho e então parar, e a máscara viva se estilhaçando foi o que quebrou o espelho e todo o resto, tudo se transformando em cacos de vidro afiados, refletindo e despencando no ar.

Achei que fosse morrer e não me importei, parecia bom. Eu iria desaparecer, me dispersar pela terra, me tornar uma nuvem e voltar para casa. Eu ainda era Bird, sob todos os nomes, sob os nomes de tudo que eu fui ali, um lar no interior de tudo que um dia se pareceu como um lar para mim, um ser essencial e um coração pulsante, o tambor retumbante, uma canção que não pertence a ninguém.

A morte estava se misturando com meu sangue, surgindo lá de dentro. E então saiu. Nunca vomitei tanto na vida. Jatos verdes e marrons e cor de milho jorraram de mim até o chão da tipi.

Bear Shield cobriu tudo com terra e usou uma pá para levar até o lado de fora. O remédio cumpriu seu trabalho comigo e ainda não tinha acabado. Continuei vomitando a noite inteira e fiquei com tanto medo de algo que não me lembrava depois, algo escondido no fogo, com olhos, algo antigo que vivia embaixo de todo fogo. Pensei que tivesse enlouquecido, que tivesse vivido mil anos. E nunca mais quis voltar. Mas, em algum lugar, entre o vômito e o medo, eu orei e orei com todas as minhas forças. Eu orei para ter um filho.

E na primavera ele chegou. Aqueles primeiros anos foram os melhores e os de que me lembro com mais nitidez. Já não bebia mais e fui promovido a chefe de polícia. Gostava daquele cargo. Eu me sentia como tinha me sentido quando estávamos vigiando nós mesmos no alto dos muros da prisão-castelo, portando uma arma e vigiando o castelo, certificando-nos de que tudo seguia conforme o esperado. Controle. Era daquilo que eu precisava. Ordem. O problema começou quando os agentes nos disseram que íamos banir todas as cerimônias e rituais indígenas. Que tudo aquilo passaria a ser ilegal. Eu segui as ordens. Eu as cumpri até não poder mais.

CAPÍTULO QUATRO

※

Para outra vida

Eu estava fazendo pão na cozinha e contando ao meu filho, Charles, histórias da minha vida, tudo que aconteceu comigo antes de eu me tornar seu pai. Eu fazia um pão saboroso. Tinha gostado de ficar longe das paredes cheias de mofo do interior do castelo, longe dos outros prisioneiros, cozinhando, e continuava gostando. Você precisa se alimentar, mas também precisa de certa variedade, se possível. Nada muito complexo, só alguns pães com grãos às vezes, ou um pão com mais açúcar, ou pão frito no óleo, ou assado com queijo dentro. Só fui me interessar por pão depois que voltei para Oklahoma. O governo distribuía pouca comida nas reservas e uma das maiores porções era de farinha. Alguns indígenas jogavam essa farinha fora, deixando-a voar pelo ar como pólen, e davam o milho aos animais, como os brancos faziam. Mas pão dava para o gasto, e era possível fazer sopa ou ensopado com praticamente qualquer ingrediente e então molhar um pouco de pão. Assim a refeição virava algo diferente e, mesmo que apenas enquanto comia algo decente, esse pequeno conforto podia te ajudar a seguir em frente.

Era bom conversar com meu filho e comer o pão que eu fazia, ali em nossa cozinha, nossa terra, nossa casa. Eu tinha uma família e havia largado a bebida. Já tinha passado por muita coisa, quase morri vezes o suficiente para saber que quando você encontra algo bom, algo que não sabia que podia preenchê-lo, só então percebe o vazio que existia em você.

Comentei com Charles que havia uma história que meu pai costumava me contar sobre o povo Cheyenne ter surgido de um buraco na terra. Ele me perguntou a respeito e eu disse que não me lembrava e por fim falei que aquela era, na verdade, toda a história, e Charles riu.

Naquela época, estava começando a relembrar coisas de quando eu era criança. Lembrei-me de outra história sobre um pássaro aquático que mergulhou fundo na primeira água e puxou toda a terra e as pessoas lá do fundo. Lembrei-me também de uma que conta sobre como nosso povo veio das estrelas – aquele grande buraco lá no alto que joga os dias e as noites em todos nós. Disse a Charles que meu pai costumava me contar uma história sobre meu avô, sobre como os indígenas passaram a se esconder muito bem depois que perceberam que era o necessário para sobreviver, e que isso nem sempre significava se esconder fisicamente, sair de vista, mas podia também ser uma transformação. Contei a ele que meu avô fora caçado por soldados que o cercaram em um milharal. Então ele enrolou um pouco de tabaco em uma folha de milho, fumou e desapareceu. Meu pai pode ter contado algo legal para esconder o que de fato aconteceu. É provável que eles tenham matado meu avô no meio da plantação. Mas eu não achava que essas narrativas eram criadas para oferecer conforto. Eu acreditava no que meu pai me dizia. Histórias fazem mais do que confortar. Elas nos levam para longe e nos trazem de volta ainda melhor.

Charles me pediu para contar histórias sobre minha vida. Senti algo me inundar por dentro e emergir em meus olhos, então me virei de costas para ele. Estava pronto para lhe contar tudo. Percebi naquela hora que há muito tempo estava pronto para lhe contar tudo.

Charles disse que queria saber de tudo o que tinha acontecido comigo antes de ele nascer. Estava prestes a contar, mas ele disse que alguém o chamava e em seguida ouvimos uma batida na porta. Era a filha de Bear Shield, Opal. Ela era alguns anos mais velha do que Charles, mas eles eram amigos, então a visita não era estranha, já que a terra de Bear Shield não era longe dali. Opal não tinha vindo brincar, mas para me dizer que iam fazer uma cerimônia e que a mãe dela estava doente. Aquilo foi tudo o que a menina disse, mas eu já sabia do resto. A mulher já ficara doente antes. Há anos algo a estava consumindo por dentro. E estava piorando. Bear Shield a conheceu antes de ir para a prisão-castelo e eles se casaram quando ele voltou.

Opal falou que o pai lhe pediu para me dizer que estaria no mesmo lugar da reunião a que fui. Aquela.

Perto da igreja menonita morava um homem branco baixinho e muito gentil que permitia que os indígenas fizessem suas cerimônias nos fundos de sua propriedade, pouco depois dos algodoeiros. Bear Shield me disse, na manhã seguinte à minha primeira e única cerimônia, que tinha se tornado amigo do homem no correio e que a terra dele tinha sido garantida na Corrida por Terras de 1889, pelo irmão, também baixinho, que era um jóquei. Foi assim que ele ganhou aquela terra, não correndo a cavalo, mas com um camelo que encontrou vagando em um dos desertos do Texas, trazido da Arábia Saudita pelo Exército dos Estados Unidos durante a Guerra Civil e libertado quando a guerra acabou.

Soube de imediato que precisava participar da cerimônia. Mas eu também participei do processo de acabar com elas. Entrei em tipis no meio da noite e ajudei agentes a apagar fogueiras e prendi pessoas. Não ir, contudo, me parecia impossível, então eu fui.

Antes de ir para a cerimônia, Charles apareceu e me perguntou para onde eu estava indo. Vamos rezar pela mãe da Opal. Ela está doente, foi o que respondi. Charles me perguntou se podia vir. Eu disse que ele precisava ficar com a mãe e que deveria obedecê-la e ser um bom menino. E que voltaria antes do jantar no dia seguinte, antes do pôr do sol.

Tirei minha arma do coldre e chequei se estava carregada. Estava, sim, e havia mais balas no coldre de couro preso no meu cinto, onde eu costumava guardar tabaco.

No caminho, sobre a montaria, olhei para cima e vi um pássaro circulando, mas sempre que semicerrava os olhos para ver qual era a espécie, o sol fazia meus olhos lacrimejarem. A poeira da estrada no ar estava espessa e suave, quase uma nuvem macia e vermelho-alaranjada de terra rodopiando abaixo de nós.

Então, ela parou, indicando que não havia corrente ali, apenas grandes nuvens escuras sinalizando que uma tempestade de verão se aproximava – algo que meus joelhos me disseram naquela manhã enquanto esperava a água ferver no fogão e precisei me sentar. Meu corpo reagia ao clima.

Na maioria das vezes, quando olhava para o sol, o astro era apenas isso: o sol, brilhante, quente e normal, um círculo que percorria o céu e trazia consigo, todos os dias, a chance de ver tudo o que a noite fazia sumir; ver o mundo clarear de novo todos os dias era a coisa mais normal e maravilhosa do mundo. Mas, quando havia nuvens no céu e o sol aparecia em flashes, eu era pego desprevenido e, de repente, estava de volta à Flórida, diante daquele fotógrafo que ficou debaixo de um tecido preto com uma máquina para nos fotografar, a foto que ele tirou de nós quando chegamos à prisão-castelo, lado a lado com aquela tirada meses depois, de nós em uniformes militares e que apareceu no jornal local. Pratt queria mostrar às pessoas como os indígenas podiam ser moldados. Ele falou que eram fotos de antes e depois, para serem colocadas lado a lado. Como éramos e o que nos tornamos. O orgulho da civilização, dissera Pratt. Eu odiava meu semblante naquelas fotos. Nas duas.

Não havia muitas estradas na região de El Reno. Oklahoma era tão plano quanto o gesto Cheyenne da mão se movendo contra o peito para dizer: "Está tudo bem, piva." Mas não era bom que a terra se prolongasse tanto sem subidas e descidas, sem montanhas ou pontos de referência para você se localizar. E havia muitos cruzamentos, então uma curva errada podia levar para bem longe de onde você partiu e do seu destino. A égua parou em um deles e um vento quente soprou da estrada perpendicular à que eu estava. Pensei ter ouvido algo no vento, algo entre um assobio e uma voz.

Lá na frente, algo vinha na minha direção. Não sabia o que era. Eu não estava longe das terras do homem branco.

Já tinha visto muitas coisas estranhas na vida e nunca duvidava delas, fosse Jesus na masmorra de uma prisão-castelo ou búfalos empilhados por quilômetros passando pela janela de um trem, mas eu jamais poderia acreditar no que estava vendo. Aquilo eu não conseguia entender.

A égua recuou quando a coisa se aproximou de nós. Eu nem pensei em pegar minha arma, só puxei as rédeas para acalmar o animal. Lembrei-me de quando vi um pela primeira vez, o motivo de eu saber como era um camelo. O presépio na frente da catedral, em Santo Agostinho. Os três reis magos montados em camelos que seguiram uma estrela e levaram presentes para o bebê Jesus recém-nascido. Eu vi a recriação da cena no inverno após ter tido a visão de Jesus, depois que Pratt nos deu o remédio do homem branco que nos fez dormir.

Eu e o camelo apenas nos encaramos na estrada, com fazendas de ambos os lados e a estrada entre nós e adiante. Havia uma vaca por perto nos observando. Eu olhei nos olhos do camelo, aqueles grandes olhos tristes com pálpebras grandes e pesadas. Ele parecia estar mastigando algo, mas eu não conseguia ver o que era. Então a vaca fez um barulho que o assustou, o que fez minha égua voltar a se agitar. Puxei as rédeas e, quando estávamos nos afastando, o animal cuspiu em mim, bem na minha cara. Ele soltou uma espécie de sibilo e cuspiu de novo. Eu limpei meu rosto para conseguir enxergar. Fiquei enojado. Quando abri os olhos, eu o vi correndo em nossa direção e a última coisa que me lembro de ver antes de bater com a cabeça no chão e o mundo girar foi o camelo correndo para longe com as roupas e os ossos brancos de um homem há muito tempo já morto e pendurado em seu lombo.

Quando acordei já era noite. Eu ia chegar atrasado. Mas estava perto. Conseguia ouvir o tambor tocando.

Ao me aproximar da tipi, depois de amarrar a égua em uma árvore mais distante, ouvi homens conversando e me escondi atrás de um arbusto. Dali, vi os policiais, dois deles pareciam prontos para entrar e interromper a cerimônia. Percebi que não empunhavam armas. Eu estava atrás deles e sabia que não podia hesitar, tinha que aproveitar a oportunidade, então me levantei e corri na direção deles com a minha pistola. Os dois se viraram quando me aproximei e consegui chutar um e derrubar o outro batendo na cabeça dele com a coronha da arma. Em seguida, chutei o queixo do que estava no chão antes que ele se levantasse. Agi rápido e corri até minha égua para pegar uma corda. Eu sabia que eles me reconheceram assim que me viram, que eu não podia simplesmente matá-los e deixar seus corpos ali nas terras de um homem branco. Então eu os amarrei e os coloquei nas costas da égua e atei os cavalos deles a ela. Eu sabia que o único jeito de não irem atrás de Bear Shield era se eu os levasse para longe, onde ninguém nunca mais veria os dois ou a mim. Eu ia dar um sumiço naqueles homens. Mas teria que sumir também. Para outra vida.

Antes de partir, parei para escutar os sons da tipi. Tive que inclinar a cabeça para ouvir melhor o que achei ter ouvido. Era a filha de Bear Shield. Ela estava cantando. As mulheres em geral não podiam cantar nem mesmo falar em cerimônias, exceto quando traziam água de manhã. Porém, uma vez Bear Shield me disse que não concordava com o que outros homens falavam sobre mulheres nas cerimônias. E lá estava ela, cantando em uma cerimônia para curar a própria mãe. Foi o som mais lindo que já ouvi.

Fui embora sabendo que não iria voltar. Teria que descobrir o que faria da vida depois do que quer que acontecesse quando aqueles homens despertassem, o que já começava a acontecer com as primeiras gotas gordas da chuva que caía.

*Richard Henry Pratt
e Charles Star* ※ *Primavera*

CAPÍTULO CINCO

※

Um completo lunático

Sentado no canto de sempre em sua varanda, Richard Henry Pratt semicerrou os olhos contra a luz do novo dia, fechando-os para o sol que brilhava entre os galhos por onde a luz passava. Quando os esfregou com os nós dos dedos, sentiu uma dor se prolongar, por cima e por baixo das pálpebras, e, apesar de fazer a dor piorar, ele não conseguia parar de apertar os olhos e repetir o movimento, como se estivesse cutucando uma ferida ou pressionando um hematoma. Pratt estava exercendo seu controle sobre a dor ao decidir quando e quanto sentia. Dores de cabeça como aquela estavam ficando cada vez mais comuns. A dor pulsava com a luz, os movimentos e os sons, e ficava alarmante quando ele se levantava ou se sentava.

Os pássaros estavam particularmente barulhentos naquela manhã, como se tivesse sido a primeira vez que o sol nasceu. Pratt olhou para o orvalho na grama e desceu para sentir o cheiro, mas não conseguiu inspirar o suficiente pelo nariz, então inalou com força e engoliu algo que o fez engasgar e tossir sem parar por vários minutos.

Houve uma época em que adorava ouvir o cantar dos pássaros pela manhã. Agora, não passava de barulho. Agora, o canto persistente do tordo com suas quatro notas, o zumbido agudo e firme da galinhola, e o pior de todos: a melodia rouca da rola-carpideira... tudo o fazia querer atirar neles, empalhá-los e colocá-los em sua lareira, tão silenciosos quanto os retratos de família que ficavam ali. Há muito Pratt queria comprar mais munição, por aquele exato motivo, mas nunca se lembrava de fazê-lo quando saía de casa. Além disso, a ideia de atirar nos pássaros e usá-los como decoração não era de Theodore Roosevelt? Sim, foi por isso que ele não comprou a munição quando esteve na cidade e o motivo de ter começado a odiar pássaros.

Ele precisava de mais financiamento para a escola e, em uma das várias cartas que mandou para o presidente Roosevelt, defendendo a causa dos índios e da instituição, tentou apelar para o amor do homem pela natureza, pelos pássaros, e sabia que Roosevelt estava, entre suas várias iniciativas conservadoras, tentando acabar com a produção de acessórios produzidos com penas para preservar e proteger pássaros raros e exóticos. Então Pratt perguntou em sua carta o que o presidente achava do uso de penas nos artefatos dos índios e se não acharia interessante que Pratt usasse as crianças para imbuir esse mesmo amor pelos pássaros em seus povos, para ajudar a protegê-los da extinção por algo que não podia ser nada além de um ato de vaidade, mesmo entre os índios, certo? Não havia nada mais fútil do que usar penas como acessórios, não é mesmo? Ele escreveu tudo aquilo e adicionou no final da carta um breve e modesto pedido por mais financiamento. Sem nenhum adendo, a resposta de Roosevelt para a carta e o pedido foi uma cópia de uma publicação sua de 1879 intitulada *Notas sobre alguns pássaros de Oyster Bay, Long Island*. Era um trabalho curto, nem chegava a ser um artigo, publicado quando Roosevelt estava em Harvard, reunindo anotações que fez sobre pássaros que vira e matara, próximo de onde morava, com passagens como a seguinte: "Um tiro, junho de 1876, em um matagal úmido. Quase explodiu em pedaços com o tiro, mas sobrou o bastante para identificá-lo."

Pratt guardou a publicação e uma cópia do jornal do dia em que o homem morreu. Por mais que o tenha desejado morto, não fez aquilo para se vangloriar do ocorrido. Parecia ser um pedaço da história. Assim como outro dia envolvendo Roosevelt, um que Pratt remoía sem parar – graças a todo o tempo livre que tinha com sua aposentadoria – e relembrava a época passada com os índios.

Ele sabia dos planos de Roosevelt de usar índios em seu desfile inaugural, mas só entendeu quantos foram usados quando leu sobre o caso no jornal. Foi pouco menos de um ano depois de Pratt ter sido forçado a antecipar sua aposentadoria, antes de a cantoria dos pássaros e a varanda se tornarem algo familiar, quando ele só via o fogo arder. Então as cinzas começaram a envolvê-lo, ou assim lhe parecia, como se um enorme e terrível vulcão tivesse entrado em erupção a quilômetros de distância. Pratt tentou jogar o jornal fora e, mesmo naquele momento, a gravidade ficou contra ele: o papel pairou no ar como uma pena.

Não foram os índios de Pratt, e sim os filhos de índios como American Horse, que estava lá no desfile, assim como Quanah Parker e até Geronimo, todos conduzindo os jovens "índios de Carlisle" em uma procissão que representava o progresso do país. Era Roosevelt quem estava à frente da imagem dos velhos e dos novos índios, o desenvolvimento representado em um desfile. Os velhos na frente usando artefatos e montados a cavalo, e os estudantes de cabelos curtos e uniformizados, marchando sem a selvageria de usar penas e montar em um animal. Ao redor do desfile estava a brigada de caubóis de Roosevelt, com seus chapéus de aba larga, lenços no pescoço e pistolas; todos celebravam o novo caubói à frente da nação. Teddy Roosevelt cavalgou com os Rough Riders como militar temporário na Guerra Hispano-Americana e escreveu sobre isso, como o escritor absurdamente prolífico que era, sobre como havia lutado com desbravadores do oeste, caubóis e índios. Às vezes, ele era chamado apenas de Rough Rider. Pratt odiava que Roosevelt tivesse publicado tanto, enquanto ele mesmo não havia publicado quase nada.

Os jornais o chamavam de lunático pelo que fez com os indígenas, pelo entusiasmo que tinha para recondicioná-los em Carlisle. Celebrar a conquista de Roosevelt em seu desfile exibindo os estudantes de Carlisle era a pior parte para Pratt, devido ao pouco interesse demonstrado por Bull Moose sempre que ele lhe perguntava sobre a causa. Então ver seu trabalho sendo usado daquela forma, levando os chefes mais famosos e mostrando as crianças indígenas se tornando homens e mulheres por meio da escola de Pratt e de tudo o que ele trabalhou a vida inteira para alcançar... Bom, era um soco no estômago. Era assim que ele gostava de definir os assuntos que julgava difíceis demais de lembrar. Pratt começou a usar aquela expressão enquanto lutava na Guerra Civil e viu pela primeira vez os estômagos rosados e ensanguentados de homens eviscerados e pensou: "Então é isso que está por trás de tudo, do que somos feitos. A essência de tudo."

Quando perguntaram a Roosevelt por que ele convidou os caubóis e os índios, por que convidou Geronimo, o famoso índio rebelde que matou tantos americanos, a resposta publicada no jornal foi simples: "Eu queria dar um belo espetáculo."

Sentado em sua varanda, Pratt cuspiu, cuspiu de novo e mais uma vez ao pensar em Roosevelt e naquele desfile. Não gostava de ver sua saliva ali. As manchas com bolhas faziam a terra parecer mais suja e ela não tirava o que Pratt precisava tirar de si. Ele cuspia por tudo que não aconteceu e que ficou dolorosamente ciente de que jamais aconteceria, tudo pelo que lutou tanto para alcançar: fazer o país entender o valor dos índios – não pela exposição, não para desfilar como Roosevelt fez em sua posse –, ou do próprio país, com a Constituição, a Declaração dos Direitos dos Cidadãos dos Estados Unidos, ou de todos os homens serem criados iguais. Cuspia porque, na verdade, ele não era muito diferente de Roosevelt. Pratt não queria reconhecer que eles eram parecidos, montando um espetáculo para, no fim, trocar poder por controle. Apesar de saber que aquilo era verdade, ele mantinha como um segredo que doía guardar, doía carregar, como tantas verdades não ditas que as pessoas sabiam que não queriam admitir sobre si mesmas.

Logo, ele era a imagem cuspida e escarrada do homem, não em aparência, mas com certeza pelo comportamento. As cuspidas eram pelo gosto amargo em sua boca por ter consciência disso. Eram para tirar o próprio gosto da boca. Ele sabia que não conseguiria. A saliva desceu errado, o que o fez tossir de novo, e, enquanto tossia, lembrou-se das fotos tiradas para o jornal quando estava estruturando Carlisle, e as fotos de antes, tiradas na prisão-castelo na Flórida, que ficavam lado a lado, o antes e o depois dos índios com seus cobertores e cabelos compridos à esquerda, e com cabelos curtos e uniformizados à direita. Estava mais para "antes e consequências". Havia algo tão terrível e real naquelas fotos, a verdade sobre o que Pratt fez com aqueles índios e como o fez do mesmo jeito que Roosevelt: pelo espetáculo.

Havia um hino sombrio dentro dele, uma canção nunca cantada porque permanecia dentro dele, e isso o incomodava, o deixava inquieto e o incitava a sair pelo mundo e fazer algo a respeito. A música chegou até ele por meio da mãe, que Pratt ouvia cantar de longe: em outros quartos, através das paredes e portas, às vezes do outro lado da rua como se estivesse em outra casa; como ela estava sempre longe, ele precisava inclinar a cabeça para ouvir e, sempre que o fazia, a música parava, anos após a morte dela, o lamento sombrio, mas isso era algo novo, algo que nascia e nem tinha chegado ainda à garganta dele. A música era desconhecida porque ninguém nunca tinha contemplado sua visão, seu plano para os índios. Todos aqueles anos aposentado e preso em casa sem ver seu plano se concretizar, aqueles sentimentos e aquela energia guardados lá no fundo criaram uma vida nova dentro dele; primeiro como se apodrecesse, depois como se florescesse, como um renascimento, a princípio como um ramo e então como algo lírico, mas ainda preso nele, assim como ele estava preso em casa, na varanda, esperando por algo que não sabia o que era.

Até que a resposta chegou em uma carta. Era de um aluno de Carlisle, mas não da época em que ele fora o diretor. Era de Charles Star, filho de um dos prisioneiros de Forte Marion. Star aparentemente virou Jude Star depois da prisão-castelo e teve um filho que estudou na escola de Pratt. Jude Star era mudo e Pratt atribuiu-lhe o cargo de padeiro. Ele se lembrava bem daquele índio. Charles Star queria saber se Pratt aceitaria dar uma entrevista caso algum dia fosse para a Califórnia. Ele estava escrevendo um livro que contava sobre a época que o pai passou em Forte Marion. O livro também falaria sobre Pratt. "Que tipo de livro seria?", perguntou-se em voz alta. Contudo, Pratt nunca mais iria para a Califórnia. A última vez que estivera lá fora com o time de futebol e há mais de vinte anos. Ele estava prestes a guardar a carta com as outras correspondências de índios que não sabia como responder. Tinha recebido inúmeras cartas deles, a maioria felizes, mas havia alguns descontentes também, ainda mais depois que mandou uma pesquisa de satisfação para todos que se formaram em Carlisle. Havia muito mais cartas respondidas. Pratt mantinha contato com seus amados e leais índios que entendiam a sabedoria e a natureza inevitável de seu papel como carcereiro e depois como superintendente. As cartas que não podia responder, que ele sabia que nunca responderia, iam para uma seção de seu arquivo chamada cartas mortas, e ele descobriu haver todo um departamento para esse tipo de missiva depois de tentar rastrear algumas que acreditava ter mandado para o endereço errado ou que esquecera de escrever o endereço do remetente – esses eram os critérios para uma carta morta.

Então viu uma carta que lhe deu um plano. Era um anúncio de São Francisco, sobre o nascimento do seu bisneto, outro Richard Henry Pratt; o filho de seu filho Mason, Richard Henry Pratt, teve um filho e ia batizá-lo de Richard Henry Pratt. Ele viu o endereço na carta de Charles Star e começou a dizer o nome da cidade em voz alta.

CAPÍTULO SEIS

Lá no fundo

As lembranças de Charles Star vão e voltam quando querem. São um espelho quebrado pelo qual ele só se vê em pedaços. Ele não sabe que acontece o mesmo com todos, com toda memória, que é um mapa sem pé nem cabeça para aqueles que se aventuram a rever suas vidas. É uma armadilha.

Ele se esqueceu de que havia coisas das quais tinha se esquecido de propósito. Foi assim que escondeu coisas de si mesmo. Charles suspeita que há algo ainda pior por trás das piores coisas que sabe que aconteceram com ele na escola: os cortes de cabelo, os esfregões e as marchas, as surras e a privação de comida, o confinamento e infinitos jeitos de envergonhá-lo por continuar a ser indígena apesar de todos os esforços para educá-lo, evangelizá-lo e civilizá-lo. Nem todos os professores. Nem todos os diretores. Ele até era ridicularizado por outras crianças indígenas por ter mãe branca.

Algo lá no fundo o incomodava, algo já esquecido. Mas o que seria? A vida toda ele soube que havia algo ali, mas nunca quis descobrir o que era. Deveria ser uma espécie de segredo guardado lá no fundo, bem no fundo, como já ouviu outros indígenas dizerem em orações ao falarem de uma época, de um passado não tão distante, quando a vida deles era mais fácil, quando as rezas não carregavam aqueles pedidos, aquelas súplicas, aquele *"por favor, Deus, tenha misericórdia de nós, já não sofremos o bastante?"* que se tornou tão comum para tantos indígenas no mundo, onde quer que os encontrasse: viajando de trem por todo o país depois de finalmente deixarem a escola, reunidos em tipis, vendo quão longe o peiote tinha chegado desde que fora trazido do México. Até aquele momento, na verdade, pelas cerimônias e pela forma como as pessoas falavam e rezavam, era como se o tivessem desde sempre.

Ele saiu da escola do mesmo jeito que alguém sai de uma guerra e por muito tempo não soube para onde ir. Em algum momento, sua jornada se transformou em encontrar o pai, que sumiu antes de ele ser mandado para Carlisle e era um dos motivos pelos quais foi enviado: porque seu pai desapareceu e sua mãe foi fazer trabalho missionário do outro lado do mundo, onde aquelas pobres almas nunca tinham ouvido falar de Jesus. E Charles Star não tinha ninguém além de sua amiga, Opal Bear Shield, que foi mandada à escola com ele e cujo pai a deixou pela mesma razão que a mãe de Charles: por Deus, para ir orar por outras pessoas.

Na primeira vez que fugiu da escola, ele não foi para lugar nenhum. Ficou por perto, escondido em um pomar e vivendo apenas de maçãs. Era verão, então o clima estava bom. Charles se escondeu nas árvores e observou a escola à distância. Viu quando saíram em busca dele e entendeu tudo melhor de longe.

Após alguns dias, depois de já ter comido tantas maçãs que temeu se tornar uma, ele se aproximou mais e mais, até enfim ser pego espiando pela janela do refeitório. Charles nem lembra qual foi a punição daquela primeira vez.

Uma de suas lembranças mais antigas é a de estar na igreja, chorando e esticando os braços para a mãe, pedindo a ela que o levantasse, pedindo a ela que o levantasse para que pudesse ver o homem lá na frente, pregando tão alto que praticamente gritava sobre o Deus Todo-Poderoso, o Salvador, Deus Pai. Charles vê que a mãe não olha em sua direção nem percebe suas mãos esticadas. Ela estava com as mãos erguidas também. Estava clamando para que Deus lhe desse forças. Olhava para a cruz na frente da igreja com dois Jesus, um virado para o público e o outro para o pastor branco e suado, com uma barriga que caía sobre o cinto feito uma língua inchada.

Na segunda vez que fugiu da escola, ele correu o máximo que conseguiu. Foi apenas algumas semanas depois da primeira fuga, então o clima ainda estava bom. Charles seguiu um riacho que o levou até um lago, onde nadou e conseguiu pegar um peixe com as próprias mãos, mas percebeu que não poderia cozinhar porque não havia uma fogueira e ele não sabia como fazer uma. Tinha levado maçãs, então as comeu de novo. Quando começou a anoitecer, Charles sentiu, pela primeira vez na vida, que algo o seguia, que estava sendo caçado. A sensação crescia à medida que a escuridão da noite caía. Ele decidiu que a melhor alternativa era ficar perto da água para poder pular e nadar se precisasse. Mergulhar e prender a respiração. Charles aprendeu a nadar cedo e o fazia sempre que podia. Nadava rápido e com certeza a coisa que o caçava não nadava tão bem porque nenhum bicho terrestre grande se dá bem na água, certo?

Naquela segunda vez, ele havia levado um cobertor e ficou debaixo dele na margem do lago, atento, esperando o sol nascer. Charles pensou ter visto um lobo com olhos amarelos o observando entre os arbustos, mas despertou assim que amanheceu. Voltou para Carlisle por vontade própria, de saco cheio de comer maçãs e com tanto medo do lobo que jurou nunca mais fugir, mas ele sabia que, tal como o menino da história que ouviu na escola, aquele de *O pastor mentiroso e o lobo*, apesar de prometer a si mesmo que nunca mais ia fugir, aquilo era mentira.

Agora mesmo, ele está tendo um sonho que não sabe que é um sonho, o que torna tudo real, embora isso o faça viajar pelos anos, o que é impossível. Charles acredita que é real e de fato é mesmo, mas apenas tanto quanto sua convicção de que está sendo seguido, uma convicção que carrega desde o lobo, uma certeza que o segue nos sonhos e na vida, e o pior: às vezes, ele acha que está seguindo a si próprio, que todas as suas ações são premeditadas e que é uma espécie de sombra, observando a si mesmo fazendo tudo depois de já ter acontecido, como um eco, apenas observando, apenas um barulho ecoando pelas paredes de um cânion, de onde ele gritou do vale pedindo ajuda.

Isso é culpa de sua infusão de morfina, de seu hábito, do láudano. Charles começou a chamar aquilo de remédio, apesar de já saber há muito tempo que não lhe fazia bem. Sonhos também são assim. Não são necessariamente bons ou ruins, só estranhos e específicos para parecerem verdade.

Ele está no trem. Viajando naquele cavalo de ferro, quase caindo no sono, ou prestes a acordar, de qualquer forma, certo de que não está sonhando, preso com correntes de ferro nos pulsos e tornozelos, as algemas apertando e cortando sua pele toda vez que o trem sacoleja. O sonho é composto pelas memórias de seu pai, das histórias que ele lhe contou em uma carta enviada ao pai de Opal e que a amiga lhe entregou, uma carta para Charles, que ele recebeu na escola e ficou presa em sua mente como uma música.

Quando o colocaram em um trem pela primeira vez para ir à escola, depois de sua mãe anunciar que ia fazer trabalho missionário algumas semanas depois de seu pai ter ido para uma cerimônia e nunca mais ter voltado, o rugido do trem era tão alto que Charles pensou ter algo saindo dos ouvidos, então pressionou as mãos contra as orelhas e tentou não pensar no cavalo de ferro que os carregava dentro de si – ele e Opal e as outras crianças – para um mundo de metal onde tudo era tão duro que não havia como não se tornar duro também e pesado demais para não os esmagar.

O trem ruge e sacoleja, seguindo o ritmo dos trilhos de metal que se esticam pelas margens dos rios que serpenteiam a terra e passam não por baixo, mas por dentro das montanhas, em túneis tão escuros que não é possível enxergar nada ao atravessá-los.

Quando a luz volta para o trem, Charles olha para baixo e vê a altura em que as pontas de seu cabelo tocam a corrente, observando as tranças balançarem. Ele vê as carcaças de búfalo do lado de fora, sem pele, os ossos empilhados por quilômetros, e à distância, como uma nuvem de tempestade se aproximando, havia centenas de abutres vindo se aproveitar dos restos. Era o fim de um mundo.

Ao sair de um túnel, Charles vê a luz refletir na lateral do trem, e então é ele e as crianças de novo, mas desta vez eles estão indo em direção à boca de uma criatura tão grande que ele não consegue vê-la por completo; seu corpo imenso se estende em todas as direções, como uma montanha com membros que se esticam para alcançar as janelas do trem pouco antes de serem engolidas novamente pelo breu.

Quando sai da escuridão, Charles ouve alguém gritar sobre terem chegado a Washington. Aquele nome representava o primeiro presidente e a própria nação; os índios deveriam aceitar, para seu próprio bem, o modo de vida do lugar. Assimilação era uma das palavras que usavam para falar dos indígenas que se tornavam pessoas brancas para sobreviver, para não serem assassinados por serem indígenas. O trem parou, mas as portas não se abriram. As crianças se foram e todos no trem são brancos.

Houve uma época em que todo homem branco era igual para ele. Quando deixou a escola e saiu para viajar o país de trem, além de conhecer vários outros povos indígenas em cerimônias, Charles conheceu mais tipos de homens brancos do que achava que existia. Havia os brancos americanos, claro, descendentes dos primeiros colonos ou às pessoas naquelas primeiras embarcações, os brancos menonitas alemães em Oklahoma, aquele branco escocês-irlandês que conheceu na primeira vez que viajou em um trem de carga. Eles se esconderam juntos e o homem compartilhou a comida estranha e pastosa que guardava em potes em sua mala, e Charles conheceu vários outros brancos nos trens, os brancos sem-teto chamados *hobos*. Já tinha ouvido a palavra ser usada para se referir a viajantes que estavam voltando para casa e a desabrigados, ou talvez tivesse algo a ver com Hoboken, em Nova Jersey. Havia os brancos suíço-italianos, e os brancos poloneses, os brancos franceses e os brancos das Ilhas Britânicas, brancos suíço-holandeses, e uma mistura de diferentes tipos de brancos com passados sórdidos ou nobres, dependendo de quem contava a história e do que eles queriam: passar o tempo ou pedir um favor. Charles gostava de alguns deles, das pessoas em si ou de suas histórias, e odiava outros. Ele queria saber se era ou não um desses brancos e como podia ser indígena, branco e também americano.

 Parece que todos nesse trem estão vestindo terno e chapéu. Ele sabe por que está aqui. Onde os viu antes. Charles está indo ver o homem homenageado no desfile. Ele estica a mão, sem pensar, e lá está ela: a arma em sua bota.

 Quando se aproxima da carruagem do presidente, Charles corre por trás de algumas crianças indígenas usando uniforme. Ele se esconde atrás dos indígenas pintados e montados a cavalo. É como se estivesse viajando pelos séculos para enfim matar o homem que está ostentando esse genocídio como uma vitória do progresso. Ao se aproximar da carruagem, Charles pula nas costas de um dos cavalos, mira na cabeça do homem e atira em seu rosto – pelo menos é isso que ele acredita quando vê o corpo cair daquele jeito que pessoas caem quando morrem, mas então o homem, com a cabeça ferida, se senta ereto e uma risada sai do buraco por onde a bala entrou.

Charles se revira na cadeira onde dormia. Sabe que está aqui, naquele cômodo. Só que a embriaguez pode ser mais forte do que o lugar onde ela acontece. O cômodo pode sumir. Você pode abrir espaço para guardar a bebida que está tomando. Ele está na cabana nos fundos do pomar, acabado como uma fruta que caiu no chão.

CAPÍTULO SETE

São Francisco

A viagem de trem é mais turbulenta do que Pratt se lembrava. Isso também é coisa da idade? Com a pele mais flácida e os ossos mais frágeis, valia se perguntar. Ele já andou tantas vezes de trem ao longo da vida, às vezes até em circunstâncias complicadas. No trem para Forte Marion em 1875, quando começou a lidar com os índios, Pratt precisou desamarrar um deles, o chamado Gray Beard, de uma forca improvisada, feita com roupas que aquele que um dia fora um grande chefe tinha atado no bagageiro. Pouco depois, Gray Beard foi morto a tiros ao tentar escapar. Por ordem de Pratt. Será que deveria ter deixado o coitado ir embora? Não era seu dever decidir qual seria o futuro daqueles índios. Não na época. Ele tinha que transportar os prisioneiros de guerra para a Flórida. Aquelas eram as ordens. Ele sempre seguia as ordens, certo?

A expressão *um meio para um fim* lhe vem à mente de súbito. Pratt foi forçado a se aposentar do Exército cerca de vinte anos atrás. Então, no final das contas, de que adiantou seguir as ordens?

A saúde dele nunca mais foi a mesma depois que a varíola deixou suas marcas. Pratt travara uma luta difícil enquanto estivera acometido pela doença que deixou cicatrizes, que ele levou pela vida inteira e que sempre o lembravam o quão perto chegara da morte, que um agente funerário veio tirar as medidas para seu caixão, e ele ouviu o pai dizer claramente ao homem que seu filho não ia morrer.

"Uma luta difícil" era uma frase que Pratt associava aos índios, mas que em algum momento passou a usar para si mesmo: viver era enfrentar dificuldades, e um bom ser humano as enfrentava com graça, mas para isso era necessário passar pelos obstáculos para então transcender tais desafios de forma significativa. Ele acreditava, no fundo do coração, que todos os índios eram humanos, que era apenas uma questão de oportunidades educacionais, disciplina militar, vigor e cristianismo fervoroso para ancorá-los e, assim como os homens que vieram formar o país, eles só precisavam carregar suas cruzes, atravessar o oceano da disciplina e dos bons modos e ultrapassar seu passado, assim como nadaram nas águas da Flórida perto da prisão-castelo havia tantos anos. Era como se fosse outra vida, eles se tornaram guardiões e prisioneiros das próprias prisões, sendo, ao mesmo tempo, guardas de uma prisão de verdade e homens que se protegiam contra os índios lá dentro e seus costumes. Era só isso que precisavam entender para começarem suas histórias do zero.

Pratt sai do trem com mais facilidade do que entrou. A maresia, a amplitude total, o vento e barulho daquele lugar, tudo o fez perder o fôlego ao desembarcar. Claro que não é Nova York. Em Nova York, você estava em uma Nova York dentro de outra Nova York assim que saía do trem. Não conseguia ver nada além da cidade. O céu desaparecia. Debaixo de tanta coisa, você olhava para cima e ficava tonto com a altura e com quanto tudo era apertado, mas isso aqui, isso é elegância, isso deixa seus olhos respirarem. Pratt cruza os braços para se proteger da brisa contínua.

Ele se sente mais cansado do que nunca. É uma exaustão absoluta, como se fosse algo terminal, como se fosse morrer caso não dormisse o quanto antes. Ao chegar à casa de Mason, ele ouve as crianças brincando no quintal assim que passa pela porta. Mason se deu bem na vida. Dá para ver pela qualidade da madeira do corrimão da escada. Pelos degraus de mármore. Marion também está aqui. Ela abraça Pratt com mais força do que ele gostaria. Em seguida, as crianças vêm correndo pela porta dos fundos, pisando firme. Um bebê chora e ele já sabe que é Richard Henry Pratt III. Eles colocam o recém-nascido em seus braços e parece que seu mundo dá cambalhotas. Pratt quer ser segurado como está segurando o bebê, só que por alguém mais firme, mais jovem, que consiga carregá-lo para onde ele quiser ir e alimentá-lo quando estiver com fome. Ele sorri para o bebê que parece ser a criatura mais feia que já viu na vida, o rosto vermelho e inchado enquanto chora, e sabe que o convidaram com boas intenções e porque sentiram sua falta. Ele está apenas tentando sobreviver à própria exaustão. Por fim, Mason diz para todos deixarem o homem ir até o quarto e descansar. Quando enfim chega ao quarto de hóspedes, Pratt se joga na cama e sente que dormiu antes mesmo de a cabeça tocar no travesseiro. Sonha com um terremoto que nunca acaba. Ele tem pensado muito nisso depois que leu uma história sobre o terremoto de 1905, supostamente causado após o cantor de ópera Enrico Caruso cantar a ária nos corredores do hotel onde estava hospedado. Achava uma idiotice conectar as duas coisas, mas gostava da história. O sonho só era memorável porque ele praticamente não teve a vida de seus sonhos, porque nunca se lembrava deles, ficava desconfortável quando as pessoas contavam seus sonhos para ele ou para outros, sentia que o mundo de lá, do outro lado do sono, não era confiável, ou que tinha sido feito apenas para crianças, mas ele entendeu, ao acordar naquela manhã lembrando-se do tempo que passou no mar, do tremor da terra, da forma como o fim do mundo fez as pessoas se aproximarem, fez com que esquecessem suas diferenças para sobreviverem ao grande terremoto, entendeu o apelo dos sonhos, a vida que estava desperdiçando. No sonho do terremoto que nunca acaba, o tremor não dá trégua nem descanso, que é como a vida é agora, um terremoto, e todos vão morar em barcos, vivendo na água, pescando e observando os prédios na terra se despedaçarem aos poucos até virarem pó.

CAPÍTULO OITO

✴

Nuca

Charles Star pula da cama e sai sem pensar em mais nada além da música em sua cabeça. A voz de Enrico Caruso cantando *Johnny, get your gun, get your gun, get your gun.* A canção permanece em sua mente enquanto sai da cabana, deixa a propriedade e vai para a rua.

A ideia de roubar lojas começou como uma piada de Opal. Eles estavam usando máscaras por causa da gripe espanhola. Charles disse que pareciam assaltantes de banco. Foi então que começou a pensar no assunto. Não podia viver o resto da vida na cabana do pomar. Roubar lojas seria algo temporário. O verdadeiro plano, o que contou a Opal, era economizar dinheiro para pegar um trem até o norte. Ele disse que ouviu falar de uma cidade onde indígenas eram respeitados. Ao contar a Opal sobre o lugar e o plano, disse que já tinha ido lá, assim ela acreditaria nele. Opal disse para Charles parar de mentir e isso os fez brigar ainda mais. Ele perdeu o controle, jogou uma lamparina no chão e Opal o acusou de tentar queimá-los vivos. Ele riu daquilo. Gostou daquilo. Da ideia de que poderia queimar os dois vivos. Opal lhe disse que era cruel rir daquele jeito e foi embora. Acabou para ele. Foi o que pensou ao apagar a pequena chama no canto da cabana. Graças ao amor deles, sua mente sempre se sentia mais leve pela manhã, quando ela saía para trabalhar antes de o sol nascer.

Charles está com sua máscara, mas não vai colocá-la até entrar na loja. Há anos que ninguém usava mais máscaras por todo lado, desde a gripe espanhola. Ele percebeu que preferia cobrir o rosto. Odeia seu rosto. As sardas. Charles as odeia. Parecem erros. Vinham da mãe dele. O nariz fino e o rosto redondo vinham do pai. Era mais fácil fingir ser branco quando estava de máscara. Ele estava de máscara quando conseguiu seu emprego e acreditava que o velho pensou se tratar de um homem branco quando o contratou para cuidar dos cavalos e do pomar. Ao sair, acena para o velho, que o vê, mas não o cumprimenta, só acende e fuma seu cachimbo.

Charles Star mantém a cabeça baixa, cuida da própria vida e usa todo o seu tempo livre para escrever. Mas seu plano de se tornar um escritor foi prejudicado por seu amor pelo láudano; ao se submeter àquele maldito deus do sonho na tintura, o antigo sonho de se tornar um escritor ficou tão em segundo plano que ele nem se lembrava mais.

Já tinha visto láudano ser vendido de mil jeitos diferentes. Como um elixir. Um xarope. Uma vez, viu ser chamado de médico de crianças pobres. Outra vez, fora recomendado para bebês cujos dentes estavam começando a aparecer. Os anúncios – tal como as músicas que não saíam de sua cabeça – o faziam acreditar em uma promessa clara porque a repetição soa como uma promessa. No começo, o láudano era nojento, depois ficou sem gosto, e então gerou uma espécie de calor, de conforto, de temperatura e emoção. Charles começou a amar a sensação e o gosto, assim como amava sua colher com o design floral no cabo e uma concha funda o suficiente para caber bastante líquido. A dor desvanecia como uma drenagem e uma completude ao mesmo tempo. Suas pálpebras curvas, iluminadas como uma lanterna, se fechavam até a metade dos olhos, e ele não se lembrava de nada. O sono vinha como uma pancada na cabeça. Quando você tenta enterrar, quando tenta acabar com as memórias, elas encontram um jeito de assombrá-lo.

Amanheceu, mas o céu ainda está escuro como a noite, a lua se esconde nas nuvens e uma chuva que parece que logo vai sumir ainda está caindo. O chapéu de Charles não protege sua nuca, a única parte que ele odeia que as gotas atinjam. Prefere não pensar de onde vem esse ódio. Aquela parte de seu corpo é extremamente sensível, e ele desconfia de que essa sensibilidade seja importante, algo sobre se conectar com sua cabeça, na qual boca, olhos e ouvidos se ligam com o restante corpo, que o leva aonde quer que deseje, como um cavalo. Charles mantém a lembrança afastada de seus pensamentos, e só se lembra quando algo como a chuva toca em sua nuca, o lugar em que pela primeira vez um homem o segurou, agarrando-o com tanta força que suas pernas cederam no chão do banheiro dos meninos em Carlisle. Essa era a lembrança que ele guardava inconscientemente, que vivia dentro de si, em um quarto abandonado.

A próxima loja que Charles decide roubar fica em North Oakland. É a Piggly Wiggly. Ele sempre odiou aquele nome. O velho atrás do balcão nem o percebe parado ali, de máscara, com uma arma na mão e segurando um saco, ainda sem anunciar o assalto. O homem inclinou a cabeça como se não estivesse entendendo. Ele está se fazendo de idiota. Charles só precisa aproximar a arma da cabeça dele.

"Vocês indígenas...", resmunga o homem enquanto coloca o dinheiro no saco de algodão. Charles gostou de ele o enxergar como indígena. "Por isso que vocês foram vencidos. Não respeitam a ordem. Um monte de animais selvagens", continua e tosse, e então começa a ter uma crise de tosse. Charles não sabe se o homem tem um problema crônico ou se está apenas tentando fazer barulho, tentando enrolar, depois ouve algo nos fundos da loja, não uma voz, e sim um estalo, como a articulação de alguém, talvez um joelho, seguido por mais barulhos, então gesticula com a arma para o velho se apressar.

"Deixe um velho tossir", diz ele enquanto tosse. "Ao menos seja um bandido decente." O homem sorri para si mesmo quando para de tossir.

"Chega", diz Charles, mas não sabe o que quer dizer com isso.

"Se alguém está planejando vir aqui, é melhor vir logo", diz o velho, e tenta puxar o saco de volta antes que Charles o pegue, mas é tarde demais. O homem agarra o nada, caindo de costas devido ao impulso e se chocando contra a pilha de bagunça atrás do balcão. Charles ouve o estouro do tiro antes que consiga pensar em alguma coisa. Ele consegue fugir da loja sem ser seguido, nem mesmo o velho o chama, com o saco de dinheiro na mão, satisfeito com o quanto estava pesado, antes de levar a outra mão para onde sente latejar, e encontra o buraco onde a bala entrou, de onde pequenos filetes de sangue escorrem, cobrindo sua mão.

No caminho de volta para casa Charles se sente tão zonzo que pensa estar flutuando. Pensa em Opal. Os dois não se veem há semanas. Ele sente saudades da voz dela. No fundo, no fundo, ele sabia, e parecia tomar consciência disso pela primeira vez naquele momento, que a voz dela era o som mais doce do mundo, não só pelo tom, ou por sempre ter sido paciente com ele, nunca a alterando para mostrar ressentimento, e sim pelo efeito de sua voz, assim como o efeito da água descendo pela garganta quando mais se precisa, para saciar o corpo que ficou seco por tempo demais, em meio a esse mundo inteiro sem doçura e insaciável, com todo esse ódio e desespero; Opal e seu amor por ele significavam mais do que Charles se permitira sentir até então, quando já era tarde demais, e ele não havia retribuído o sentimento. Não demonstrou o que sentia ou agiu de acordo com o sentimento e, ainda assim, apesar de conhecê-la a vida inteira e a considerar a pessoa mais verdadeira que já conheceu, justamente por isso, Charles não a merecia. A vida dela seria melhor sem ele, é nisso que pensa antes de a escuridão invadir sua visão, pouco antes de ver uma menina indígena correndo descalça no breu, como se estivesse em uma floresta, guiando-o para longe da dor da qual ele vinha fugindo havia tanto tempo.

CAPÍTULO NOVE

✳

Nenhum plano melhor

Pratt passou seu primeiro dia em São Francisco se curando de um resfriado. Ele deveria se encontrar com Charles Star no dia seguinte. Era fim de tarde. Por que fica mais preocupado à medida que se aproxima dos fundos do pomar? Por que toca na lateral do corpo para sentir sua arma conforme se aproxima da porta? Está muito quieto aqui. Se Charles Star estiver em casa, deve estar dormindo.

Pratt escuta folhas secas sendo amassadas e se vira para ver um cachorro velho que não se importa muito com o que ele está fazendo ali. O cachorro não tem rabo e não tem um olho. O homem toca em sua arma, mas não a tira do coldre. Ele bate na porta da cabana. Uma vez. Duas vezes. Mais uma vez, virando o punho de lado, transformando a batida em um soco. A luz dourada vinda do oeste brilha no pomar. Há um cheiro doce no ar, e Pratt sente uma promessa na luz que brilha do oeste, uma luz poente, mas ainda assim uma promessa.

Há algo errado.

Ao entrar, sabe na hora que não deveria ter ido ali.

E ali está o índio, morto no chão, numa poça de sangue. Pratt anda até a mesa onde acredita ter visto seu nome em uma página da máquina de escrever e imediatamente se arrepende por ter pisado no sangue. É nessa hora que vê o dinheiro caindo da bolsa ao lado do corpo. Então sabe que aconteceu algo muito pior do que gostaria de saber. E que deveria ir embora. Pratt sai da cabana e o cachorro late para ele ao sair, fazendo-o andar mais rápido para longe dali, e o sol se pôs e já é quase noite e ele se sente amaldiçoado e enjoado, como se o que viu tivesse feito sua gripe voltar, então tosse e, ao tirar a mão da boca, vê sangue.

Pratt estava olhando pela janela para a baía de São Francisco, para a neblina e as gaivotas voando de um lado a outro em uma paisagem acinzentada. Seu filho estava ali, ele fez uma pergunta, algo sobre os índios, talvez? Não havia nenhum plano melhor. Foi a única coisa que disse, aquela frase, mas também era um sentimento de que fez o melhor que pôde, e de que estava dizendo tudo que podia dizer sobre aquele assunto, que os índios tiveram sua chance com a ajuda de Pratt, e que o governo dos Estados Unidos teve sua chance com a ajuda de Pratt, e se nada mais resultasse daquilo além do que já resultou, se os índios não ficassem bem no final, e o governo não os visse pelo que eram, não visse o potencial daquela raça e lhes desse o que era de direito, então não podia ser culpa dele porque não havia nenhum plano melhor.

Mas lá estava Pratt, possivelmente morrendo de quê? Encarando uma parede branca em uma sala branca em um hospital militar, tão longe de casa, com o filho, Mason, ao lado, sorrindo para ele como um farol. Pratt não sabia se queria atracar em segurança ou navegar o que quer que o tenha levado até aquela cama de hospital. Mason.

Se ele pelo menos tivesse convencido aquele menino índio de que não havia outro caminho, a tentativa de Pratt de libertar os índios deles mesmos e para eles mesmos, nenhum plano melhor para a América, nenhum plano melhor para os índios, nenhum plano melhor; não havia nenhum plano melhor do que aquilo, disse ele para ninguém, encarou a parede e morreu.

Pratt seria levado para o Cemitério Nacional de Arlington, e sua lápide diria: "Erguido em sua memória por seus alunos e outros índios."

CAPÍTULO DEZ

✷

Tudo azul

Charles Star estava escrevendo de novo. Ele não sabia que seria a última vez.
Foi na manhã antes daquela em que acordaria para roubar uma loja. Estava tentando se convencer de algo. De que morreria em breve. De que não morreria.
O que estava escrevendo?
Ali se conectavam pontos, eventos e antepassados sobre quem ele queria tentar escrever sem permitir que desaparecessem, para o qual Charles presumia que seu povo iria.
Tudo havia se tornado tão turvo, uma sensação tão suja, sua própria pele, manchada de lama da bagunça que seus pais fizeram, misturando seus sangues para criá-lo.
Com certeza, ele fazia parte de uma história que devia explicar seu propósito de vida, certo?
Porém, a resposta para o motivo de alguém vir aqui para viver e morrer nunca foi clara. Nem o motivo de alguns morrerem tão cedo e outros passarem do ponto até parecerem uma fruta estragada que caiu de uma árvore.
Na maior parte dos dias, Charles só deixava o láudano fazer seu efeito, do qual teria dificuldade para se lembrar depois, e se

odiava por não conseguir parar de destruir a própria memória. Às vezes, com todo o esforço para se livrar das lembranças, só lhe restava o passado mais longínquo. Então, ele pensava em seu povo.

Seu povo estava em Oklahoma, e Charles não tinha pais para lhe contar sobre o lugar. Ele nunca encontrou o pai e tinha certeza de que a mãe estava adorando Deus em alguma parte do mundo em que Jesus ainda não era conhecido como o Senhor e Salvador.

Charles nunca conheceu Deus.

Já quis conhecer. Para Charles, Deus parecia ser um vazio, não uma presença.

Ele sabia que algo sagrado acontecia com todo mundo mesmo quando a vida parecia o inferno na Terra.

Havia outras pessoas. Pessoas que faziam você ser quem é, mesmo sem terem feito você. Como Opal. Ela sempre esteve presente.

A pureza da voz dela, a mente sensata. Opal era uma rocha.

Apesar dela, Charles sentia que não tinha valor algum. Opal não era de ninguém, era dona de si mesma, assim como todo mundo pertence apenas a si mesmo.

Naquele momento, quase que de repente, Charles sentiu que pertencia àquilo que estava fazendo, a escrever ou pensar ou existir no papel, que parecia algo a se fazer e esperar.

Naquele momento, perguntou-se se toda aquela espera não exigia um pouco de fé. Se a vida inteira não seria uma espera. Mas pelo quê?

Naquele momento, sentiu que tudo era azul, azul como o céu e azul como o brilho de uma estrela, e também o azul profundo de uma veia ou um hematoma e uma canção; aquilo vivia dentro dele – a fumaça azul sobre a qual leu em uma carta do pai em que ele contava sobre quando fugiu de um massacre.

Charles não conhecia mais ninguém como ele, então se tornou aquilo que era maior do que a solidão, perdido até para si mesmo, mas ali estava ele, ali ele permaneceu, mesmo quando sentia que ia partir, ir embora desse mundo. Era apenas uma sensação de que ia morrer ou era uma sensação que significava algo mais?

Então entendeu que seu corpo era uma metáfora, que a história da humanidade era uma grande farsa, o mundo feito contra si mesmo, dividindo-se em dois em tudo: o bom e o mau, amor e ódio, dia e noite, sonho e despertar, paraíso e inferno, indígenas e homens.

Ele já foi criança, uma criança indígena em um território indígena, e então seu povo o colocou em um trem que o levou à escola, depois a escola o levou para longe de si mesmo e o deixou em algum lugar do qual não conseguia voltar.

Charles sentia algo crescendo dentro de si. Ele se sentia impregnado de morte.

E tão cansado de sofrer.

O lobo ainda o seguia. O maldito cão da carência interior.

A infusão de láudano, aquela mistura de álcool e morfina, infundida com ouro em pó e pérolas, mexia com sua mente. Algo que Charles não conseguiria reverter a menos que parasse de usar. De colocar a colher na boca.

Ele só estava tentando se sentir melhor. Era isso? Era isso que todo mundo tentava fazer da vida? Encontrar algo que os fizesse se sentir melhor sobre os infernos que surgem de novo e de novo, ao longo dos anos? Havia algo mais. Alguma coisa. O que era?

Ele não ia morrer. Foi o que pensou naquele momento. Charles ia pegar o dinheiro e, com Opal, encontraria aquilo que daria sentido a tudo – amor ou paz ou algum lugar para morar, onde pudesse ouvir água correndo e pássaros cantando de manhã quando acordasse com ela e talvez seus filhos. O que sentia era esperança ou decepção? Ele não sabia. Era algo pesado. Esperança também podia ser algo pesado. Ele olhou para sua colher e depois pela janela e para o sol.

Opal Viola ✷ *Verão*

CAPÍTULO ONZE

※

Florescer

Seu pai e eu tivemos uma briga feia, e isso me fez ficar longe dele por semanas, mas a mulher para quem eu trabalhava descobriu sobre você, então eu desci a colina, pronta para fugirmos, se ele estivesse pronto. Como o tolo corajoso que ele era, seu pai estava roubando lojas, mesmo depois que eu disse a ele que parasse, que ele ia acabar morto por fazer aquele tipo de coisa. Tive um pressentimento, algo como uma lembrança ruim que volta à tona, conforme me aproximava da cabana, aquela nos fundos do pomar que ele cuidava para o velho que eu sabia ser parente dos Haven, o tio do sr. Haven, eu acho. Jamais quis que o homem me visse entrando e saindo dali, ainda mais depois do que aconteceu com a sra. Haven ao descobrir sobre você.

Quase não bati na porta, quase dei a volta para ir embora de tão mal que me senti ao me aproximar da entrada. Depois, quando bati, não houve resposta. Quando ouvi um cão lamentando perto da porta, eu a abri e lá estava o cão dos Haven, Cholly. Havia um saco de dinheiro no chão, uma grande poça do sangue de seu pai com pegadas de botas que iam em direção à saída da cabana. Se houvesse tempo, teria me perguntando quem havia estado ali e visto o corpo de seu pai, pisado no sangue dele, ainda por cima, visto o dinheiro e ido embora, mas eu sabia que precisava agir rápido se quisesse ter uma chance de fugir com o dinheiro, sabia que quem tivesse ido ali provavelmente ia voltar. Foi aí que peguei a pilha de páginas do lado da máquina de escrever na mesa.

Nós íamos fugir para algum lugar. Construir uma vida juntos. Não percebi que seu pai não ia fazer nada além de tomar láudano e ficar à deriva até ver seus olhos abertos quando não deveriam estar, olhando para o nada, antes de carregá-lo, usando toda a minha força, talvez até um pouco da dele, jogá-lo no lombo da égua e tirá-lo dali. Passamos pelo riacho com trilhas feitas por pessoas e cervos. Segui o caminho dos cervos até onde estamos agora, descansando. Conduzir essa égua pelas estradas estreitas e caminhos sinuosos com seu pai em cima não é fácil. Eu tenho pouca experiência com cavalos, mas essa era a égua de seu pai, e talvez porque ele ainda esteja aqui conosco, talvez porque a égua saiba que ele não está, talvez porque saiba que estou com você, há certa graça na forma como ela nos conduz.

Escute. Estou falando com você em meu coração e, como agora compartilhamos um corpo, acredito que você vai conseguir ouvir. Eu me lembro da minha mãe falando comigo em um dialeto estranho que nunca ouvi, um som profundo e intenso, dentro e fora de mim ao mesmo tempo. Ela pensava e sentia comigo, e era como um idioma. Eu me lembro de antes de a água sumir, antes de o ar encher meus pulmões, quando toda luz era rosa e azul e roxo-escuro.

Eu me sinto selvagem com você e com o corpo de seu pai. Precisamos achar um jeito de levá-lo para casa, de atravessar aquele rio no céu.

Falo com você no começo de sua vida e falo com ele no final da dele. Precisamos falar com os vivos antes de nascerem, que é como chegar ao rio antes de ele surgir, assim como precisamos manter os mortos por perto quando parecem ter ido embora, que é como seguir os caminhos da água depois de secarem. Preciso falar sobre seu pai para você o conhecer. Ele está fazendo a própria jornada, seu caminho para casa, e os mortos querem ser lembrados antes de voltarem para casa. E, sim, ele terá partido quando se for, mas os mortos nunca vão longe. Eles nos encontram nos sonhos e continuam a nos ensinar por muito tempo depois de terem partido, então vocês talvez se encontrem em um campo branco e azul, ou em um arbusto gigante, ou em um lar em uma floresta da qual você vai se lembrar, mas jamais conhecer. O nome de seu pai era Charles Star. Eu nunca soube seu nome indígena. Seu nome Cheyenne. Na verdade, não sei se ele recebeu um. Algumas das crianças de Carlisle o chamavam de Charlie por causa do Charlie Chaplin. Não sei por quê. Ele era desastrado e talvez, às vezes, sua tentativa de compensar o jeito desastrado o fizesse parecer um ator de filmes mudos como Charlie Chaplin. Eu achava que havia certa elegância na maneira como seus deslizes pareciam controlados. Também suspeitava que era porque seu pai tinha uma mãe branca. Ele não se importava, mesmo sabendo que o apelido era maldoso, porque seu pai amava os filmes do Chaplin, ele amava filmes em geral; e quando estávamos em Oklahoma, amava ir ao cinema sempre que conseguíamos. Ele até tocava piano em filmes mudos. Quando o velho para quem ele trabalhava estava bêbado demais ou esquecia em que dia estavam, seu pai aparecia usando a cartola ridícula do homem e tocava o instrumento. Ele aprendeu quando esteve em Carlisle, mas, em algum momento, se encontrou com o piano porque eu estava lá em uma de suas apresentações – ele estava tocando para um filme do Chaplin – e, apesar de o que estava tocando não combinar muito bem com o clima do filme, o tom e a tristeza que trouxe para a atuação do Chaplin fez a obra parecer incrivelmente trágica, com a dose certa de alegria e encanto para superar a tragédia.

Quanto a mim, eu cheguei a esse mundo sem um nome. Não chorei e quase não emiti sons por anos. *Quieta como uma pedra*, foi o que minha mãe me disse quando eu tinha idade o suficiente para perguntar a razão de meu nome. *É por causa da pedra*, disse ela, e levou a mão ao peito. Achei que ela queria dizer que seu coração era de pedra; no entanto, pegou a pedra para eu ver, a pedra de onde veio meu nome, e foi a única vez que a vi. Parecia que todas as cores do mundo estavam nela, mas também parecia principalmente azul, como a lua e o brilho das estrelas que você só vê em noites específicas. Perguntei a ela se eu podia segurá-la e minha mãe disse que não, tão simples como se tivesse perguntado se poderia me dar o sol. Quando perguntei que tipo de pedra era, ela me disse que era uma que carregava uma água ancestral. Na época, não sei por que, achei que água ancestral significava sangue. Mais tarde, meu pai me disse que ele havia trocado um saco de pedras do mar polidas por aquela pedra na Flórida, e que a deu à minha mãe quando voltou da prisão-castelo. Na época, ele disse que havia um oceano na pedra. Eu achava que talvez fosse eu, que a pedra se tornara eu. Depois que minha mãe morreu e se foi, eu me lembro de pensar que talvez ela tenha se tornado a pedra.

Little Bird Woman é meu nome Cheyenne, em homenagem à minha mãe, Bird Woman. Eu sou a pequena que veio depois da primeira. Eu teria que receber um nome novo em algum momento se ela não tivesse morrido, se eu não tivesse ido à escola. E depois que fui embora, manter o nome foi um jeito de também mantê-la comigo.

Antes, nós não tínhamos nomes do meio, assim como não tínhamos nomes ou sobrenomes nem nomes permanentes, na verdade, porque íamos trocando à medida que ganhávamos novos nomes. Seu pai me deu meu nome do meio. Nós cantávamos em um coral na escola. Eu estava segurando uma nota para uma música na capela, e seu pai chegou atrasado. Ele me disse depois que havia esperado, prendendo a respiração, ouvindo do lado de fora. Eles nos faziam cantar hinos. Disse que não sabia que som era aquele e que a beleza do som estava mexendo com o pesar. O pesar. De qual pesar ele estava falando? Eu perguntei quando ele me disse aquilo, mas não recebi resposta. Ele falou que achou que minha voz era como alguém tocando uma viola e, quando percebeu que era eu, começou a me chamar assim. Eu pedi que ele parasse, mas ele me ganhou no cansaço e, por fim, gostei do apelido o suficiente para usá-lo como nome do meio quando assinava algo. Eu gostava que nomes do meio podiam ser uma espécie de segredo. Que podemos ter nomes secretos. Ainda não pensei no seu.

Aqui, na beira do riacho, longe da trilha, temos amoras, não tão grandes e doces quanto podem ficar, mas gosto delas azedinhas, com o topo vermelho, ou se estiverem um pouco duras e não tão macias quando você as arranca e deixa seus dedos manchados. O doce e o azedo misturados têm um gosto melhor desde que você começou a crescer em mim, então deve ser coisa sua. Você está se expandindo aqui dentro como se eu fosse um botão de flor pronto para florescer você.

Aqui, na margem do riacho, estamos fazendo o possível para não sermos vistos por homens que podem fazer algo muito pior do que se livrar de nós se nos encontrarem. Não saberemos se estão vindo atrás de nós até virem atrás de nós, até chegarmos mais longe na parte alta do riacho onde podemos vê-los vindo a distância, onde as amoras estão cheias de espinhos que estão cheios de amoras, e eu consigo coletar bastante se me enfiar pelas partes mais fundas da margem do rio. Levei a pior com os espinhos. O último trabalho que fiz para a sra. Haven foi arrancar suas roseiras. Eu deveria retirar todas e arrancar suas raízes profundas do solo. Galhos velhos e retorcidos de vinhas grossas que parecem chicotear quando você os puxa para fora. Eu os cortei e eles caíram em mim, arranhando-me como se estivessem se defendendo, então juntei os restos e os coloquei em um saco de pano. Tudo tinha um cheiro doce e azedo. Depois, ela me fez plantar novas roseiras no lugar das antigas. A sra. Haven queria rosas cor-de-rosa e antes tinha vermelhas e brancas. Eu as plantei e reguei. Ela me perguntou quando as novas flores iam brotar. Eu disse que floresceriam antes do que ela esperava. A sra. Haven não gostou da resposta e disse que estava perguntando porque não queria que florescessem *antes* do esperado, queria saber que estavam florescendo enquanto floresciam. Eu estava prestes a lhe dizer para ficar de olho nelas todos os dias quando Cholly apareceu e tentou pular em mim. Foi nessa hora que ela olhou para você. Florescendo enquanto florescia.

 Estou maior, já arredondada, e estive usando roupas mais largas, mas fiquei com calor devido a toda a jardinagem e tive que tirar algumas peças, então lá estava você, aparecendo, sem sombra de dúvida. Naquela hora, a expressão dela mudou. Eu não gostei de pensar no que a sra. Haven deveria estar pensando. Eu sabia que eles estavam tentando ter filhos havia anos, que ela perdera vários antes de nascerem, alguns se foram tão perto da hora de nascer quanto você está agora. A primeira pergunta foi quem era o pai. Eu disse que nos conhecíamos desde crianças, que nossos pais foram grandes amigos, que ele estudou comigo e trabalhava na cidade. Nada disso era mentira. Até disse que a mãe dele era branca. Não sei por que disse isso. Em seguida, ela me perguntou sobre minhas intenções. Eu menti e disse que ia embora para Oklahoma, onde tinha familiares que iriam ajudar. Pedi desculpa e disse que queria ter contado antes, depois fui para os aposentos dos empregados e a sra. Haven me seguiu. Com mais perguntas. Com quantos meses eu estava? Eu tinha como viajar? Eu sabia que podia continuar ali se quisesse? Ela disse que o bebê teria uma vida boa aqui na Califórnia. Então disse a frase que me fez ir embora: *Ninguém precisa saber.* Foi o que ela disse. Então repetiu, em um sussurro: *Ninguém precisa saber de nada.* A sra. Haven segurou meu braço com mais força do que pretendia e depois se desculpou. Eu achei que ela estivesse falando sobre guardar o segredo de que eu estava tendo um filho fora do casamento. Mas guardar de quem? Comecei a me preocupar com as sardas de seu pai. Ele tinha uma mãe branca, isso iria aparecer em você de um jeito que faria as pessoas se questionarem se era um filho dos Haven, que o sr. Haven e eu... Ele também tinha sardas. Eu me arrependi de contar a ela sobre seu pai, mas não lhe dei tempo de fazer ou dizer mais nada. Fui embora depois de pedir licença para ir ao banheiro. Havia uma porta dos fundos ao lado do banheiro e fui embora imediatamente, sem levar nada além de você.

    Vamos colocá-lo para descansar nas árvores, seguindo a tradição Cheyenne, como minha mãe enterrou a mãe e o pai dela, que morreram com um dia de diferença. Precisamos enterrá-lo até quatro dias depois da morte, e presumo que ele não tenha morrido há mais de um dia de quando o encontrei, senão Cholly teria tentado arrastá-lo para fora ou corrido para me encontrar. Minha mãe usou andaimes em vez de árvores e içou os corpos com cordas, enrolados em cobertores. Vou colocar seu pai em uma árvore, pois há muitas aqui para escolher. Vamos envolvê-lo em cores vibrantes. Não sei como nosso povo faz. Eu era jovem demais quando me levaram, e a escola queria transformar em pecado tudo o que eu conhecia. Tudo o que eu tenho para compartilhar, para passar a você, vai ter que ser o bastante.

Tudo o que tenho para lhe contar sobre ser Cheyenne veio de minha mãe, antes de ela falecer e, porque estava morrendo, ela falou comigo de um jeito que eu sabia que não falaria se não fosse assim. Não muito diferente do jeito que estou falando com você agora. Não porque eu esteja morrendo, mas porque você está prestes a nascer. O que eu tenho dela, de minha mãe, para passar adiante, não passa de uma velha lembrança. Perdi algumas partes, ou as destruí. É o que eu tenho para lhe dar. E você nem consegue me ouvir, exceto em seu coração. Uma vez minha mãe me contou uma história sobre uma mulher com um pássaro no lugar do coração que corria para todo lado. Ela não conseguia ficar parada. Diziam que era inquieta. Nosso povo já morou perto dos lagos no norte. Nós plantávamos e colhíamos arroz selvagem, pescávamos. Ficávamos em um lugar só. Minha mãe disse que aquela mulher colocou o pássaro em nossos corações e que foi isso que nos fez ir para os lagos. Acabei de me lembrar dessa história porque você está me chutando muito no alto das costelas, como se fosse no coração. Nós fomos embora para seguir os búfalos. Estávamos com fome. E você está chutando porque está com fome.

Precisamos continuar subindo a colina, até ficar longe o bastante para ninguém sentir o cheiro da fumaça e escuro o bastante para não verem a luz da fogueira. Também precisamos comer. Não espero que Cholly saia por aí e encontre algo para ninguém além de si mesmo. Mas há muitas frutas no pé da colina, mesmo na propriedade onde seu pai trabalhou, há frutas por todo lado e há amoras aqui à margem.

Cholly vai e volta, e eu acho que isso quer dizer que ele está vigiando os arredores. Temos um longo histórico com cães. O povo

Cheyenne. Nossos soldados-cachorro ficaram contra nossos pacificadores do mesmo jeito que nossos pacificadores tiveram que comer nossos cães porque nosso povo ficou faminto.

Não sei de onde os Haven tiraram esse nome absurdo. Cholly. Ele é um daqueles vira-latas que você não consegue adivinhar quais raças se misturaram e nem se importa porque seus olhos mostram quanto ele é único. Bom, ele só tem um olho, mas há mais vida nele do que em muitos homens com dois. E já vi homens piores do que aqueles com olhos mortos. É pior quando eles sabem o que querem e vão atrás, os homens brancos nesse país, eles vêm tomar tudo, até eles mesmos, já tomaram tanto que se perderam no processo, e o que vai sobrar dessa tal nação quando terminarem? Uma vez minha mãe disse: "Uma nação não é conquistada até as mulheres desistirem, seus corações despedaçados. Nessa hora acabou, não importa a coragem de seus guerreiros ou o poder de suas armas." Fiquei pensando sobre as mulheres arrasadas. E as mulheres americanas. As mulheres brancas. Como estavam seus corações? Eu fico feliz de saber que o meu ainda está no peito, que o seu também está ali, batendo como um tambor esperando por um dançarino, mantendo-me de pé, pronta para um ritmo, pronta para o que vem pela frente, porque o futuro sempre vem.

A vida do seu pai na escola foi mais difícil porque ele era menino e porque ele tinha sardas por ser "mestiço", o que era ruim dos dois lados. Ninguém o queria porque ele não parecia pertencer a nenhum dos dois mundos.

Às vezes, seu olhar parecia dizer que ele não pertencia nem a si mesmo, que não queria ser quem era.

Trabalhei em Oakland por um verão, entre Carlisle e Hampton, em um programa que Pratt inventou quando seu avô estava com ele na Flórida, antes da abertura da escola. Seu pai tinha fugido de novo. Ele me disse que ia atrás de ouro na Califórnia. Esse era o plano dele. Encontrar ouro e virar escritor, ambos pareciam tolice. Quando vim trabalhar em Oakland também achei que fosse ganhar dinheiro. Mas a diretora do programa cuida de todo o dinheiro que ganho dos Haven. Eles me deram hospedagem e comida, mas, após algumas meninas terem fugido depois de terem economizado, todo dinheiro que recebíamos precisava ser aprovado pela diretora do programa, e apenas valores pequenos que poderíamos gastar em uma tarde. Ela aprovava roupas novas ou comidas diferentes, às vezes uma matinê. Achei que nunca mais a veria depois que fugi com seu pai. Agora, sei que não vou vê-la de novo, mas não sei como vamos sair dessa. Correr parece apenas uma maneira de fugir quando você ainda não conseguiu se libertar. E eu nem sei para onde vamos.

Antes de começar a falar sobre fugir, seu pai já tinha feito isso algumas vezes. Ninguém o culpava por isso. Todos sonhávamos em fugir da escola, voltar para casa, e alguns tinham mais dificuldade do que outros para lembrar como chegar em casa, e, mesmo se conseguíssemos, se nossas famílias nos mandaram embora uma vez, por que não fariam isso de novo? Seu pai não estava tentando voltar para casa quando fugia, só queria ir para longe da escola.

Nós dois tocávamos na banda marcial do colégio. Seu pai tocava trompete e eu, bumbo, mas ele também tocava corneta durante nossos ensaios matinais.

Eu nunca entendi o que aconteceu na véspera da manhã em que ele saiu e tocou seu trompete em vez da corneta, tocou e tocou uma música que saiu dele com notas longas que nos fizeram sair não das camas, mas de nossos corpos.

Não consigo explicar bem, é sempre difícil explicar música. Posso dizer que as notas eram longas e crescentes pelo jeito como ele as tocava, não era tão diferente de como a corneta soou pela manhã, mas logo entrou em um tipo de caos que parecia selvagem e talvez um pouco descontrolado, até ele voltar para o tom original da canção, logo antes de os homens começarem a persegui-lo.

Ele escapou com facilidade, como se estivesse em um campo de futebol, e, apesar de ter corrido, sem tocar mais seu trompete, as notas ainda perduraram no ar, em nossos ouvidos, impelindo-nos a saber o que ele sabia, o que não podíamos saber, o que tem sido feito conosco e o que fizeram com ele enquanto devia estar dormindo.

A música que seu pai tocou não era uma música nem um lamento ou alarme, era como o chamado de um pássaro ferido cuja garganta e bico cresceram devido aos males que deveriam tê-lo derrotado, mas acabaram o transformando em algo maior, e o canto dele com aquelas notas que continuavam se propagando mesmo depois de ele parar, que cantavam sobre tudo que estávamos sentindo durante todo aquele tempo presos em nossos ternos e vestidos, naquela escola e sem nosso idioma, ele estava usando a música para fazer aquilo, encontrar sua voz perdida, e as nossas também.

Quando foram atrás dele, correram para pegá-lo como se soubessem que seu pai estava nos contando algo de ruim sobre eles, selvagem e livre e solto no campo de futebol onde os jogadores estavam ganhando e a escola era celebrada, como se tudo que acontecia naquele campo, toda a vitória, como se todas as vitórias americanas anteriores, provassem que ninguém saía perdendo.

Ele usou seu trompete como uma arma quando foram pegá-lo, balançando-a no ar; com a ponta curva, os cantos e o peso, o instrumento causou dano, e aquela foi a parte mais chocante: quando ele o levantou, um golpe mais forte do que o normal acertou a bomba no nariz de um dos homens, ou foi a campana, aquela parte do trompete que se abre como uma flor, ela atingiu aquele que chamávamos de dr. Peludo porque ele tinha pelos por todo o corpo; o trompete o atingiu de tal forma que arrancou um pedaço, rasgou metade do nariz, que ficou balançando, pelo menos foi isso que eu achei ter visto, então ele gritou, seu pai parou e foi derrubado na hora, em um estado de choque tão grande quanto nós que estávamos assistindo, o sangue jorrando.

Aquilo fez seu pai ficar seis semanas na prisão, onde ele passou muito tempo depois daquele dia, quando começou a fugir, a fugir de verdade, escapar, e voltar alguns dias, às vezes semanas depois, de vagar pelas florestas da Pensilvânia, eu sei lá até onde ele ia, mas sempre voltava para a prisão, e isso não o mudou ou fez com que agisse diferente porque seu pai não dividia com mais ninguém o que ele carregava, lá no fundo, como se fosse o único culpado por tudo de ruim que já acontecera em sua vida, como se não fôssemos todos prisioneiros na escola, onde eles nos mantinham longe uns dos outros, onde perdemos as lembranças de nossas famílias.

Foi naquele momento que começaram todos os problemas de seu pai, sair correndo e tocar aquela música, ferir o dr. Peludo, que bateu nele enquanto o arrastava para longe. Não vimos o quão ruim foi a surra porque seu pai ficou preso por seis semanas, mas deve ter sido ruim porque depois disso ele fugia sempre, até finalmente ir embora de vez para a Califórnia, onde seu vício o controlou por anos, alguns desses anos eu testemunhei. O vício foi uma punição, uma que podia aproveitar, que odiava e amava ao mesmo tempo porque tomou conta de toda sua vida, engolindo tudo pela frente, assim como seu trompete fez com seu sopro, assim como no dia em que tocou, tocou, correu, e tocou uma canção que eu jamais vou esquecer, que marcou nós dois e mudou minha visão sobre ele e sobre o tempo que passamos em Carlisle.

Não sei a história de como seu pai conseguiu chegar à Califórnia, como acabou em Oakland, mas eu sabia que ele estava indo para lá desde que descobriu que o próprio pai estava em Oakland. Seu avô mandou uma longa carta para meu pai contando sobre a própria vida e por onde esteve desde que desapareceu. Depois recebi essa carta na escola. Às vezes, eu achava que o único motivo para seu pai ficar comigo era porque eu o lembrava de uma conexão com o pai dele. Ele chorou o caminho inteiro de Oklahoma até a escola, como muitos fizeram. Mas não chorava por estar sendo levado embora de casa ou de seus pais, como muitos outros, e sim porque, se o pai dele voltasse de sabe-se lá onde estivera, ele não estaria lá para perguntar aonde fora e a razão de ter ido embora.

Quando recebi a carta de seu pai, de Oakland, ele não precisou me pedir para ir. Eu já estava apaixonada por ele havia anos, mas não sabia aonde ele tinha ido desde a última vez que fugiu da escola.

Fui para o escritório do programa que colocava alunas como eu em casas de famílias brancas para trabalhar, ganhar dinheiro e aprender como viver como brancos. Perguntei se eles sabiam de programas como aquele em outros estados. Especificamente na Califórnia. Em Oakland ou na região. A diretora do programa procurou e encontrou uma secretaria em Oakland que podia me colocar em uma casa.

Peguei o trem. O rapaz sentado na minha frente falou a viagem inteira. Cometi o erro de contar de minha vida para ele. Contei tudo sobre Carlisle, seu pai e o trabalho que recebi com aquele programa, sobre ir morar com uma família branca em Oakland. Pedi para ficar nos arredores de Oakland pelo programa que tinham em Hampton e Carlisle, e dei a sorte de eles terem o que eu queria. Não acredito em coincidências, mas também não acredito em destino. Uma indiazinha nova como você, foi o que ele me disse. Eu devia ter fingido não saber falar inglês. "Ressurreição só acontece se você permitir. Saia da frente e deixe Deus entrar. Deus pode assumir e levá-la para onde você precisa ir", disse o homem.

Não sou uma pessoa gentil, mas que Deus me ajude, pois não consigo negar às pessoas o que elas querem, então disse a ele que era batista. Ele me contou sobre sua vida pecaminosa, que lutou na Guerra Civil e pegou a "doença do soldado", bebeu e usou drogas até quase morrer, e depois contou sobre como Jesus lhe devolveu o que havia perdido. O jeito como falava de Jesus me fez lembrar de uma coisa que seu pai disse antes de partir de Carlisle. Ele falava de drogas. Falava de drogas na tipi. O peiote. Parecia algo errado de se dizer, e congelei ao vê-lo falar. Falava que qualquer tipo de substância é a mesma coisa. Como os indígenas que ficavam bêbados ou chapados na tipi do mesmo jeito que nas casas de ópio que leu a respeito. Quase o alertei que era melhor guardar para si mesmo suas opiniões sobre o peiote. E eu tinha medo de pensar, ainda que em segredo, que o peiote pudesse fazer algo com ele, lhe trazer azar ou amaldiçoá-lo da mesma forma como esperávamos que nos ajudasse quando rezávamos. Ele me explicou que não estava dizendo que estar sob o efeito de drogas era ruim. Só que era a mesma coisa em todo lugar: existem drogas e drogas e drogas. Essas foram as palavras que ele usou.

O homem cristão no trem disse que as pessoas aparecem em nossas vidas por um motivo. Jesus colocou nós dois naquele trem. Eu teria rido se fosse outro homem indígena me falando isso. Mas um homem branco? Era melhor ser simpática. Você não sabe quem pode se voltar contra você, transformá-lo em uma necessidade de repente, algo que precisam ter. Aceno com a cabeça e me afundo no assento como se estivesse cansada e quisesse dormir. Ele me disse que a cidade era uma bela mistura de luzes e almas. De comércio e comunhão. Onde os prédios se erguiam tão alto quanto árvores e tocavam os céus como se estivessem louvando a Deus, que nos deu domínio sobre a Terra, e nós o honramos construindo nossos prédios o mais alto possível. Eu fingi dormir e então adormeci, e sonhei com minha mãe me contando uma história sob um salgueiro às margens de nosso riacho favorito. Ela falava sobre as estrelas, apesar de o céu estar claro. Falava sobre aranhas que moravam no céu. Como suas teias seguravam as estrelas, como as aranhas eram a escuridão da noite. Sempre sonhei com todas as estrelas do céu caindo na Terra, desabando sobre nós. Eu odiava esses sonhos, mas eles me ensinaram algo. Enquanto as estrelas caíam, prestes a me atingir, toda vez que eu sonhava, eu rezava: agradecia por poder estar ali, se eu tivesse que partir, essa era a última coisa que eu queria poder dizer antes de ir. Obrigada. Debaixo daquele salgueiro cujos galhos quase tocavam a água, minha mãe disse: "As aranhas tecem as teias para manter as estrelas no lugar, como uma luz que nos guia na escuridão. As estrelas são nossos ancestrais, mas as aranhas também. Elas são a teia e a luz."

Amanheceu e estou com vontade de falar. Como o sol com sua luz e os pássaros com o sol, os animais e as pessoas começam a se mover e iniciar seus dias; é o que fazemos a cada novo amanhecer; cada nascer do sol é uma bênção, e eu sempre senti que o pôr do sol é como uma pequena morte, como se soubesse que outros dias virão, mas nenhum vai ser como o que termina agora, enquanto nos preparamos para aquele descanso final, dormindo e sonhando nossas pequenas mortes.

Sem contar com Cholly, você é a minha única companhia. Cães não falam mesmo. Cães gostam de fazer coisas. Faça-os correr, e corra com eles, dê-lhes algo para se ocupar, algo para morder, ou algum lugar para cansar as patas e eles ficam felizes. Eu preciso falar, cansar minha língua. Seu pai está em uma árvore agora. Vamos acampar aqui por quatro dias. Não sei quando você vai chegar. Você não está me deixando tão grande quanto já vi outras mulheres ficarem, mas já está aí há tempo suficiente para eu saber que vai chegar em breve. Amarrei os braços de seu pai para o alto, depois joguei a corda por cima de um galho, puxei e puxei a corda até o corpo dele ficar pendurado, firme. Puxar seu pai podia me fazer ter você, e que situação seria trazer você ao mundo enquanto nós o deixamos ir. É assim que sepultamos. Nós os colocamos no céu. Ninguém nunca me disse qual é o jeito certo de trazer uma criança para este mundo. Eu queria poder fazer mais. Estou com medo de ter você. E, apesar de a perda de seu pai doer, meu coração está leve. Talvez a gente passe a vida inteira fugindo. Sempre em movimento. Tudo bem. Teremos pernas fortes, seremos observadores com grandes corações, fazer nós mesmos e o outro seguir em frente como se pertencêssemos àquele dia num futuro distante, quando vamos olhar para trás e dizer que foi assim que conseguimos, apesar de tudo.

Victoria Bear Shield ❋ *Outono*

CAPÍTULO DOZE

※

Vitória!

Dizem que você sabe a vida que vai ter, que escuta a história antes de nascer e que, com o passar do tempo, à medida que todas as pessoas, sonhos e eventos surgem, você se sentirá de determinada forma sobre tudo aquilo que não reconhecer de quando ouviu a história.

A maioria das vidas começa e termina com muita dor. Seu nascimento vai significar a morte de sua mãe. Veja, mesmo agora seu corpo ensanguentado está nascendo e sendo erguido por mãos que serão familiares para você, serão família, que não pertencem à sua mãe.

Ao longo da vida, você não vai saber nada sobre ela. Seu nome vai ser Vicky. Você vai odiar ter que atender a ele, esse som, como um chicote, como uma batida leve, como um galho arranhando uma janela, ou como aquele barulho enervante de sucção que escuta ao receber seu primeiro chupão de um menino indígena em um beco, que você vai esconder com um lenço que pegou emprestado de Jackie, uma das outras jovens mulheres indígenas com quem você vai trabalhar na fábrica de jeans.

Fale com ela depois do trabalho, em frente à fábrica, apesar da timidez. Diga "oi" e pergunte o que ela vai fazer. Escute como ela diz, "Tipo, agora?". Responda que sim.

Entre no bar onde ela obviamente já foi antes. Beba a mesma quantidade que ela. Apaixone-se ainda mais por essa mulher que você sabe que gosta de você e que pode lhe ensinar algo mesmo que não se lembre do que falaram quando estiver no caminho de volta para casa.

Vá falar com Jackie quando achar que precisa de ajuda e vá até ela quando não achar que precisa de ajuda, mas não a envolva com os homens de sua vida, proteja-a deles. Porque virão outras marcas de homens, não de garotos, que não vão ser tão fáceis de esconder como um chupão, e essas não serão feitas com a boca. Largue esses homens. Encontre maneiras de se vingar deles.

Esvazie os pneus deles, ligue no meio da noite para fazer barulhos estranhos, solte os cães deles, jogue peixe congelado pelas janelas entreabertas dos carros, grite seus nomes no meio da rua e então se esconda; esses homens que machucaram você, enganaram você, feriram você, faça-os se sentirem miseráveis de todas as formas possíveis. Alguns chamam isso de rancor. As mulheres são chamadas de rancorosas e vingativas; enquanto homens traídos vão atrás de justiça e exercem retaliações, as mulheres serão chamadas de mesquinhas e maldosas, não alcançarão a honra que a palavra vingança dá aos homens. Você vai. Por dentro, você vai declarar. Vai declarar vitória quando os machucar de volta e seguir em frente mais rápido que a máquina costurando a bainha do jeans que você passa no ritmo automático, sem nem pensar, no meio de um longo dia de trabalho.

Continue a buscar a amizade de Jackie. Pergunte sobre a vida dela. Escute como ela conta que é daqui. Que sua família é daqui há gerações. Ouça o jeito como fala que é Ohlone. A expressão dela, com todo aquele concreto atrás de si, todos os prédios e ruas e carros passando. Pense sobre o que ela quer dizer com "há gerações". Não pergunte nada ainda. Não fale sobre você. Escute.

Jackie vai se tornar mais do que família para você, porque a ideia e o sentimento de ter uma família vai ser uma mentira. Seus pais brancos não serão seus pais de verdade e você vai descobrir isso tarde demais. Descobrir tarde demais vai levar você a buscar em todos os lugares o que significa ser uma mulher indígena, nascida de uma mulher indígena, que morreu ao dar à luz a você, e ser criada por pais brancos.

Seu nome vai ser Victoria. Sua verdadeira mãe vai dar esse nome a você e o dirá a seus pais brancos, que a ajudaram durante o parto, ao mesmo tempo que ajudaram a si mesmos com você, a filha de sua mãe, assim que a luz e a vida sumiram dos olhos dela.

Eles vão manter o nome Victoria, mas só vão lhe chamar de Vicky. Eles terem guardado algo de sua mãe vai ser um milagre porque todos os indígenas vivos após os anos 1900 são uma espécie de milagre.

Você vai se perguntar sobre o nome Victoria depois de descobrir que sua mãe verdadeira lhe deu o nome quando estava morrendo e dando à luz. Vai se perguntar se ela estava dizendo "Vitória!", em voz alta, para algum triunfo desconhecido, talvez pelo som de seu choro ao nascer, porque você nasceu com vida, porque ela deu à luz uma pessoa, outra indígena para o país que estava fazendo de tudo para acabar com indígenas havia centenas de anos, de inúmeras formas.

Vitória era uma criança em um país como esse.

Você nunca vai saber que o nome Victoria também vem de seu avô, Victor Bear Shield.

Enquanto morria, sua mãe não tinha como saber como o nome Victoria seria apropriado para o ano em que você nasceu.

Em 1924, depois de cento e treze anos, foi declarado o fim das Guerras Indígenas nos Estados Unidos. Qualquer guerra que dure tanto tempo é vitoriosa pelo simples fato de acabar, não tem vencedores ou perdedores, apenas o que restou: o que consegue sobreviver a tanta guerra se torna maior do que a própria guerra pelo simples fato de sobreviver. Em 1924, a cidadania indígena passa a existir, apesar de eles pretenderem dissolver etnias ao fazê-lo, dissolver sendo outra palavra para fazer desaparecer, uma espécie de palavra química para uma morte gradual de etnias e de indígenas, uma morte clínica, criada por psicopatas que se chamam de políticos.

A cidadania será uma espécie de vitória também porque vai significar que você não morreu em nenhuma das guerras e massacres; você terá sobrevivido à fome e à realocação, à doutrinação e à assimilação, terá durado tempo o bastante para que eles tivessem que dizer que você também, nosso velho e outrora mortal inimigo, até você é um de nós, mesmo que o significado e os direitos não venham por mais algumas décadas, a semente foi plantada aqui, no ano em que você nasceu.

Você crescerá com pais brancos que, no começo, vão te tratar bem, mas eventualmente vão fazer de você uma empregada ao perceberem a falta que faz o que sua mãe fazia por eles, mantendo-a como mão de obra barata, trabalhando em um programa em Oakland que colocava alunos e formandos indígenas em casas de família que os exploravam sob o pretexto de educação e oportunidade.

Você crescerá como uma empregada não remunerada, uma filha fiel para bêbados infiéis, em um mundo branco que parece que acabou de começar a mudar de uma forma que você nunca imaginou, bem no final de sua vida curta demais.

No final, você terá duas filhas quase adultas, depois do que vai parecer ter sido uma longa existência de luta e dor. Sentirá como se fosse só o começo das possibilidades para quem é indígena, lá na ilha-prisão, onde verá indígenas de todas as etnias se unindo. Você se sentirá mais indígena e mais livre naquela ilha com aquele castelo d'água com aquela frase pintada em vermelho, *Bem-vindo Lar Terra de Indígenas Livres*, sem pontuação.

A frase não fará muito sentido, assim como o movimento de ocupar uma ilha-prisão não passará de uma metáfora, mas a história vai continuar, o Lar Terra de Indígenas Livres, Bem-vindo, é como a história de origem, a história da criação deste país sempre começa quando os brancos a contam, com "índios acolhedores" e um banquete que as pessoas comem até hoje; as boas-vindas à Terra de Indígenas Livres foram tantas que os brancos devem ter achado que era livre de pessoas e, portanto, disponível para quem quisesse pegar. Terra dos livres, lar dos valentes.

Sua primogênita, Jacquie, será uma das adolescentes a subir naquele castelo d'água. Ela vai subir só por subir, só para dizer que subiu, não vai ser uma das que pensa na mensagem ou picha aquele rascunho indecifrável para todos verem ao chegarem à ilha, para celebridades visitantes ou turistas querendo ver com os próprios olhos o que John Trudell estava falando na rádio pirata quando disse que, se vamos ser livres, vamos conseguir nossa liberdade por conta própria.

Ou muito depois, quando as pessoas visitarem a ilha para conhecer a história da prisão, Al Capone e todo o resto, até indígenas vão voltar para ver a frase no castelo d'água depois de ter sido restaurado, eles vão voltar para comemorar a história da reconquista, para celebrar a época em que vocês escolheram morar em uma ilha-prisão e exigiu que vocês fossem vistos como pessoas, de uma vez por todas; eles vão voltar pelas cerimônias no nascer do sol, para agradecer e rezar ao amanhecer nos dias em que outras pessoas talvez pensem sobre Colombo, ou nas apresentações de Ação de Graças nos intervalos dos jogos de futebol americano, eles vão recuperar os dias e a ilha e os corações das pessoas ao redor da fogueira ou em frente ao computador, assistindo ao evento ao vivo.

Aquele período na ilha será uma época triste porque você vai saber que está morrendo, vai descobrir antes de se mudar para a ilha-prisão, e descobrir que está morrendo vai ser o motivo de ir até lá e, eventualmente, o motivo de você voltar a beber; ali, com suas duas filhas, você vai complicar tudo, arruinar e salvar tudo, e vai ser o motivo de você ter tudo a perder.

Na vida, quando jovem, muito antes de tudo isso, você não vai saber de muita coisa. Não saber vai deixá-la vazia, mas cheia de admiração, curiosidade, uma fome de saber quem você é, o motivo de, por exemplo, sempre ser a pessoa com a pele mais escura do lugar.

Vão dizer que você tem ascendência italiana por parte de sua mãe e irlandesa por parte de seu pai. Haverá fotos de seus ancestrais italianos em porta-retratos nas paredes da casa onde você vai crescer. Quando perguntar, sua mãe branca vai dizer que as pessoas velhas e de pele marrom do velho mundo, a velha nação, seus avós e bisavós, são o motivo de sua pele ser marrom. Ninguém vai lhe contar a verdade até depois de sua mãe morrer.

Isso vai acontecer quando ela cair de um cavalo e quebrar o pescoço. Ela estava bêbada, assim como fora uma bêbada. Os pais com quem você crescerá serão dois bêbados. Eles até deixarão você começar a beber cedo, e você vai gostar. Vai ser normal. Todo mundo começará a beber cedo. Tantos americanos farão isso, beber tanto a ponto de tornar o álcool ilegal. Você terá nove anos quando a Lei Seca acabar e ficará bêbada pela primeira vez, bebendo vinho rosé com sua mãe no quintal de casa, no jardim de rosas que ela tanto ama. Você achará esse momento adorável porque ela tem usado essa palavra sem parar nas semanas anteriores. Você terá ido ao cinema com ela, visto um fonofilme, com falas, e uma das atrizes no final vai usar aquela palavra, "adorável", para tudo, e a partir daí sua mãe vai decidir que essa é a palavra dela, para seu jardim de flores cor-de-rosa, seu vinho rosé, e para você, sua filha com bochechas rosadas, bêbada pela primeira vez, correndo inocentemente pelo quintal.

Só depois que sua mãe morrer seu pai vai decidir lhe contar a história inteira. Tudo o que você deveria saber.

Na noite em que contar a você, ele vai estar bêbado. Será depois do funeral. Todo mundo estará bebendo. Você vai reconhecer algumas pessoas, mas não as conhece. Pessoas que seus pais mantinham por perto, que você chamava de tio ou tia às vezes, ou vovó ou vovô, mas com quem nunca conversou. Eles terão evitado conhecer você. Eles terão conhecimento do que seu pai vai contar a você. Preste atenção em como eles te observam, com medo de você se aproximar.

Veja seu pai sentado no chão com as pernas esticadas como uma criança.

"Está na hora de você conhecer suas origens, alguém que você deveria conhecer antes de se tornar... quem você for se tornar." Vai ser assim que ele vai começar a história, aparentemente confuso, e prolongando o final de uma frase que ele não termina, arrastando as palavras, mas determinado a dizer o que está prestes a dizer.

"Sua mãe verdadeira era uma índia." Ele vai falar e colocar seu dedo indicador acima da testa, apontando para o céu, desenhando uma pena no ar. "Sua mãe verdadeira era uma índia *de verdade*", é o que vai dizer, e erguer as sobrancelhas como se você devesse ficar impressionada. Não diga nada. Responder só os distrai, só serve para desviá-los do que querem dizer, o que os irrita, o que os distrai ainda mais. Acene com a cabeça, indicando que ele deve continuar, que você está ouvindo, isso vai conter a raiva dele.

"O nome de sua mãe biológica era Opal Viola Bear Shield. Nós ainda temos uma caixa com as coisas dela em algum lugar, coisas que ela tinha antes de...", ele dirá, ao se levantar e depois cair quando seus olhos mostrarem que o quarto está girando. "Uma Cheyenne de Oklahoma. Você já ouviu falar deles. Os Cheyenne, né?" Ele vai perguntar sobre seu povo, mas não vai encarar você, balançando-se um pouco, sentado ali olhando para o canto, buscando mais lembranças. Não responda. Você não terá ouvido falar de nenhum povo, você só ouviu falar sobre indígenas em geral como homens selvagens que matavam brancos se não tivessem cuidado, e de quem os caubóis protegiam todos.

Então ele vai começar a chorar e você o odiará por isso. Esse não é o momento de ele chorar. Pergunte por que ele decidiu contar isso agora. Ouça-o falar, em meio às lágrimas, que, agora que sua mãe se foi, e você está saindo de casa por causa do seu novo trabalho, tornando-se uma mulher, ele achou que você deveria saber antes de ir embora. Pergunte a ele o que mais, o que mais ele poderia dizer sobre sua mãe, sua mãe indígena de verdade. Diga que deve haver mais. Observe-o não saber mais o que dizer. Observe-o sair de sua vida, começar a desaparecer naquela hora, quase se desfazer.

Vá embora. Ignore-o quando ele gritar, chamando-a. Ele está mentindo. Você não saberá sobre qual parte ele está mentindo, e se está finalmente contando algum tipo de grande verdade que vem escondendo, por que, ao enfim contar essa verdade, algo seria mentira? Você não saberá, mas saberá que o que ele contou não é toda a verdade, e que isso é mentira o bastante para você saber que é mentira. Você já terá aprendido há muito tempo a reconhecer quando eles mentem. Eles terão bebido e mentido e mentido sobre quando bebiam e você vai reconhecer isso também.

Seu trabalho na fábrica de jeans paga o suficiente para você alugar um quarto em uma casa vitoriana, fora do centro de Oakland. Abandona o nome Haven e vira Victoria Bear Shield. Torna-o o nome que aparece em seu holerite. Continua odiando não conseguir se livrar do apelido Vicky. Mas sabe que Victoria é um nome longo, parece formal demais, grande demais para uma coisinha pequena como você, duas vezes órfã. Descobre isso com Jackie, quando ela te chama de Vicky, você percebe que gosta porque vai gostar dela, vai querer ser como ela, vai gostar do som do nome Vicky – e o fato de rimar com Jackie.

Você vai até batizar sua primogênita em homenagem a Jackie, mas vai usar um *c* e um *qu* para sua filha, Jacquie, para ela ter seu próprio nome, mesmo que seja apenas na grafia.

Saia com Jackie e outras jovens indígenas. Criem laços enquanto bebem demais depois do trabalho. Descubra que você ama a escuridão fria dos bares, o brilho que as luzes da cidade à noite reflete nas nuvens, misturado com o efeito de mais de quatro drinques fazendo sua cabeça girar, depois chegue a um ponto em que sente que isso – tudo o que você finalmente é – é suficiente.

Você não vai saber o que é ser indígena porque não conviveu com indígenas antes dos anos que passou trabalhando com as mulheres na fábrica e bebendo em bares depois do trabalho. Quando aprender tudo o que elas sabem sobre ser indígena, vai se perguntar se você tem o que precisa para ser uma. Não vai ser difícil entender o que combina, o que elas têm de indígena, como isso é parecido com o que tem de indígena em você. Você vai perceber na risada delas, como elas precisam rir, como amam provocar, brincar e zoar você, e falar sobre seus lares. Essa parte não se encaixa, você não tem um lar do qual sentir falta se o lugar para onde vai no fim do dia apenas para dormir não contar, e não conta.

Você as ouvirá falar sobre perda. Vai sentir e falar sobre perdas com elas, sentir e falar sobre perdas, e sentir e falar sobre perdas, rindo noite adentro em bares e fora de bares onde você sabia que indígenas eram bem-vindos.

Jackie é Ohlone, então é uma indígena da terra onde você nasceria e chamaria de lar – a terra do povo dela. Você sempre vai querer perguntar a ela o que isso significa, viver na terra que foi tirada de você, ainda ter que viver na terra que foi e continua sendo tirada. Será que era como se continuasse acontecendo no tempo presente, não no passado, mas eternamente, como se fosse um carro que alguém rouba com você ainda dentro, dirigindo pelo seu bairro, dando voltas na entrada da sua casa, onde você estaciona, agindo como se não houvesse nenhum veículo, só o movimento macio nas ruas recém-pavimentadas da cidade, onde nada pertence a ninguém, onde tudo é mutável e quase ninguém fica por muito tempo?

Mas você nunca vai perguntar a Jackie como é a sensação porque terá medo de que, se não houver uma resposta, vai doer ainda mais, ou se a resposta for que a sensação é bem como você descreve, vai parecer que você está tentando tirar algo dela que deveria ser privado, os sentimentos ruins dela sobre um lar roubado, para se sentir melhor sobre ser um dos ocupantes; mesmo que não seja culpa sua, mesmo que você seja indígena, você não era daquele lugar. Você não pertencia àquela terra.

Todas as conversas que você nunca vai ter com Jackie serão uma conversa.

Por anos, uma década inteira, você não fará nada além de trabalhar na fábrica e beber. Visitará seu pai quando puder. Sentirá pena dele e também vergonha por sentir pena e será a vergonha que fará você voltar para aquela casa. Ele sempre estará bêbado quando você for visitá-lo e agirá como se você nunca tivesse ido, porque ele estará completamente embriagado na ocasião, então, na mente dele, você nunca o terá visitado nem terá havido um momento antes, a não ser o *momento atual de embriaguez* no qual ele está condenado a oscilar e tropeçar.

Em algum momento, depois de ele acusá-la várias vezes de nunca o visitar, você de fato para de visitar.

Tudo em sua vida parecerá impossível. E você ser ou se tornar indígena será igual. Apesar disso, você será indígena, americana, mulher e uma pessoa que quer fazer parte do que significa ser humano.

Um dia você vai sair com outras mulheres indígenas para um bar e um homem vai vir por trás de vocês e bater na cabeça de vocês cantando "Um, dois, três indiozinhos...". Você estará pronta para brigar com o cara por tratar vocês como crianças. Você será a primeira a se levantar, irritada e pronta para gritar, mas, quando vê o rosto dele, o jeito como ele sorri, já se desculpando pela piada estúpida, erguendo as mãos no ar como se não tivesse a intenção... Ele dirá que ficou tão feliz de ver tantas mulheres indígenas no mesmo lugar que precisou contar. Seu nome é Melvin Red Feather. De Bakersfield. Em um piscar de olhos ele dirá que pagará as bebidas.

Então, certa manhã, você estará enjoada. Vá para o banheiro. Vomite. Beba água e tente comer e então volte para o banheiro para vomitar de novo. Faça isso na manhã seguinte. E na próxima, até entender o que isso significa. Chore em sua cama e durma e não vá trabalhar e leve uma bronca do seu supervisor no dia seguinte que dirá que, se acontecer de novo, você será demitida. Controle suas lágrimas e vá trabalhar e controle o medo do que você sabe que isso significa depois que começar a conversar com Jackie sobre o que está acontecendo.

Você vai passar metade da gravidez com enjoos. Vai parecer estranho e errado, sua barriga crescendo daquele jeito. Cheiros vão ser mais fortes alguns dias. Todos os cheiros. E seus pés vão inchar. Será impossível trabalhar, mas também será impossível não trabalhar. Ignore o sentimento de que você precisa interromper o que está crescendo dentro de você. Lembre-se de que você está carregando alguém do outro plano.

Saiba que você está trazendo outro indígena para o mundo.

Pergunte-se sobre a coisa se movendo em seu ventre enquanto ela cresce, essa pessoa, essa menina indígena, você vai querer saber que sabe que é uma menina; pergunte-se o que ela precisará saber sobre ser uma menina indígena nesse mundo e o que você fará a respeito.

Ela nascerá em junho de 1954. Em uma manhã de domingo. Jacquie Red Feather. Você vai colocar o sobrenome dele na certidão de nascimento mesmo que Melvin Red Feather tenha sumido muito antes de ela nascer. No meio da gestação, ele sairá para trabalhar um dia e jamais voltará. Sinta o ar frio na noite depois de perceber que ele não voltaria. O vento entrando pela janela aberta, você ouvindo o barulho do carro arrancando. Chegue ao ponto em que você não se importa mais com ele, ou como ele a fez se sentir, ou o que significa ser mãe de uma menina sem pai. Lembre-se de seu pai, o bêbado. Sinta enjoo ao pensar em álcool. Ao sentir o cheiro aguçado da cidade molhada de manhã quando você vai trabalhar no dia seguinte vestindo mais roupas para disfarçar a barriga.

Serão apenas você e Jacquie morando naquele mesmo quarto alugado naquela casa vitoriana.

Você levará o corpinho dela para todo lado, enrolada em um cobertor ou amarrada em você com um suporte de algodão que a mulher do Serviço de Saúde Indígena vai lhe dar depois de saber que não há um pai envolvido nem muita renda disponível. Ela vai ajudar a encontrar assistência para cuidar do bebê. Você vai passar a ir à biblioteca, virar membro e ler o máximo possível sobre indígenas. Sobre os Cheyenne. Não encontrará muito, mas lerá tudo. Sobre a história americana também. Até sobre história do mundo. Você vai ler Mark Twain e não gostará.

Vai ficar interessada por um tempo em Jack London, e a bibliotecária vai lhe contar que ele virou leitor nas bibliotecas públicas de Oakland. Mas odiará como Jack London escreve sobre pessoas indígenas quando você chegar a esses livros. Você perguntará para a bibliotecária sobre livros escritos por indígenas e ela dirá que acha que não tem nenhum. Isso fará você lembrar da caixa que seu pai lhe deu na noite que contou sobre sua mãe, as páginas que você encontrou na caixa. Você a levou quando se mudou e ficou decepcionada ao mexer nela e ver que não havia nada além de um monte de folhas que alguém chamado Charles Star escreveu.

Vá até seu armário e pegue a caixa. Sua filha vai estar engatinhando para trás – o único jeito que ela saberá se deslocar no momento – no tapete a seu lado. Leia mais páginas do que antes. É assim que você vai conhecer seu pai de verdade.

A maior parte dos papéis são cartas, mas há outros escritos que você não saberá como categorizar. Parte histórico familiar, parte poesia, parte outra coisa. Você aprenderá algo com a leitura que vai apreciar.

Aprenderá que algumas frases das páginas naquela caixa não vão sair de sua cabeça. Você vai levá-las consigo. Ou elas existirão em você como se já estivessem lá.

Esta frase é de uma carta de seu pai para sua mãe: "Nós pertencemos a quem somos assim como uma canção pertence a um cantor, meu coração é um corredor e minha alma é um inverno." Na carta ele fala sobre pertencimento. Ao que pertencemos. E, na maioria das vezes, você acha que ele quer dizer que os dois pertenciam um ao outro. Mas outra parte da carta fala sobre não pertencermos à terra, mas que nós somos a terra. Você não entenderá o que isso quer dizer. E vai querer saber o que sua mãe responde, mas não há cartas dela entre as páginas.

Há longos trechos sobre seu verdadeiro avô, detalhando a vida dele depois de fugir do caos do Massacre de Sand Creek, quando criança. Você voltará para a biblioteca para descobrir o que aconteceu. Absorva o que significa ser filha e neta de um massacre. Você entenderá que existe outro tipo de legado. Sinta isso.

Certifique-se de que sua filha saiba dessa caixa, dessas páginas. Passe-as para ela, diga que passe aos próprios filhos para que, ao entenderem quem são, eles saibam que isso inclui quem os criou; é isso que você descobrirá sobre seus parentes e ancestrais, que não precisam ser apreciados ou reconhecidos porque são inerentemente sagrados, e sim porque suas histórias são parte de quem você é.

Quando sua filha completar um ano, leve-a para ver o homem que criou você. Ele não estará mais lá. Bata na porta com Jacquie nos braços. Veja a mulher que atende dizer que não sabe de quem você está falando. Essa mulher branca não gosta que você esteja ali. Veja-a fazer careta para você e olhar ao redor para checar se há mais pessoas como você se aproximando. Diga que cresceu ali. Que foi seu lar quando criança. Ela dirá que acha que não, como se você tivesse errado o endereço.

Vá embora e se pergunte se inventou a história toda sobre sua vida com seus pais brancos, antes da fábrica, antes dos bares, e antes da filha em seus braços. Tê-la ali, e ter a mente sã e sóbria lhe trará de volta ao presente. Cuspa na direção daquela mulher e da casa velha. Esfregue seu nariz no nariz de sua filha e faça um barulhinho com a boca. Ela fará o mesmo barulho e seu corpo inteiro vibrará, fazendo você cantarolar uma canção sobre ela enquanto se afasta daquela casa pela última vez.

Você voltará a trabalhar na fábrica de jeans fazendo a mesma coisa de sempre, mas com um sentimento novo. Jackie cuidará da Jacquie quando puder. Às vezes, você deixará sua filha no quarto alugado, sozinha, por horas a fio.

Fique longe da bebida.

Trabalhe, trabalhe e trabalhe. Parecerá uma espera, mas você não sabe o que está esperando.

Depois, como se soubesse que você estava esperando, Junis aparecerá. Ele trabalhará no correio como carteiro. Você achará que é branco ou em parte, mas vê você como indígena e pergunta de onde você é. A pergunta a pegará de surpresa, primeiro porque você é de Oakland, então vai querer falar que é daqui, mas por um segundo não sabe mais o que "aqui" significa; quer dizer os tempos modernos, quer dizer Oakland, quer dizer os Estados Unidos? E de onde você seria se fosse indígena de verdade? Oklahoma? Você saberá que isso não é verdade, que existem indígenas no país inteiro – e em outros países. Lerá sobre centenas de povos, cada um com os próprios idiomas e as próprias tradições e histórias de criação. Vai querer lhe dizer que é Cheyenne, que é dali que você vem, que os Cheyenne – que já foram da região dos Grandes Lagos – eram fazendeiros, e depois seguiram os búfalos antes de fugirem para sobreviver, assim como os próprios búfalos, e que seu povo era Cheyenne onde quer que estivesse; mas, em vez disso, você só diz a palavra Cheyenne com a mão no peito, e ele dirá a palavra Lakota com a mão no peito. Vocês rirão do gesto um do outro.

No dia em que você e Junis conseguem o apartamento juntos, você verá uma briga no ponto de ônibus. Pai e filho segurando as golas da camisa um do outro. Parecerá espontânea e ao mesmo tempo ensaiada. Os dois serão indígenas. Uma garotinha aparecerá, a filha, ela ficará no meio deles e os afastará. O cabelo dela estará trançado e ela usará óculos grossos com a armação preta. Depois de separá-los, a garota se sentará no banco e encarará o chão. Pai e filho se afastarão um do outro. O filho arrumará a camisa. O pai se afastará e fumará um cigarro. Haverá um urso felpudo usando apenas um sapato sentado ao lado da menininha. Ela tocará na cabeça do urso e conversará com ele. O ônibus chegará e eles vão embora, mas a menina deixará o urso para trás.

Vá pegar o urso. Espere para ver se a menina voltará. Lembre-se de que os ônibus não voltam, não por um bom tempo e com outras pessoas, às vezes com outros motoristas, às vezes só no dia seguinte. Fique com o urso. Veja como parece novo. Na verdade, é um belo urso, veja a costura feita à mão. Repare no sapato sumido e no pé calçado. Dê o urso para Jacquie, mas guarde-o por um tempo. Dê a ela quando chegar a hora certa.

O lugar onde você morará com Junis antes de ele te deixar virá com um rádio, e muito mais do que você esperava quando se mudaram, todo mobiliado. A Secretaria de Questões Indígenas cuidará de você de um jeito que parecia bom demais para ser verdade. Mas você se perguntará de quem eram aquelas coisas. Onde estavam os donos daquelas coisas agora e por que não precisavam mais delas? Estavam mortos? Morar aqui trará má sorte? Você se perguntará. Esse tipo de pergunta sempre aparecerá em sua mente e nela ficará durante um bom tempo, como o cheiro da casa na qual você nunca se acostumará a morar, como roupas velhas e empoeiradas, como alho e limão. Como outras pessoas. Por meses, parecerá que você está passando a noite na casa de outra pessoa sob circunstâncias suspeitas. Como se ali não fosse seu lugar.

Diga a si mesma que é seu lugar, sim. Diga isso ao apartamento.

Na noite em que se mudar com Junis, faça uma oração e queime cedro e cozinhe carne moída e batatas fatiadas. Coloque bastante sal na carne. Sentem-se em sua nova cozinha. Olhem um para o outro e sorriam como quem diz "Conseguimos", aquele sorriso que só vem depois de uma longa, longa espera.

Você já saberá, naquele momento, que há uma nova vida dentro de você. Saberá disso há um bom tempo. Conte a ele nessa noite.

Esqueça a cara que ele fez quando você contou depois do jantar. Dobre o travesseiro debaixo de sua cabeça. Aproveite o momento e se imagine tendo mais bebês, pelo resto da vida, encher o mundo com o máximo de bebês indígenas que puder, encher o país com seu povo originário. Alegre-se ao pensar nisso. Você não saberá na hora como será difícil ter as duas filhas que terá, ainda não saberá que a notícia de uma nova vida vai fazer Junis partir – não agora, não do jeito que Melvin foi, mas em algum momento, depois que ela chegar, sua preciosa Opal. Ele estará presente, mas já distante em parte.

A presença dele desbotará como a pintura nova do apartamento quando vocês se mudaram, até você nem conseguir mais ver a cor, algo meio branco ou cinza ou amarelo, e ele, assim como a pintura, se tornará algo em que você não pensa mais nem sequer um dia.

Será no final do ano que você descobrirá o Centro de Amizade. É um lugar em Oakland onde fazem eventos indígenas e onde pessoas indígenas se encontram. Continue indo lá. Ganhe a rifa e pegue a TV que ganhou. Compre uma árvore de Natal pela primeira vez. Saiba que esse será um dos momentos mais felizes de sua vida, aquela manhã de Natal com sua televisão e sua árvore decorada. Acorde Jacquie e dê os presentes que embrulhou. Veja os olhos surpresos dela ao abri-los. Veja como são apenas pratos e copos que estavam nos armários da casa quando vocês se mudaram, ou as outras coisas que encontrou ali, como um dedal, uma ratoeira que parecia nunca ter sido usada, e um saco de elásticos de borracha, mas Jacquie olha para os presentes com tanta admiração e cuidado que você não quer que o dia acabe. Ela dará um nome para tudo aquilo como se fossem pessoas, todos seus amigos. Transformará um saco de elásticos em uma bola com a qual brincará na cozinha. E fará refeições imaginárias nos pratos e copos com o urso de um sapato só que foi o último presente. Ela o amará mais do que tudo. Conversará com ele logo de primeira. Ela o levará para todo lugar. Você dirá a ela que trará outra criança para esse mundo e começará a sonhar com a vida que levarão quando ela chegar, como se o bebê estivesse trazendo um futuro brilhante do outro lado, do plano antes da vida.

Quando a irmã mais nova for grande o suficiente para segurar o próprio ursinho, você comprará um para ela, e Jacquie ensinará a irmãzinha a falar com ele, e a amar e respeitar objetos inanimados, transformando todo objeto em um membro da família ao dar um nome e uma personalidade; será isso que terá ensinado a si mesma e depois à família no Natal, e o que faziam quando crianças. É única forma em que as conhecerá, como crianças, seguindo você para todo canto, felizes em estar em qualquer lugar com você e não sozinhas em casa, algo de que no começo elas vão gostar, mas muitas vezes as fará sentir como que abandonadas, esquecidas, sentimentos que nem pensarão em nomear, mas vão sentir, e que farão com que elas queiram ir com você para todo lugar sempre que puderem, mesmo que seja a ilha-prisão, mesmo se tiverem que dormir no chão das celas da ilha-prisão, e vão mesmo, e você lhes dirá que vai morrer naquele lugar quando já estiver morrendo há muito tempo; e, quando voltar para casa, não as deixará ir com você para o norte, onde tentará se curar sozinha em um lugar que quase se esqueceu de ter visitado com Jackie quando era bem mais nova, por um fim de semana, para uma cerimônia. Era para o pai dela, ele estava morrendo, e o remédio, o peiote, foi intenso devido ao estado do homem, todos rezavam por ele com aquele desespero que só a morte pode causar.

Vai sentir algo na cerimônia que não fará sentido para você. Você não saberá que seu avô, Jude Star, foi o primeiro a levar peiote e fogueiras para aquela região e que aquilo permaneceu, assim como ele, até sua morte ali, em 1924. Ele ficou lá com indígenas e brancos mantendo as cerimônias. Você nunca saberá nada disso, mas sentirá a presença de seu povo ali e a experiência toda irá assustá-la, mas transformará você. Transformará Jackie também, tanto que ela ficará lá.

Não verá Jackie até você retornar muitos anos depois, desesperada para continuar vivendo, para encontrar um jeito de rezar o bastante para ficar neste plano.

Você levará algo da cerimônia, mas não será a cura: será uma paz silenciosa e devastadora, uma paz que vai silenciá-la antes de acabar com você, uma paz que você só terá acesso pouco antes de morrer, depois de meses no sofá, assistindo às meninas a verem partir, sem ter nada para lhes dizer, você fará o possível para pensar e sentir com o coração, amá-las enquanto se retrai, e pensará que elas veem a paz em seu rosto pouco antes de você parar de respirar, ou acreditar que elas estão vendo a paz em seu rosto será o que lhe trará paz nos últimos momentos, e será isso que você terá aprendido naquela cerimônia no norte: dar a elas paz ao demonstrar paz.

 Um dia antes de morrer, você de repente desconfiará de tudo sobre sua situação.

 Rápido, junte suas coisas no canto do quarto. De quem é essa casa? Você não se lembrará. Você verá que tudo o que tem nesse mundo pode ser colocado em um canto do cômodo e, se prestar atenção, cabe em uma caixa. Ria para si mesma. Relaxe. Não há muito tempo mais. Você está quase livre.

 Saia. Leve sua caixa para o Centro de Amizade. Peça à sua amiga, Maxine, para guardá-la ali. Armazená-la. Você não saberá o que quer dizer quando pede que a armazene, é algo que aprendeu na biblioteca. Só dá para confiar em Maxine. Volte para casa. Você está cansada. Tão cansada que, quando voltar para o sofá, achará que, quando fechar os olhos para dormir, será o fim.

 Acorde. Amanheceu. Tome uma xícara de café. Veja o sol nascer. Sinta como se fosse a única pessoa no mundo vendo aquilo. Saiba que sempre foi verdade que você foi a única pessoa vendo o mundo do jeito que estava vendo o mundo. Agradeça ao sol nascente. Agradeça ao dia que era todos os dias, que era o próprio sol fazendo com que tudo fosse visto e que era chamado de dia como um apelido para a grande luz que a estrela enviava ao mundo antes de levá-la embora.

 Você não saberá que, quando morrer, sua filha mais nova, Opal, sairá correndo da casa em direção à rua, descalça, como se estivesse correndo para salvar a própria vida, ou como se quisesse correr pelo resto da vida, a qual lembrará que tem por uma fração de segundo ao descobrir que você morreu, e isso vai assustá-la tanto que ela não saberá o que fazer além de correr e correr e correr descalça pelas ruas de Oakland como se a cabeça estivesse pegando fogo.

Há muitas histórias sobre o que acontece ao morrer. Você se torna luz ou se torna a luz morta das estrelas ou você nada no rio do céu ou se torna o solo na terra. Anjos e demônios e fantasmas. São todos histórias que contamos para nós mesmos sobre o silêncio.

Mas histórias são contadas depois do fato. E a única verdade sobre o pós-vida é que nada vem de lá. Tudo vai para lá.

Haverá muita coisa que, quando partir, você ainda não saberá a respeito de como chegou aqui.

Você é do povo que sobreviveu fazendo com que a sobrevivência fosse mais do que sobreviver, que fez o possível para permanecer junto. Mas você não saberá se as pessoas que vêm depois conseguirão fazer o mesmo. E elas não vão saber se serão capazes de amar do jeito que vai além de sobreviver, que mantém fragmentos de bala em um corpo sem deixar isso envenenar o sangue, o tipo de amor que escolhe o jeito difícil, o jeito que inclui mais e não menos, o caminho contrário do egoísmo. Ninguém saberá se alguém é capaz de tornar esse lugar algo além de dor acumulada.

Você não sabe, não pode saber, a única coisa que sabe é que isso significa que você precisa acreditar se quiser ter uma chance de fazer mais do que sobreviver, e essa crença, apesar de não saber, essa crença porque você não pode saber, é a razão pela qual a história precisa ser vivida para ser contada, é a música sendo cantada e o dançarino no ar. É a criança com muito chão e anos de dificuldade pela frente, correndo em uma estrada asfaltada a toda velocidade, descalça, sentindo que já ultrapassou a gravidade, sentindo com os pés o tipo de vitória que só a crença pode proporcionar e, por isso, sente que está prestes a se descolar do chão, de alçar voo.

PARTE DOIS

✷

Consequências

2018

Me fale sobre seus diamantes.
TONI MORRISON

CAPÍTULO TREZE

※

Como voar

Orvil estava deitado de costas em sua cama havia mais tempo do que de costume, nem pensando, dormindo ou sonhando, mas preso no que aconteceu com ele, suportando aquele peso sem saber como – ou até mesmo se — se sentir em relação a isso, quando pensou em pesquisar o que os outros adolescentes na internet tinham a dizer a respeito de sobreviver a um tiroteio, e, ao fazê-lo, não acreditou que aquilo não tivesse passado por sua cabeça antes. Crescer com a internet era assim. Com tanta coisa ao alcance dos dedos, na maior parte do tempo você só consegue rolar a tela sem parar, salvar páginas que nunca abrirá de novo, sem conseguir se concentrar o bastante em alguma coisa a ponto de ser mais do que uma olhada rápida, e, de repente, você pensava em pesquisar algo que não acredita que nunca tivesse pensado em procurar.

Ouvir histórias de sobreviventes de tiroteios o fez se sentir tão acolhido que quase se sentiu completo de novo. E então teve um *déjà-vu*, como se tudo aquilo já tivesse acontecido antes, ou como se tivesse sonhado aquilo havia muito tempo e só então estivesse se lembrando do sonho. Sentir-se quase completo era, talvez, a melhor sensação que alguém poderia ter, mas o que ele sentia que faltava tinha mais a ver com o buraco real feito pela bala que o atingiu, que eles não tiraram por completo. Orvil precisava assistir a mais vídeos.

Havia todo um nicho no YouTube composto inteiramente por adolescentes que sobreviveram a tiroteios em escolas. Alguns vídeos eram emotivos demais para ele assistir até o fim, em outros, os jovens pareciam ávidos para compartilhar, ou postavam por algum outro motivo esquisito. Alguns eram superproduzidos e "feitos para a TV", faltando uma dose de sinceridade ou honestidade, ou eram ensaiados, ou pareciam manipulação emocional. Os que ele procurava eram vídeos estilo confessionário no quais os adolescentes ainda não sabiam como se sentiam com tudo aquilo, que falavam do que aconteceu com eles com certo distanciamento, que saíram voando naquele dia e ainda estavam tentando voltar para a Terra. Em outras palavras, adolescentes que sentiam o mesmo que ele porque, apesar de ele não ter sobrevivido a um tiroteio em uma escola, era a coisa mais próxima em que ele pensou.

Um menino que sempre usava um chapéu de elfo, sem nunca ter falado nada sobre Natal ou vida de elfo nos vídeos, disse que os indígenas foram os primeiros a promover um tiroteio em uma escola. Isso o irritou de cara, só que ele foi pesquisar e descobriu ser verdade. Em 1764, alguns guerreiros Lenape entraram em uma escola e atiraram em dez crianças e no diretor. O que não foi registrado em nenhum lugar foi o motivo de os guerreiros Lenape terem feito aquilo. Diziam que os anciãos do povo deles os chamaram de covardes depois do ocorrido e que a legislação da Pensilvânia restabeleceu a recompensa por escalpos de índios, o que talvez seja o motivo deles.

Orvil encontrou uma lista de adolescentes que atiraram em outros adolescentes em escolas ao longo da história dos Estados Unidos, muito antes do massacre de Columbine. Nenhuma das descrições dos tiroteios parecia chamar atenção, exceto um acontecimento bizarro em 1856, no qual um professor avisou aos alunos que se machucassem seu pardal de estimação, ele os mataria; quando um garoto pisou no pássaro e o matou, o professor o levou para outra sala e o estrangulou até a morte. Depois disso, o pai do menino matou o professor com um tiro.

Leu alguma coisa sobre como as escolas deveriam ser o principal lugar para controlar melhor as pessoas, para estender a adolescência e criar cidadãos mais complacentes usando métodos utilizados para domesticar animais. Ele queria saber mais sobre essa história, mas, quando tentou descobrir onde leu isso, não conseguiu encontrar.

Queria se sentir normal de novo. Como era antes do tiroteio, antes do hospital. Aqueles anos depois de irem morar com a avó. Todos aqueles anos atrás. Pareciam ter sido tão bons. Podia-se dizer isso sobre anos que não se consegue ter de novo, desejar normalidade quando o normal foi tirado de você, mesmo que o normal nunca tenha sido tão bom.

Tudo havia se tornado mais sério, tipo a coisa mais séria do mundo, porque ele tinha levado uma bala perdida. Ele nem era o alvo. Foi algo completamente aleatório. Um dos médicos, que usava um boné de beisebol gasto com a foto de um peixe, que Orvil achava que não devia ser usado no trabalho, disse que o fragmento da bala tinha o formato de uma estrela, como se isso fosse algo legal. Em seguida, falou que ele devia agradecer por ela ter parado de se mexer, que um buraco de saída podia ser o que o mataria. O médico disse que ficariam de olho no fragmento de estrela porque eles costumam vagar, e partes dele podem entrar na corrente sanguínea e envenenar. Depois, o médico, que parecia estar tentando confortá-lo sobre o fato de a bala ficar dentro dele, disse que não eram as balas que matavam, e sim o caminho que tomavam. Para Orvil, isso parecia uma grande ladainha motivacional, como "Armas não matam pessoas, pessoas matam pessoas", ou "Não é sobre o destino, e sim a jornada".

Ele estava com vergonha demais de admitir que, pouco tempo antes, imprimia frases na biblioteca da escola e as colava na parede do quarto. Algumas eram de rappers, outras eram de filósofos que ele desconhecia, só que a parte mais vergonhosa era que a maioria das frases que ele amava eram supostamente de indígenas, às vezes chamadas de provérbios indígenas, que ele achava na internet e eram piores do que as ladainhas motivacionais.

Orvil encarava o teto, a dor aguda que sentira naquela manhã havia diminuído, e a lenta construção de um sentimento agradável se tornou uma espécie de fluxo em seu sangue, devagar e suave, porém brilhante, até mesmo hipnótico, como a lava naquelas luminárias ou como a que via em documentários sobre a natureza quando não estava passando mais nada, a calmaria depois da erupção, devorando tudo em seu caminho antes de se tornar uma rocha incandescente e preta.

As camadas de tinta lá em cima estavam mudando, pareciam mais do que formas aleatórias, mais e mais como formas específicas, e depois como sombras de uma vida que ele viveu, mas não se lembrava, ou uma vida ainda por vir, um futuro além do que ele esperava, se é que podia ter esperanças, ou se esperança fosse a palavra certa para como se sentia quando os remédios faziam efeito.

Sua avó entrou naquele momento, com um violão velho na mão, e o balançou no ar na frente dele para chamar sua atenção.

"Você quer isso?", perguntou.

"Tanto faz", disse ele, ciente de que ela odiava quando ele respondia uma pergunta com "Tanto faz". Ela tocou as cordas, o som foi péssimo e os dois riram.

"Acha que vai tocar? Ou eu posso dar pro seu irmão, ele parece estar mais interessado em música do que..."

"Ele não está mais interessado em música do que ninguém, ele só gosta de música clássica, que ele chama de 'velharia', por sinal, e se você acha que isso faz dele mais sabedor do que..." Ele logo percebeu que disse "mais sabedor" e se odiou.

"Ninguém é mais sabedor do que você", afirmou ela, e colocou o violão no canto do quarto com um baque.

Ela disse que havia comprado o violão em um leilão de bens que tinha visto no caminho de casa. Quando ele perguntou o que era aquilo, a avó disse que era o que as pessoas faziam quando um parente velho e rico morria em casa e os filhos queriam vender todas as suas coisas. Ele não entendeu a parte de morrer em casa, e nem o que era "leilão", mas gostava da ideia de tocar o violão de alguém que morreu.

Por semanas o instrumento ficou encostado em um canto, em sua visão periférica, como um vira-lata que ele trouxe para casa e que sabia que ia fazer barulho caso se aproximasse.

Até que um dia ele estava chapado, chapado como sempre estava, chapado com prescrição médica, um hábito para acabar com a dor, nada muito forte, ou que fosse bater muito. Esses foram os dias bons e fáceis. Dias que passavam e nada acontecia. Antes de o médico parar de renovar a receita.

A realidade era diferente do que parecia. Ele era uma vítima de tiro que estava se recuperando de um ferimento, mas o que sentiu, quando foi aberto daquele jeito, foi que outra coisa havia chegado, como se fosse de outro tempo, dimensão ou universo.

Orvil sempre sonhou muito. Isso inclui pesadelos. Mas depois de certa idade você não quer mais usar esse termo. Criança é que tem pesadelos. Ele não queria precisar contar para ninguém que estava com medo de ir dormir, ou que tinha acordado de uma cena de violência tão vívida e longa que não conseguiu mais dormir a noite inteira. Então parou de contar para as pessoas. Apenas lidava com aquilo sozinho.

A maioria dos sonhos que tinha passaram a ser relacionados a tiroteios. Os barulhos, a correria, a sensação horrível de ser baleado. Uma vez, ele comeu as vísceras de um cavalo, depois entrou na carcaça vazia, e a primeira coisa que pensou ter ouvido ao sair do corpo do cavalo eram tambores, mas eram tiros, então soube que o corpo do animal o protegia das balas; e então ouviu o que achava serem tambores de novo e, pouco antes de acordar, percebeu que era o coração do animal, batendo dentro dele. Ao pensar sobre o sonho, ele ficara com medo de como foi bom comer o cavalo, e como se sentiu seguro lá dentro, e quão forte sentiu o coração do animal bater dentro de si.

Em algum momento percebeu que, se tomasse mais comprimidos do que disseram que deveria tomar, ele se sentia ainda melhor, e sonhava menos, ou não se lembrava dos sonhos, o que dava no mesmo. Depois sentiu que tomar mais comprimidos fez com que tivesse que tomar mais comprimidos para que tomar mais comprimidos continuasse fazendo efeito. Como se significasse sempre mais e mais. Como se ele pudesse empilhar e despencar ao mesmo tempo, ou como se o empilhamento fosse a causa do despencar.

Ele entendia aquilo como ciclos. Se tomasse mais do que o receitado, haveria dias em que estaria mais chapado, mas haveria dias em que não teria comprimidos, dias em que precisaria esperar, e nos dias que não tivesse comprimidos, os sonhos voltariam como uma vingança. Ele teria voltado ao que era antes, tomando apenas o que mandava a receita, mas toda vez que recebia uma nova receita, o barulho do pote cheio o deixava tão feliz que era impossível impedir que os comprimidos amarelos caíssem em sua mão, seguido pela sensação suave em sua língua, e descessem pelo rio do copo de água, até o mar, levando-o para onde não buscava mais felicidade, e sim algo novo, sem luz ou ar, uma espécie de segredo que ele não queria precisar guardar, mas gostava de ter, e que podia guardar para si. Ele achava que estava se viciando. Não era uma novidade. Ele costumava falar o mesmo sobre videogames e celular, telas em geral. E sabia que vício estava em seu sangue. O cérebro de sua mãe era viciado, assim como o cérebro dos pais dela, e o dos pais deles até o começo da longa linhagem de indígenas tentando lidar com aquilo. Familiares ancestrais estavam sempre enviando suas bênçãos e maldições através do tempo, do além, algo que dava ao presente um tom específico, sua inclinação, sua escuridão, sua luz, seu grito e sua canção, mas também seu ocasional silêncio absoluto.

No caso de Orvil, a mãe danificara seu cérebro já danificado antes de ele nascer. Antes de vir ao mundo, o desejo já estava dentro dele. Sua mãe com aquela agulha e o cavalo. Quando ficou mais envolvido, ele percebeu que ficar chapado o fazia se sentir mais próximo de sua falecida mãe, como se pudessem se comunicar apesar da morte e do tempo, porque às vezes ela estava no canto, em sua visão periférica, procurando pelas chaves no quarto, ou quase cochilando, encostada na parede – murmurando com alguém do outro lado.

Depois ele se lembrou de uma coisa. Não sabia se era uma lembrança ou um sonho, ou a lembrança de um sonho. Era o seguinte: antes de ela morrer, quando Orvil era mais novo, mas não tanto quanto seus irmãos – que não paravam de chorar –, ele amarrou um braço e achou uma veia, como viu sua mãe fazer, e injetou um pouco do que ela tinha em uma seringa que não tinha sido completamente usada. Ele apenas dormiu. Mas fez aquilo. Na lembrança, ou no sonho, ou na lembrança de um sonho. A mãe dele sempre dizia que era seu remédio. Ele se lembrava de pensar que fazia sentido usar um pouco do remédio dela, e que todos estavam meio doentes. Ele não se lembrava de mais nada, apenas de ter dormido com a sensação do leite dourado zumbindo em seus olhos e preenchendo-o dos pés à cabeça, uma espécie de canção que fazia com que tudo ficasse suspenso no ar, mesmo que apenas pelo tempo de duração da onda – cada molécula de seu corpo sabia como voar.

Depois disso, quando ouvia as pessoas falando sobre "ficar alto", ele pensava em voar, não em pessoas se fodendo, e sim tentando superar as coisas, sentir e ver de um lugar mais alto, ou pelo menos não se sentir tão pesado; antes de começar a ficar alto, quando ouviu falarem disso, ele tentou não pensar em sua mãe, e sim em pássaros e penas – não peso, e sim voo.

Anos depois que ficar alto perder a graça e parecer um dever em vez de uma diversão, ele se sentará em uma privada e pensará sobre como se livrar daquilo, a princípio sem saber o que quer dizer quando pensa naquilo, em como se livrar daquilo, enquanto a luz fraca acima dele pisca por causa de uma lâmpada ruim no banheiro que todo mundo se esquece de trocar. Ele vai encarar uma carreira de pó e em breve deixar seu corpo com ela, e se aquela primeira vez foi um sonho ou uma memória, não importa mais, porque ele conhecerá de novo o segredo de voar, e não saberá, enquanto estiver lá, se essa será a última coisa que saberá, se vai descer de volta, não vai saber se quer ou não voltar.

Mas, conforme descobria o que as drogas poderiam ser para ele, os comprimidos, se os tivesse, ele os tomava antes de fazer qualquer coisa. Tomava e assistia à qualquer merda, animes tristes on-line ou reality shows na TV, literalmente programas de merda que eram engraçados por serem muito ruins. Tomava os comprimidos e jogava videogame. Jogava NBA 2K, dominando ao jogar com os Warriors, e Red Dead Redemption 2 e GTA V, e saía matando geral e fugindo das cenas de crime de jeitos épicos em carros ou cavalos. Tomava comprimidos e dormia. Tomava comprimidos e ficava na internet até sentir que não conseguia ler ou pensar ou ver mais nada. Tomava comprimidos e tocava violão. Ele dava uma volta no quarteirão para prevenir coágulos, como o médico disse, como a avó disse, como todo mundo disse. Pensava no pow-wow. Tentava não pensar no pow-wow. Pensava no pow-wow. Tomava comprimidos e se preocupava se estava perdendo tempo, enquanto o tempo escapava como o ar saía do quarto quando uma porta se fecha e outra se abre – como uma oportunidade perdida.

Ouviu dizer que drogas poderiam deixá-lo entorpecido, mas ele *sentia mais*. E ele se sentia melhor porque sentia coisas que não se permitia sentir antes. Os analgésicos o faziam se sentir corajoso e confiante, como se pudesse sentir o que estava guardando lá dentro e nem sabia.

Ele continuava voltando para o violão, primeiro tocando as cordas sem colocar os dedos no braço para fazer acordes ou tocar notas, só ouvir as que saíam do buraco do violão que ele começava a pensar como uma boca, que depois ele descobriria se chamar de notas abertas. Era um bom som, algo que ele sabia que podia fazer, que vinha de uma boca dentro dele, um canto. Foi assim que o instrumento virou algo além de um pedaço idiota de madeira e cordas que um cara morto nunca mais tocaria. Seus longos dias de estudo em casa, jogando videogame e navegando na internet foram substituídos por seu tempo com o violão, que estava começando a parecer um idioma que, se aprendesse a falar, poderia salvá-lo.

CAPÍTULO CATORZE

O que eram as drogas

Sean Price nunca se sentiu tão aceito pelo pai e pelo irmão quanto durante um breve período depois da morte da mãe. A doença foi rápida em acabar com o cérebro dela. E demorou muito para ser diagnosticada. Doença de Pick. Sean foi o primeiro a notar algo errado, diferente. Ela começou a xingar, apesar de quase nunca ter xingado antes. A mãe era católica. Apesar de os palavrões serem algo relativamente fácil de lidar, comparado ao que estava por vir, para Sean, parecia uma situação extrema. Seu pai, Tom, achou que tinha a ver com o trabalho, estresse.

Quando ela não conseguiu lembrar onde estava o carro, depois de ter acabado de chegar, de alguma forma, e eles não encontraram o carro por semanas, o reportaram como roubado, e a polícia o encontrou a cerca de dois quilômetros da casa, estacionado atrás de uma rocha perto de uma trilha, foi a gota d'água, e Tom concordou que ela precisava ir ao médico. É mais difícil do que parece convencer uma profissional de saúde de que ela precisa de atenção médica.

Dizer que estava bem se tornou seu bordão.

Então a doença avançou e, quando enfim foi diagnosticada, ela não acreditava que era casada com Tom e achava que Sean era o irmão mais novo que havia perdido em um incêndio quando tinha nove anos, cujo nome era Sean, de quem o filho recebera o nome. Já o outro filho, Mike, se tornou um médico nazista, o que era apropriado já que havia se tornado um psicopata de extrema-direita, clássico produto da região de Oakland; do tipo que decidiu só ouvir música dos anos 1990 e 2000, como Souls of Mischief and Hieroglyphics, Too $hort E-40 e Mac Dre, bebia uísque Hennessy, que apelidara de "Hen", fumava charutos apenas quando eram de maconha, e só chamava Oakland de "a cidade", mas ouvia Joe Rogan nas corridas ao amanhecer – um hábito que começou na escola militar. Nenhum desses hábitos foi reconhecido por Grace, a mãe de Sean, quando começou a chamá-lo de médico nazista. O fato de o apelido não ter embasamento era uma evidência do avanço da doença que parecia estar corroendo a parte do cérebro dela que continha sua essência, que a fazia ser quem era, algo que assustava Sean: quem você é ser apenas uma pequena parte de seu cérebro.

Quando ela morreu, foi como perder alguém que ele não conhecia.

A doença de Pick era como demência para pessoas de meia-idade. No fim, ela não conseguia falar nem parecia entender o que falavam. Ver sua mãe se tornar, em menos de um ano, nada mais do que um corpo aquecido que respira foi, no mínimo, devastador. Não apenas para Sean, mas também para o pai e o irmão. Mudou todos eles.

Depois que ela morreu, Sean ficou de luto e então sofreu com o pai e o irmão, com uma sinceridade patética que ele deveria saber que não duraria muito, mas, enquanto durou, a falta dela era deles, juntos. Eles rezavam antes das refeições com a TV desligada. A reza era para Grace, faziam aquilo por sua causa, porque nenhum deles acreditava naquilo, e às vezes até rezavam *para* ela, tirando Deus da equação. Talvez Grace ainda estivesse no meio das coisas, nas paredes ou tubos de ventilação, incrivelmente pequena, escondida na poeira em uma teia no canto da cozinha para onde Sean via seu irmão olhando quando eles rezavam.

Eles foram gentis um com o outro nessa época, por meses, quase metade de um ano. Mas tudo termina. E se o luto em si não vai embora, começam a surgir sinais de que ele está se tornando algo rotineiro, e logo Sean descia para fazer um sanduíche de salame com mostarda, sentava-se em frente à TV com Mike, que comentou que o irmão já devia estar superando tudo porque era adotado. Mike disse uma coisa sobre sangue que Sean teve que pedir para ele repetir porque achou ter ouvido errado.

"É que você não é filho de sangue", disse Mike. "Só isso."

"Só isso?", perguntou Sean.

"Não é o mesmo pra você", respondeu Mike.

"O pai não tem o sangue dela também, então..."

"É, mas eles misturaram o sangue deles em mim, então isso conta."

"Conta para quê?", perguntou Sean, e a raiva em sua voz a fez tremer um pouco, até seu queixo tremeu um pouco com a tristeza, mas ele o controlou dando uma mordida grande no sanduíche de salame e mostarda, pensando em como Mike usou as palavras "misturaram o sangue", como se fosse uma receita de bolo.

"Você sabe do que tô falando", respondeu Mike e depois jogou as pernas para a frente da TV, desviando a atenção.

"Não acredito que você está tentando transformar isso em uma competição", rebateu Sean e se afastou do irmão.

Eles estavam sentados no sofá gigante de couro marrom. Ignorando os comentários da TV sobre os destaques do basquete da semana.

"Não é uma competição. Sangue é mais forte", disse Mike.

Sean se levantou rápido demais e derrubou o restante do sanduíche no chão, depois o pegou e foi para a cozinha jogá-lo fora, mas, em vez disso, apenas o deixou na bancada. A frase "sangue é mais forte" estava lhe corroendo por dentro de diversas formas. Ele colocou um copo debaixo da torneira e o encheu até transbordar, bebeu só um gole e derramou o restante na pia. Não estava raciocinando. Geralmente não desperdiçava água assim.

"'Sangue é mais forte' deve ser a coisa mais idiota que você já disse. Não é assim que funciona o luto", disse Sean, parado ao lado da TV. "Sangue nem importa quando se fala de sentimentos."

"Mimimi sentimentos. Você é uma florzinha", retrucou Mike, rindo.

Sean se afastou e pensou em flores. O fato de ele pensar primeiro em flores provavelmente o faz ser o tipo de pessoa que Mike estava tentando zoar. Sean se sentou à mesa de jantar e pesquisou quando essa palavra começou a ser usada como algo pejorativo, há quanto tempo as pessoas usam o termo como algo ruim e viu no Google que o primeiro uso foi de Claude McKay, um autor jamaicano que Sean não conhecia, descrito como uma figura central do Renascimento do Harlem. Sean pesquisou por citações de Claude McKay e encontrou uma no começo de um dos seus poemas, "Eu colhi minha alma do seu lugar secreto", que parecia se encaixar tão bem na situação que quase cessou a fúria que o fazia tremer, ou fez valer a pena estar com raiva.

"O que foi, pesquisou o significado de 'florzinha' e encontrou uma foto sua?", disse Mike, rindo com vontade.

De repente, Sean sentiu pena dele. Mike era cinco anos mais velho, quase um homem adulto, rindo do irmão mais novo por que mesmo? Ele foi expulso da escola militar e nunca se recuperou disso. Parecia um moleque, não conseguia parar em um emprego, não sabia o que queria fazer da vida e passava tempo demais trancado no quarto, na internet. Foi do quarto que ele começou a acreditar na extrema-direita por meio de seja lá quantos cliques devem ter sido necessários para fazer sentido na cabeça dele que homens brancos são as vítimas da história e que o país está sofrendo. Porém, com a mesma rapidez que sentiu pena, a raiva voltou, e Sean pegou seu sanduíche da bancada da cozinha, ficou parado atrás dele, abriu-o e, sabendo o quanto Mike odiava o cheiro de mostarda, bateu o pão na cabeça dele com toda a força, então correu para o quarto o mais rápido possível, trancando a porta e passando a corrente que pediu para o pai instalar anos atrás, depois que percebeu que Mike podia arrombar a fechadura com um clipe de papel.

Às vezes, ele só queria não pertencer ao mesmo grupo de homens que fazia dele parte do que Mike estava envolvido. Aquela grosseria clássica norte-americana, aquela arrogância maldosa.

Sean sempre se sentiu desconfortável ao ser chamado de menino ou rapaz. Porém – e ele sabia que esse era um grande "porém" –, ser não binário não significava que ele não era um homem que se beneficiava de forma direta de sê-lo. Homens eram um culto secreto. Ser um garoto sendo preparado para se tornar um homem era como entrar em uma sociedade secreta contra mulheres e contra tudo que não fosse perfeitamente masculino – era preciso ter bolas para entrar no Clube do Bolinha. Nem todo menino era assim. Nem todo homem era assim. Sean não era assim. Ele achava que não era. Só que sabia que era parte disso e que não podia apenas se abster de tudo o que isso envolvia.

Em um mundo ideal, todos usariam elu/delu para falar de Sean, sem que ninguém precisasse perguntar ou explicar nada.

Em um mundo ideal, haveria uma linguagem melhor, mais inclusiva e gentil para todo mundo. Ele não vive nesse mundo. A linguagem na escola era barulhenta e vaga nos corredores, silenciosa e desesperada entre ele e seus colegas de turma nos intervalos e quase sempre complacente quando vinha dos professores ou figuras de autoridade que tinham a mesma postura de um leão de chácara. Mas havia jeitos de fazer as coisas parecerem ideais, jeitos de cultivar uma vida privada. Ele era leitor de fantasia e quadrinhos, livros sobre outros mundos, e podia ler ou brincar sozinho por horas; ele os chamava de "amigos" até perceber que usar o termo plural no masculino para mais de uma pessoa era sexista; então começou a chamá-los de "pessoas", e ficou com vergonha de ser o único no oitavo ano que ainda gostava de brincar quando todo mundo parecia preferir outras coisas. Foi no oitavo ano que ouviu pela primeira vez a frase "Encontre suas pessoas", algo que seu professor de ciências sociais, sr. G, disse no primeiro dia. O sr. G foi o professor mais verdadeiro porque ele parecia mesmo se importar. Os demais já tinham desistido há anos, alguns há décadas. O sr. G parecia conseguir enxergar Sean, e parecia enxergar a si mesmo, por já ter passado um bom tempo pensando sobre quem ele era e como chegou a ser quem era, e tentou passar isso para alunos como Sean com mensagens como "Encontre suas pessoas" e "Um dia, tudo isso não importará mais". Sean queria ter perguntado para o sr. G o que ele quis dizer com "tudo isso", mas nunca teve coragem para perguntar nada. Sean parou de brincar com suas pessoas naquele ano e nunca encontrou outras na escola.

Ele não achava que seria aceito nos grupos, clubes ou panelinhas LGBTQIA+, então nem tentava se juntar ou fazer amizade com pessoas que ele sabia fazer parte da sigla. *Pertencer à sigla* parecia uma sociedade secreta da qual ele não sabia como fazer parte. Ou o sinal de mais no final da sigla era um símbolo guarda-chuva para abrigar o máximo de pessoas possível da chuva que inundava os pensamentos daqueles perdidos em um sistema de definições que continuava a não os incluir?

Ele sempre soube que se sentia atraído por meninos e meninas, mas, pela primeira vez, no verão depois de começar o oitavo ano, alguma coisa mudou dentro dele. Estava em seu quarto ouvindo "Your Best American Girl", de Mitski, com fones de ouvido, mais girando do que dançando. Algo na distorção da guitarra e a raiva escancarada na voz da cantora parecia ao mesmo tempo tão bonito e feio e bom, mas também com raiva de algo que ele passou a vida inteira oscilando entre ter ou não ter vergonha. Quando a música acabou, algo sumiu, como se ele tivesse esquecido ou saído flutuando pelo quarto enquanto girava, e nunca mais voltou.

No verão antes do primeiro ano do ensino médio, Sean passou três meses internado por causa daquilo que todos chamaram de "o acidente".

O acidente e o resultado se dão na passagem distorcida entre o antes e o depois, que aconteceu durante um jogo de hóquei em patins.

Hóquei em patins era o que seu pai jogava. Era no que ele tinha sido bom na vida. Como não poderia deixar de ser, os dois filhos também jogavam, desde antes de começarem a andar, e praticamente cresceram no rinque e usando Quads – era assim que se chamavam, não patins; o calçado com rodas era apenas um detalhe, hóquei era o que importava. Tom enfatizou aquilo quando Mike e Sean tentaram lhe dizer que andar de patins era meio bobo. Para Sean, era pior do que só ser algo bobo: ele sempre odiou ver pessoas andando de patins, todas desajeitadas e mais lentas do que parecia ser necessário para andar sobre rodas; pareciam mutantes, como os vilões em *O mundo fantástico de Oz* a que o pai o fez assistir certo dia quando os dois estavam doentes em casa, do nada. Tom só colocou o filme e disse que ele ia gostar, mas Sean passou semanas tendo pesadelos por causa do filme, e ainda ficou com vergonha de contar para alguém porque era meio que um filme para crianças.

O acidente foi causado por um jogador que parecia estar lhe dando um *cross check* nas costas, que era uma infração sujeita à penalidade, com certeza, só que foi mais uma regra burlada do que quebrada e, devido às intenções ambíguas, o *cross check* acidental ou proposital fez o corpo de Sean se chocar contra as placas, fazendo suas costas se dobrarem a ponto de quebrar, como dizem os médicos, mas tecnicamente foi uma fratura por compressão nas vértebras inferiores, e não a porcaria das costas inteiras quebradas de uma só vez, embora tenha sido essa a sensação, não quando aconteceu, não no começo, mas depois. Foi assim que Sean Price, que recebeu comprimidos por um bom tempo para lidar com a dor, começou a ficar chapado, e foi aí que o verdadeiro problema começou. Apesar de achar que nunca mais jogaria hóquei em patins para valer ou qualquer esporte de novo, ele voltaria a andar, ele andaria outra vez e o fato de saber disso, mesmo sem ter nenhum tipo de relacionamento com Deus ou religião, era um tipo de graça.

Grace era o nome verdadeiro de sua mãe, mas todos a chamavam de Gracie, o que parecia ser uma forma de graça, ou melhor, apenas um pouco de graça, mas Sean acreditava que a graça de verdade precisava ser absoluta, não é? Mas ela se foi, deixou Sean sem graciosidade, na verdade, ela caiu em desgraça, afastando-se do significado do próprio nome, porque ele não conseguia nem reconhecer a pessoa que estava perdendo enquanto a perdia. Ela não tinha como saber que o estava deixando com os lobos. Depois que decidiram que o luto havia terminado, pai e irmão se tornaram mais irmãos um do outro do que pai e filho, aparentemente ao mesmo tempo, até de um jeito conspiratório, como se tivessem um grande plano em andamento, um cujo propósito Sean não entendia.

Durante as visitas a Sean enquanto ele se recuperava no hospital, a sensação era de que eles tinham que estar ali, como se estivessem fingindo preocupação e não soubessem o quão claro estava que era apenas fingimento. O amor sempre foi vinculado e ofuscado pela obrigação. Sean queria acreditar no resumo simples do que aconteceu com ele, no começo, que um babaca trapaceiro lhe deu um *cross check* nas costas. Então começaram a fazer perguntas, como "o que ele esperava que ia acontecer, tentando pegar o disco no canto do rinque?" ou "ele estava na frente do gol adversário, provocando o goleiro?". Em outras palavras: foi culpa dele? Ele mereceu? No fim, ficou claro que eles pareciam pensar que Sean havia perdido uma briga e que tinha sorte de estar vivo. Ela tinha morrido. Ele estava vivo e preocupado com as costas, com as pernas, com andar. *Vai ficar tudo bem*, ele ouviu a voz da mãe ecoar das paredes do hospital. Sentiu a presença dela lá, especialmente quando lhe davam morfina. Ele não sabia disso na hora. Ela só estava lá. Falando com ele através paredes. Ela estava dizendo que *nós* íamos nos recuperar. Que *nós* íamos ficar bem. Continuou usando o plural, como se a recuperação dele fosse, de alguma forma, dos dois. Sean acreditava nela, e acreditava que só se recuperou por ter acreditado.

Os médicos disseram que suas costas também iriam se recuperar. Mas um deles, que estava ficando calvo no topo da cabeça

– só era visível quando o homem se abaixava para pegar a caneta que derrubava a toda hora –, disse que "Voltar a andar seria o caso se...", mas parou de falar e saiu imediatamente. Só depois Sean percebeu que o médico saiu correndo e então sentiu o cheiro de fumaça e um calor tão intenso que só podiam indicar fogo. O teto ia desabar sobre ele. Alguém surgiu quando parecia tarde demais e o tirou do quarto, levando-o até um escorregador fechado que dava no estacionamento. Era um sonho – talvez por causa da morfina, talvez não –, ele voltou tossindo tanto que precisaram trazer uma máquina para ajudá-lo a respirar.

Quando o pai e o irmão foram ao hospital para buscá-lo depois da alta, ele se sentiu confuso, mas reconfortado pelos dois fatos a seguir: 1) Ele gostava de drogas; e 2) Ele não ficaria em uma cadeira de rodas para sempre, apesar de estar voltando para casa em uma.

A experiência toda foi agridoce: amarga por causa da dor e porque ele estava sempre com medo de não voltar a andar, e doce porque conheceu drogas como morfina e opioides. Ele ainda estava tentando entender o que era dor e o que era alívio, o que eram sonhos e o que eram as drogas, mesmo quando estavam sendo injetadas em sua veia, direto em sua corrente sanguínea.

Remédios injetáveis eram uma viagem. Ele sabia que era um problema gostar de ficar chapado, que era o sinal de uma doença, essa vontade, e ainda assim ele queria. Havia um motivo para aquele desejo: queria ser cuidado como eles o fizeram se sentir cuidado; era algo tão ruim assim de se desejar, aliviar o desconforto, não ter que se preocupar tanto? Talvez não, mas pela forma como pensava em conseguir drogas no futuro, sem se importar de saber que era errado, ele sabia que era um problema e que não se importava, e o fato de não se importar era outro problema com o qual ele não se importava.

Sean Price tinha essa energia meio "foda-se o mundo" desde sempre. Ele acreditava ter nascido daquele jeito, que as pessoas que eram daquele jeito podiam só tacar o foda-se e fazer algo louco, algo que a maioria das pessoas teria o bom senso de nunca fazer, porque sim, a vida é uma só, mas a energia de "foda-se o mundo" era diferente. Não era exatamente ruim. Podia ser útil. Sean acreditava que isso vinha do fato de ser adotado, de outra pessoa ter tacado o foda-se para ele.

Sean foi adotado direto do hospital depois de nascer, então não tinha lembranças de sua mãe biológica. Grace e Tom eram seus pais, Sean sempre soube que eles não eram seus pais de verdade, mas eles *eram* seus pais porque não havia mais ninguém. Desde cedo soubera que era diferente dos pais e do irmão. Sean tinha a pele marrom e o restante da família era branca. Começaram a surgir perguntas de outros pais na escola ou estranhos no supermercado sobre a origem do pai do garoto, e terminavam com comentários sobre como ele era "bonito e exótico". Falar de Sean como se ele não estivesse lá se tornou algo tão normal quanto a resposta seca, mas tensa, da mãe, "Ele é meu filho", algo que sempre fez Sean se sentir bem, amado, mas também preso, do mesmo jeito como quando o pai fazia algo que o garoto amava: enrolava-o no colchonete como um burrito.

O tom de pele de alguém em Oakland podia ser aceitável, podia ser tolerável, até normal, mas Oakland tinha muitos lados. E havia aquelas colinas, as colinas de Oakland, como chamavam, o que quer dizer que não eram planas, não eram o leste, e que tinha dinheiro ali, valor imobiliário, vistas multimilionárias de Oakland. Foi ali que ele cresceu, Sean Price e sua família adotiva, perto de um lugar chamado Montclair, escondido nas colinas do outro lado da Highway 13, que todos fingiam ser uma cidade luxuosa nas montanhas, sendo que nem era fora de Oakland, apenas uma região, nada além de um bairro com uma placa chique, não era como Piedmont, que tinha pagado pelo direito de se chamar de cidade e se tornou, oficialmente, não Oakland.

Pessoas brancas sempre ignoravam pessoas como Sean ou o colocavam em dolorosa evidência. Dependia do dia, dependia do cara. Era quase sempre um cara. Um mano. Meninos brancos se achavam a melhor coisa do mundo, achavam que eram o mundo inteiro, e que qualquer coisa fora "do normal" precisava ser vista ou ignorada. Mas Sean não ia fingir que, em algum momento, não quis ser um deles. Ele sempre tomava cuidado com quanto tempo passava ao sol. Usava os dedos para abrir os cantos dos olhos para esticá-los e tentar fazê-los parecer maiores, ou apertava o nariz para deixá-lo menos largo, ou comprimia os lábios para reduzir o volume.

Antes de começar o ensino médio em uma escola privada católica e predominantemente branca, ele estudou em uma escola que trazia crianças de East Oakland para não ser uma experiência tão cheia de crianças brancas ricas. Antes, no ensino fundamental, ele estudou com um monte de crianças brancas ricas. Foi naqueles anos, lá no começo, que Sean pensou querer ser branco, achou que poderia ser branco o bastante, que podia ao menos se passar por branco se mantivesse aqueles exercícios que acreditava que ninguém na aula ia notar, e não notaram, mas também não funcionaram. Sua pele, seus olhos, seu nariz e seus lábios continuaram iguais.

Só depois que voltou para casa e estava cuidando da dor e dos comprimidos por conta própria foi que entendeu que precisaria de mais do que tinha, do que seria receitado. O retorno diário à onda, a necessidade de se sentir normal graças aos remédios nunca era o bastante, era cada vez mais um meio-termo. Ele pensou, influenciado por como o irmão falava sobre todos que não eram militares, que estava voltando à vida de civil, como se a cama do hospital tivesse sido uma guerra. Mike passou um ano na academia militar, mas foi expulso pelo que ele chamava de brincadeirinha, o que Sean suspeitava ser algo grande que fez alguém ir parar no hospital e não era chamado de "brincadeirinha" por mais ninguém além de Mike. Ele ainda tinha o verão inteiro de fisioterapia pela frente para aprender a andar de novo, enquanto tentava achar um jeito de continuar tomando os comprimidos.

Foi aí que o pai entrou em cena. Depois que o hóquei em patins se tornou um hobby em dias de semana e não pagava mais nada, e Tom não precisava mais treinar tanto para ficar em forma, mas necessitava de algo que fosse mais uma fonte de renda para pagar o financiamento da casa e outras despesas, ele vendeu carros para a Toyota para pagar a graduação em farmácia. Vendeu remédios para uma empresa por um tempo, antes de começar a trabalhar de forma independente, que era como ele chamava o que qualquer outra pessoa chamaria de traficar drogas. Então Tom, farmacêutico transformado em químico amador, começou um laboratório no porão de casa. Ele construiu o que chamava de um "arsenal de mats de analgésicos" – uma abreviação desnecessária para "materiais" que ele pegou quando passou um verão inteiro viciado em World of Warcraft –, com a ajuda de um estoque de fentanil guardado no porão que conseguiu acumular antes de a substância se tornar parte da grande epidemia de opioides, que inclui um monte de oxicodona e outros genéricos e variantes, assim como ketamina, LSD, extrato de psilocibina, mescalina, MDMA, e sabe-se lá o que mais, foi o que pareceu a Sean ao entrar no laboratório e ver todos aqueles potes, tubos e armários trancados. Na verdade, Tom foi demitido da empresa farmacêutica pouco depois de a saúde de Grace piorar a ponto de ela precisar de alguém cuidando dela. A formulação e produção de drogas, e depois a distribuição, teve a ver com a administração da dor de Grace e a tentativa de consertar seu cérebro, e pagar a hipoteca da casa, mas parecia ser algo diferente para Tom, como se ele tivesse encontrado sua vocação.

No final do verão, Sean perguntou ao pai o que ele tinha em seu arsenal, que tipos de remédios, o que sua mãe estava tomando antes de falecer, e Tom lhe deu os comprimidos. Depois de experimentar e gostar, Sean disse isso ao pai e pediu mais. Tom perguntou ao filho se ele sabia como descobrir quem na escola gostaria de comprar, e foi assim que ele percebeu o que precisaria fazer para manter seu estoque.

O exame de DNA foi um presente que Tom deu para a família inteira.

"Como é um presente de aniversário para mim se todo mundo ganhou um?", perguntou Sean a Tom, suspeitando de que isso tivesse a ver com ele ser adotado, para eles descobrirem alguma semelhança, apesar de não serem relacionados biologicamente. Era besteira, mas e se não tivessem nenhum DNA em comum, não seria pior? Tom entregou um maço de dinheiro para Sean, que pode ou não ter sido parte da resposta, ou uma parte improvisada do presente de aniversário.

Os resultados de sua saliva chegaram por e-mail. A saliva disse que ele tinha ascendência branca das regiões Norte e Sul da Europa, indígena da América do Norte, e negra da África do Norte. Ele já tinha suas suspeitas de ter ascendência negra por causa de sua aparência. Porque as pessoas sabem com o que parecem. E porque as pessoas na comunidade branca na qual ele cresceu sempre o encaravam; eram muito evidentes os olhares que você recebia por ser negro, ou ter ascendência negra, em uma comunidade branca, independentemente do quanto, com ou sem confirmação do DNA. Mas tudo que envolvia raça e ancestralidade era mais complicado quando você era adotado. Sean não sentia que tinha o direito de pertencer a nada relacionado a ser negro em Oakland. Depois daquele exame, não podia fingir ser indígena nem branco, e iria continuar a ser considerado negro, tendo sua ancestralidade indígena diante de si como um copo vazio. Ele só presumiu ter ancestrais brancos. Mesmo se não os tivesse, todo mundo cresceu com a branquitude como padrão, o olhar, então era algo que se tinha, mesmo se não tivesse. Era o barulho de fundo que você só reparava quando era desligado nos raros momentos em que o foco mudava.

Antes de Sean Price saber o que era em termos de DNA, ele havia feito um projeto na aula de ciências sociais chamado "Eu sou Oakland". Um dos meninos em sua turma de fato se chamava Oakland. Seu nome completo era Oakland Lee. Ele foi adotado, assim como Sean. Os dois eram amigos desde antes do ensino fundamental. Costumavam pegar o ônibus juntos. Pegavam várias rotas diferentes na cidade, era assustador para os dois e esse era um dos motivos para fazerem aquilo, algo que tinha a ver com saberem que eram negros, e pegar o ônibus até bairros de Oakland predominantemente negros, para provar algo para si mesmo e para o outro. Oakland Lee tinha a pele mais clara do que a de Sean e isso, de acordo com o próprio Oakland, fazia com que fosse mais difícil para ele fazer o que os dois faziam. Mas, na maior parte do tempo, eles não falavam sobre o que estavam fazendo. Falar sobre algo além do necessário teria feito daquilo uma tarefa impossível. E quando menos esperavam, o que começou como uma espécie de teste, ou rito de passagem, ou competição, se tornou um jeito de não apenas serem vistos, de não serem as únicas pessoas não brancas nos espaços que ocupavam, de não serem vistos daquela forma, se tornou o jeito de eles desaparecerem por completo. Cada um ouvia música em seus respectivos celulares, observando o restante de Oakland não do topo das colinas, e sim de onde as pessoas de verdade moravam, onde tudo era mais intenso e o que as pessoas diziam e sentiam tinha um peso, e tal urgência sempre pareceu maior para Sean do que deveria ser a sensação de estar vivo.

No ensino fundamental, Oakland Lee começou a andar com as crianças brancas populares. Ele jogava lacrosse e futebol e se tornou popular, enquanto Sean continuava a não conseguir criar conexões de verdade e começava a se ressentir e depois odiar Oakland Lee.

Os pais de Oakland eram brancos hipsters e sua apresentação foi sem dúvida muito favorecida, se não totalmente, por eles, e foi irônica e esperta demais para o seu próprio bem, o que fez com que todos que a viram se sentissem inseguros sobre quando e com que intensidade rir. Foi sobre o carvalho ser a árvore nacional dos Estados Unidos, e como Oakland representava o futuro do país, como Oakland era a semente que ia virar um poderoso carvalho que este país poderia se tornar se todos continuassem a ser cada vez mais como Oakland, a cidade, assim como esse garoto apresentando um projeto que parecia ter sido feito por seus pais. O pior era o gráfico de pizza que eles fizeram mostrando a porcentagem do resultado de DNA do menino chamado Oakland: como era quase idêntica à distribuição demográfica racial da cidade chamada Oakland, que era cerca de vinte e oito por cento branca, vinte e sete por cento hispânica, e vinte e três por cento negra. O que mais incomodou Sean sobre aquela apresentação foi a expressão nos rostos dos pais dele enquanto Oakland falava; pareciam tão orgulhosos, tão encantados, e ficou pior ainda quando ele terminou a apresentação como todo mundo devia terminar: dizendo seu nome e depois "... E eu sou Oakland". Oakland disse: "E eu sou Oakland, mas, tipo, meu nome é Oakland, então eu meio que sou literalmente Oakland." E todo mundo riu, e ele continuou falando, "Tudo que eu faço, eu faço Oaklandamente", o que gerou mais risadas. Como se "Oakland" fosse um advérbio. Sean mordeu a parte interna da bochecha até sentir o gosto de sangue. Sua apresentação foi sobre como ser uma pessoa não branca com pais adotivos brancos era uma experiência análoga a ser uma pessoa não branca com um governo velho, branco, patriarcal e colonial no poder. Era uma sensação triste devido ao clima na sala, por acontecer em seguida à apresentação leve, divertida e cheia de esperança de Oakland sobre raça, enquanto a de Sean parecia julgar um sistema que só estava fazendo o melhor possível, ainda mais em um lugar como Oakland e em um lugar como aquela sala de aula, afinal, pelo amor de Deus, podemos só parar por um segundo para valorizar o progresso em vez de reclamar sobre mais uma discrepância no jeito problemático que continuamos a fazer as coisas?, era esse o clima que Sean sentia na sala, o motivo de ser tão ruim falar depois de Oakland. Mas quando Sean disse "Eu sou Oakland" no final de sua apresentação, pareceu mais verdadeiro do que quando Oakland Lee falou. Sean se sentiu bem ao falar, mas Oakland Lee tinha feito todo mundo rir, e Sean meio que criticou os liberais brancos que celebravam a diversidade sem abordar os problemas sistêmicos e de supremacia branca que tornaram a diversidade tão necessária, a ponto de ser celebrada por uma população branca que quer tanto estar do lado certo da história que se esquece que está, inevitavelmente, do lado branco da história. Em suma, Sean acabou se sentindo muito mal com tudo.

No final das contas, o ponto em comum nos testes dele, do pai e do irmão, além da branquitude, foi a ascendência indígena. Sean tinha um quarto, e eles tinham 12,25%, ou seja, metade de um quarto.

"O que você fará com isso é se tornar capaz de viver com a ideia de uma herança étnica, construir uma identidade em cima disso para, quando chegar a hora de escrever sua redação de admissão para a faculdade, parecer que você de fato sabe do que está falando", disse Tom.

Ali estava o verdadeiro motivo de ele querer que Sean fizesse o teste. Porque, apesar de ele não ser contra o filho usar e vender drogas caseiras, nunca deixou de enfatizar que ele iria para uma faculdade, uma boa, de respeito, e não uma academia militar como Mike. O mantra deles, como pai e filho, para o futuro era "Não seja como Mike", quando Mike não estava por perto.

"Não vou saber mais do que sei agora. O teste não é um dever de casa de história. Com certeza não é um plano de educação cultural ou seja lá o que você quer dizer a respeito de viver com isso. Além do mais, etnia e apresentação racial são coisas bem diferentes."

"Eu só quero que você tenha uma carta na manga."

"Achei que ser adotado fosse minha cartada. Achei que o fato de minha mãe morrer fosse minha cartada. O fato de eu não ser branco em uma comunidade predominantemente branca em Oakland. Não são cartas o suficiente?"

"Não ser branco em uma comunidade predominantemente branca em Oakland parece muito vago. Cadê a história, cadê o patriotismo? Agora tem a parte de ser indígena, que tal usar esse lado? Você tem mais parte nisso do que eu."

"Pare de dizer 'parte'", disse Sean.

"O quê?", rebateu Tom.

Sean e o pai estavam falando ao telefone em cômodos diferentes da casa. Sean estava em seu quarto com os cotovelos apoiados nos joelhos, segurando o celular diante de si com as duas mãos, e fones brancos nos ouvidos, rolando a tela para ler as notícias, enquanto conseguia ouvir Tom caminhando pela cozinha no andar de baixo. Por algum motivo, o andar da cozinha era o mais barulhento da casa.

"Eu sou, tipo, um quarto, de acordo com o teste. Vou dar uma carteirada por causa de um quarto que apareceu em um teste de DNA?", disse Sean. "Isso não é uma história."

"É. Tem razão. Mas agora eu sou parte índio também. Temos isso em comum, que tal?"

"Não diga índio."

"Eu disse parte."

"Pare de dizer isso!"

"Não é pouca coisa", disse Tom.

"Isso parece errado", respondeu Sean.

"Talvez tenha um chefe na nossa linhagem."

"Não somos da mesma linhagem só porque..."

"Não tem nada de errado, Sean. É parte da nossa herança agora."

"Agora? Viu como isso não funciona? Essa porcaria não aparece de repente, não chega pelo correio", disse Sean.

"É nossa, é quem somos. É ciência, filho."

"Não é, não. Não mesmo."

"Por que não?"

"Não sei, mas não é ciência."

"Genealogia é ciência. Estudo dos genes. Está no nome, todas as 'logias' são ciências."

"Cosmetologia não é."

"Você entendeu."

"OK, mas isso não quer dizer que você tem a experiência, é só uma informação abstrata sobre nosso DNA. Ouvi dizer que esses testes são imprecisos porque os bancos de dados são em maioria de pessoas brancas. Ouvi dizer que roubaram dados indígenas."

"Eles não podem tirar nossa identidade de nós, nosso patrimônio."

"Você está falando besteira."

"Tô te falando, Sean, sinto uma energia de chefe", disse Tom.

Sean ouviu Mike gritar "Chiefs!" ao fundo. Depois dos Raiders, esse era o nome do time favorito da família já que Tom cresceu no Kansas.

"Se o teste estiver certo, é mais provável que uma mulher indígena tenha sido estuprada, não que haja um chefe."

"Caramba, Sean. Pega leve. Só estou dizendo que é algo para se orgulhar", disse Tom.

"Eles deviam chamar isso de 23andMeToo, para as pessoas descobrirem quantos estupradores existem em sua linhagem", retrucou Sean, achando que isso iria combinar com a sugestão do pai de "pegar leve".

"Não dá pra saber se alguém é estuprador só pelo DNA."

"Bom, primeiro que é possível sim e eles usam muito DNA para pegar estupradores, e, de um ponto de vista histórico, se eles forem estupradores conhecidos, tipo Thomas Jefferson por exemplo, que, sim, foi um deles, então se você descobrisse ser parente dele..."

"Thomas Jefferson não era um estuprador conhecido. Dá pra gente parar de falar sobre estupro? Só quis dizer que é bom saber que temos sangue indígena na família. É bom saber, podemos usar isso."

"Não. E você está, tipo, fingindo. Você nunca precisará carregar o peso da história do mesmo jeito que as pessoas que precisam carregar fazem", disse Sean, olhando para os resultados do teste de DNA no chão que tinham acabado de chegar pelo correio.

Eles já tinham recebido por e-mail os mesmos resultados e tido basicamente a mesma conversa, mas recebê-los por correio se tornou motivo para retomar o assunto.

"Pessoas como você, é isso? Ah, mas espera aí: você cresceu com a gente, então não teve que carregar o peso também, não é?"

"Eu diria que passar a vida toda sendo tratado diferente por quem você é, porque tem uma aparência diferente, por não ser branco em uma comunidade branca, é um jeito de carregar esse peso. Não todo, não tudo que eu poderia..."

"Gente feia também é tratada diferente, deficientes também."

Sean odiava quando o pai falava de gente feia e suas dificuldades. Falar sobre gente feia sempre o fazia comentar sobre o azar que era ter uma boa aparência. Uma vez, ele chegou a reclamar que, por ser bonito, sempre era tratado de forma superficial, como se não tivesse a experiência real que pessoas normais tinham na vida por serem comuns, então ele se colocava no mesmo lugar que pessoas feias, que também sofriam com esse tratamento superficial. Era tão idiota. Sean não discordava completamente, mas era apenas uma falsa equivalência que o pai usava para acreditar que seu ponto de vista era incontestável. Tom era, sem dúvida, muito atraente, do jeito tradicional e padrão de homem branco norte-americano, com o maxilar bem delineado e ombros largos, a confiança de quem consegue vender água para uma baleia, e dentes grandes e perfeitos. Sean acreditava que a aparência do pai teve um grande peso na decisão de sua mãe de se casar com ele, e não apenas sua personalidade, porque, afinal, qual seria o outro motivo? Mas esse aditivo de pessoas com deficiência em uma conversa sobre desigualdade parecia ter sido feito para ofender o máximo de pessoas possível.

"Por favor, não compare pessoas feias e pessoas com deficiência a pessoas racializadas, Tom. E depois nos coloque no mesmo patamar que você. Não é nem engraçado. Nenhum deles faz parte de um grupo, em especial pessoas feias ou bonitas porque isso é muito subjetivo."

"A verdade é beleza e a beleza, verdade."

"Gente branca pode ser medíocre em tudo e ainda ser considerada incrível."

"Não em esportes."

"Não mais."

"Verdade", disse Tom e riu. Depois complementou: "Tom Brady."

"Acho que já deu."

"A gente costumava fazer mais piadas antes. Desculpa, é que eu sinto falta disso."

"Ah, desculpa, a vida era mais divertida antes de a mamãe morrer e eu quase perder a mobilidade nas pernas."

"Não podemos continuar tão pra baixo assim. Precisamos nos erguer e continuar de pé. Ela ia querer isso, não acha?", respondeu Tom. "Sua mãe ia querer isso, né?"

"Não estamos falando nada um pro outro. Não estamos ouvindo um ao outro."

"Sou todo ouvidos, Sean. Estou fazendo o que posso para olhar para a frente, não para trás, para a frente, para um futuro que precisaremos enfrentar juntos, assim como os povos aos quais pertencemos, de que agora sabemos fazer parte, indígenas americanos de verdade. Não vamos deixar isso para trás, não agora, certo?

"Preciso ir", disse Sean e desligou.

※

Foi decidido que Sean passaria o primeiro semestre do ensino médio em casa, assistindo às aulas on-line com vários outros alunos que tinham seus motivos para não irem à escola. Sean tinha sentimentos ambíguos sobre o ensino médio. Ele estava preocupado por não conhecer gente nova, empolgado com a possibilidade de fazer novos amigos. Entrou em uma escola boa. Caso se saísse bem em uma boa escola, poderia entrar em uma boa faculdade. Eram anos importantes para seu futuro. Ele viu o que aconteceu com Mike. Se for derrubado logo cedo, talvez não consiga se levantar, ou, se enfim conseguir, pode começar do fundo de um poço do qual nunca conseguirá sair. E o pai estava pagando caro para ele estudar naquela escola. Ele não queria sentir toda essa pressão, mas ela já estava lá antes que pudesse descobrir o que queria fazer, por exemplo, da vida, quando crescesse, como dizem quando você é criança e as pessoas perguntam o que você quer ser quando crescer. Sean nunca tinha uma resposta para essa pergunta, sempre disse que não sabia, o que parecia deprimir as pessoas, só que ele achava mais depressivo ter um sonho inalcançável, como se tornar um rapper ou atleta famoso, ou ficar famoso na internet. Era o primeiro semestre do primeiro ano. Provavelmente seria mais fácil conseguir boas notas com as aulas on-line. Além disso, tinha se acostumado a ficar em casa. A ficar chapado todo dia. E estava começando a ficar bom na guitarra.

A guitarra e o amplificador foram um presente de Natal da mãe de Sean um ano antes de a doença a dominar. Como não queria ficar perto do pai ou do irmão, ou mesmo ouvi-los através das paredes, Sean tocava o tempo todo. Tocava por se sentir culpado por não ter tocado mais enquanto ela estava por perto para ouvir. Essa culpa o fez entrar em uma rotina que o tornou mais capaz de abafar tudo na massa sonora canônica de metal difuso e desritmado que ele conseguia criar usando pedais de distorção em sequência que geravam um som grunge dos anos 1990 e, às vezes, *licks* de *death metal*, apenas para atingir o núcleo quente e suave que era sua melancolia, como se quisesse eletrocutá-la, tirá-la de sua tristeza sonolenta e acomodada, transferi-la para o metal que ele fazia e quebrava e esmagava ou explodia com a distorção. Havia um espaço de interação no site da escola que quase ninguém entrava na mesma hora em que Sean. Mas um dia ele viu um usuário lá chamado Oredfeather. O usuário de Sean era Sprice. Oredfeather mandou uma mensagem para ele no chat perguntando o que era um Sprice, e, em resposta, Sean perguntou o que era um Oredfeather, o que os levou a ter uma breve conversa sobre Minecraft porque "ore" significa pedra; o fato de os dois não jogarem mais esse jogo era um jeito de dizer que não eram mais crianças e depois falaram sobre por que estavam fazendo aulas on-line.

SPRICE: Como você acabou aqui?
OREDFEATHER: Minha avó me obrigou.
SPRICE: É, mas não é uma escola fácil de entrar, então você deve ter notas boas também, mas não foi isso que eu quis dizer. Quis dizer a versão on-line.
OREDFEATHER: Levei um tiro.
SPRICE: Levou o quê?
OREDFEATHER: Um tiro. Tipo, de arma.
SPRICE: Fala sério.
OREDFEATHER: As balas ainda estão dentro de mim.
SPRICE: Balas no plural, tipo, você levou vários tiros?
OREDFEATHER: Hahaha não, só uma bala ainda está aqui dentro e nem é inteira, só uma parte.
SPRICE: Parte?

OREDFEATHER: Parte da bala.

SPRICE: Eu fui adotado.

OREDFEATHER: Ah.

SPRICE: Não sei por que falei isso, foi mal.

OREDFEATHER: Tudo bem, eu entendo. Eu disse algo bizarro.

SPRICE: kkk bizarro. Minha mãe morreu ano passado.

OREDFEATHER: Minha avó não é minha avó, e minha outra avó é minha avó, mas acabamos de conhecer ela. Ah, e minha mãe morreu também, mas faz muito tempo.

SPRICE: Ouvi dizer que não dá pra superar essas coisas.

OREDFEATHER: Acho que eu superei. Tipo, eu era bem novo quando ela morreu, então talvez seja diferente quando você é mais velho.

SPRICE: Como você levou um tiro?

OREDFEATHER: Estava em um pow-wow. Estava dançando. Tentaram roubar o evento. Só calhou de eu estar lá. Eles nem queriam atirar em mim exatamente.

SPRICE: Doeu?

OREDFEATHER: O que vc acha?

SPRICE: Eu quase quebrei a coluna jogando hóquei em patins. Doeu pra cacete. Mas também é por isso que tô fazendo aula on-line.

OREDFEATHER: Hóquei em patins? O que é isso?

SPRICE: Esporte velho.

OREDFEATHER: O que aconteceu?

SPRICE: O que aconteceu com o esporte?

OREDFEATHER: Não, tipo, como quase quebrou a coluna?

SPRICE: Levei um *cross check* nas costas. É tipo quando alguém usa o taco de lado pra bater em você. O cara estava indo bem rápido, mas foi mais o jeito como minhas costas bateram na parede. Passei um bom tempo no hospital.

OREDFEATHER: Quanto tempo, e quem fala "bom tempo" e não "um tempão"?

SPRICE: Hahaha são sinônimos. Três meses. E você?

OREDFEATHER: Não muito, mas ficar em casa tomando remédio e cuidando da ferida fez parecer que nunca saí de lá.

SPRICE: Que remédios te passaram?

OREDFEATHER: Ah foi mal, preciso ir, mas foi legal falar com vc.

CAPÍTULO QUINZE

※

A outra Fruitvale

Opal Viola Victoria Bear Shield e seus meninos, e Jacquie Red Feather, moravam juntos na avenida Fruitvale, longe o bastante da MacArthur, onde ela se torna outra avenida Fruitvale, uma Fruitvale fora de Fruitvale, como o galho de uma árvore, em um bairro onde crescem árvores frutíferas – em maioria, frutas cítricas – por quilômetros, para todos os lados, onde se formava um pequeno vale entre Sausal e Peralta Creeks, e um pomicultor itinerante chamado Henderson Luelling plantou frutas e chamou de Fruit Vale, o vale das frutas.

O limoeiro no quintal quase nunca era colhido por motivos práticos, os meninos costumavam usar os limões para uma brincadeira de guerra que eles inventaram, quando eram jovens o bastante para não se importarem com o quanto doía ser atingido por um limão, ou quão pegajoso era, literal e emocionalmente, depois que o jogo começava. Você tinha que apertar o limão para ativá-lo como uma granada, o que também ajudava a suavizar o impacto, e você pisava na granada do inimigo para desativá-la. A base era a casa, e você nunca podia jogar na direção dela porque não podia arruinar a pintura de Opal nem quebrar nenhuma das janelas, em especial aquela acima da pia por onde ela ficava de olho nos meninos brincando enquanto lavava a louça – que eles sujavam e nunca lavavam a menos que fossem obrigados, o que muitas vezes não valia a pena, pois ela tinha que examinar e lavar de novo os pratos que não estivessem limpos o suficiente.

O bairro não era tão dentro de East Oakland, mas também não era perto do lago Merritt, meio que uma área central em East Oakland que chamavam de extensão intermediária, porque a maior parte de Oakland é East Oakland, mas, para explicar onde eles moravam em Oakland, se perguntassem, talvez eles só dissessem que moravam em Dimond.

Opal não sabia o que era ter uma casa própria, mal tinha considerado essa possibilidade até ter economizado o bastante para pensar em algo além de quartos alugados, depois de trazer os meninos para morar com ela e sentir que precisava criar raízes. Os netos dela e de Jacquie também não sabiam qual era a diferença entre ter e alugar, mas sabiam que estabilidade era bom, melhor, afinal, depois de tudo que Jamie, a mãe deles, os fez passar antes de morrer, até mesmo antes de eles nascerem, quando ainda estavam dentro dela, peixinhos no mar, aceitando o que lhes davam, nasceram viciados em heroína, passaram o pouco tempo que tiveram com a mãe, depois no nascimento, arrastados por ela, fazendo o que precisava ser feito: usando e comprando; não comprar e não usar era uma derrota tão grande quanto usar, ela sempre sentia que era uma derrota, não importava o quão longe a droga a levasse. Não era o suficiente. A mulher só matou a vontade em duas ocasiões: na primeira vez que enfiou aquela agulha em direção ao grande prazer que começou a perseguir como se fosse parte de seu ser, uma parte da qual ainda não conseguia abrir mão; e a segunda foi a última vez, na qual ela exagerou na dose, indo além do limite infinito do esquecimento, um buraco que a engolia, quando, pouco antes de ser sugada, recompôs-se o suficiente para mirar o cano de uma arma entre os olhos e se manter firme o bastante para puxar o gatilho.

Tecnicamente, Opal era tia-avó deles, mas pelos costumes indígenas, era avó. Ela os amava. Já os amava antes de serem seus.

Ela comprou sua casa pouco antes de a adoção ser oficializada, tornou-se proprietária, apesar de parecer que só pagava um aluguel mais caro para o banco, que era o verdadeiro dono até que um dia conseguisse pagar tudo, e os juros, mas não era aluguel porque tinha uma vantagem no futuro, enquanto o aluguel era só um golpe duro no salário dela.

Mas quando a casa enfim se tornou deles, no começo do processo de comprá-la, eles pegaram as chaves novas e entraram no imóvel com tudo, inundando a casa como água, ou como correntes de ar encontrando cada espaço vazio ali enquanto abriam cada porta, encontrando as janelas, e aquele alçapão no teto que dava em um cômodo apertado – eles não sabiam o que era aquele cômodo apertado. Opal disse que era para os ratos. Precisa deixá-los lá e lhes dar o que comer para não descerem para roubar comida da cozinha. "Não, não é, mas para que é então?", perguntou Lony. Orvil disse que era para se esconder, como se fosse uma verdade absoluta.

O que era um lar quando você nunca sentiu que pertencia a ele, quando suas paredes se foram depois que sua mãe morreu e sua avó lhe deu novas paredes, o que era o lar que você tinha vergonha de chamar de lar por medo de trair sua falecida mãe? E o que eram sentimentos quando você queria anestesiá-los, o que acontecia com eles? Mais paredes. Cada um dos irmãos Red Feather encontrou seu caminho dentro dessas paredes com a mão firme de Opal para protegê-los, alimentá-los, educá-los e discipliná-los, até o pow-wow – que desfez tudo o que eles haviam aprendido sobre se sentar, ficar de pé, apoiar, deitar e confiar, desmoronado como se a terra tivesse tremido e levado tudo o que podia para as rachaduras que se ampliavam e formavam abismos.

Sua família recém-formada era um coro de ruídos e uma torrente de dor à espera, porque era amada, e foi salva, e tão desesperadamente amada, ciente de que, o que quer que acontecesse com qualquer um deles, aconteceria com todos.

Havia certa leveza no fardo que eram os meninos naqueles anos depois que Opal e seus netos se mudaram para a casa e construíram um lar. Era como se tivessem começado a existir ali. Não parecia uma paz, mas foi assim que se sentiram ao olhar para trás e refletir, cada um deles à sua maneira, em seu próprio tempo, foi assim que passaram a pensar sobre a época antes do tiroteio no Grande Pow-wow de Oakland, como algo doce em comparação, porque era doce e não algo afiado que ameaçava cortá-los se eles se movessem para perto ou para longe da intensidade da lembrança do evento, então eles sentiam falta da época de antes, e essa saudade os fazia se sentirem culpados, como se estivessem culpando Orvil, que levou um tiro, como se o culpassem por terem que sentir tanta falta de algo que antes era tão natural e por quê, o porquê de ele ter que levar um tiro fazer tão pouco sentido quanto por que ele precisava dançar.

O desejo que tivessem suas antigas vidas de volta se tornou um desejo do qual eles se arrependeriam todas as vezes, um nó complicado que os amarrava ou os desfazia. Eles tinham que aprender como viver dentro de cada parte individual de si mesmos da melhor forma possível, compartimentar contra a armadilha, mover-se com cuidado segundo as regras da armadilha, que nunca foram traçadas como deviam, mas que pareciam nítidas ao senti-las quando se aproximavam. Primeiro, era quando Orvil estremecia ou trocava os curativos da ferida. Quando Orvil não ia à escola e podia ficar quanto tempo quisesse no computador e Opal dizia "sim" para tudo, nunca dizendo "não", o que levou Loother ou Lony – quando perceberam – a pensar no tiroteio, em Orvil levando um tiro, e se o buraco que causou nele fez um mundo novo sair de dentro dele, e observaram Orvil mudar, assim como todos eles; Opal percebeu que o estava mimando também, mas não conseguia evitar.

Depois de uma catástrofe, as coisas podem ficar realmente belas quando se olha para trás, para quando tudo era normal. A casa já estava pronta quando se tornou deles, mas o lar continuava sendo construído e destruído. O lar era a mesa da cozinha com pontas tão afiadas que machucavam o quadril caso se esquecesse dela ali – quanto pior o balanço, maior o desgaste – e o quintal com os limoeiros e a lateral onde eles colocavam o lixo e os recicláveis, onde às vezes, durante o pôr do sol, observavam a luz sumir atrás do grande carvalho lá na frente que era maior do que a casa.

Agora mesmo Opal está na cozinha, assinando os papéis finais do empréstimo para os estudos de Orvil. Depois de ficar em casa durante o primeiro semestre do ensino médio, estudando de casa enquanto se recuperava, ele começará as aulas em janeiro. Opal está feliz por ter uma quantia para contribuir com o futuro dele, mas ela odeia a burocracia, é tão fácil, mas ela faria quase qualquer coisa para adiar aquilo até não poder mais. Assina todas as linhas em que o gerente do banco colocou marcadores coloridos que dizem "assine aqui". Opal não consegue acreditar que Orvil esteja no ensino médio. Os anos passam, não importa o que a gente faça com eles. Ela sente como se estivesse assinando o resto da vida de Orvil. Oficializando, assinando embaixo do fato de que ele estava entrando na parte da vida em que podia se deparar com perigos de verdade, e ela esperava, apesar de não querer ter esperanças, que o fato de ter levado um tiro o mantivesse longe de qualquer perigo em que poderia se meter. Afinal, era uma escola particular católica cheia de crianças brancas. Opal não quer imaginar em quantos problemas as crianças brancas se metem. Ela só quer assinar seu nome gigante várias e várias vezes, como quem diz: aqui estou eu e isso é seu – meu tempo, meu trabalho, meu dinheiro, é tudo seu se você me der um pouco mais, me emprestar isso, e pode ficar com tudo, o que for necessário para mantê-lo seguro; Opal está praticamente rezando enquanto folheia o contrato, mantenha-o seguro, mantenha-o seguro, mantenha-o seguro, mantenha-o seguro.

CAPÍTULO DEZESSEIS

A *única coisa viva*

Uma coisa ruim não para de acontecer com você só porque ela para de acontecer com você. Na terapia isso é chamado de trauma. Opal me faz ir para a terapia duas vezes por semana, individual e em grupo. Para se certificar de que eu tivesse a ajuda de que necessitasse, se eu necessitasse. Foi assim que ela me explicou e disse que eu tinha que ir. Ela tomava muito cuidado para não dizer que eu precisava de terapia. Claro que precisava, mas era mais como se eu tivesse que ir, assim como sempre tive que ir à escola e tirar boas notas. Vá. Tire boas notas. Não dê motivos para ninguém o deixar para trás, não o enxergar ou esquecer que você está ali. Opal percorria cerca de dezesseis quilômetros em sua rota do correio, então se tinha alguém que não era deixada para trás, era ela. Não vamos deixar o que aconteceu ser o motivo de eu ficar para trás na escola, apesar de as aulas nem terem começado ainda; Opal disse que vamos superar o que aconteceu porque coisas ruins que acontecem são oportunidades, formas de descobrir quem você é, descobrir mais uma coisa que não consegue lhe derrubar, e isso seria o único jeito de saber o quão forte você realmente é. Opal ficou positiva demais depois do pow-wow. Não parecia com ela mesma. Ela sempre foi tão pé no chão. Pensamento positivo parece bobagem. Mas eu entendo. Eu só odiava que o que aconteceu a tivesse mudado, mudado tudo, odiava tanto que, às vezes, eu queria que aquele tiro tivesse me matado. Então eu precisava de terapia. É óbvio que eu precisava de terapia. Fui baleado enquanto dançava. É o tipo de merda que nunca deveria acontecer. Mas eu já tinha motivos antes para fazer terapia, como a infância inteira que vivi com minha mãe antes de ela falecer.

Só que ninguém quer que lhe digam que você precisa de terapia, assim como ninguém quer ouvir que tem problemas. Terapia particular parecia melhor do que terapia grátis ou aquelas obrigatórias por ordem judicial. Além do mais, parece que o terapeuta era indígena. Opal o encontrou on-line. Ele disse que sua avó era Arapaho. Ele parecia branco para mim. Mas às vezes não, às vezes ele parecia bem indígena, pelas coisas que dizia e como dizia, como às vezes o que Opal dizia parecia ser algo antigo, e na hora você sabia que era uma dolorosa sabedoria que foi passada para ela, algo simples e atemporal que você podia de fato aplicar em sua vida.

Eu já tinha ouvido a palavra "trauma", todo mundo sabe o que é trauma. Mas, quando ouvi isso sendo usado para o que estava acontecendo comigo, não gostei.

"Todo o trabalho que estamos fazendo juntos será sobre resposta ao trauma", disse o dr. Hoffman na primeira sessão. "Existem quatro tipos de respostas ao trauma ou medo. Você já deve conhecer duas: lutar e fugir, mas as outras duas não são muito conhecidas, que são congelar e bajular."

"Bajular? Isso não é um tipo de baleia?", perguntei e vi um bocejo escapar do dr. Hoffman, que visivelmente tentava disfarçar colocando o punho na frente do nariz e apertando o rosto como se fosse um punho e então não bocejou de verdade, só aquele tipo de bocejo que parece que você está segurando vômito.

"É sobre cuidar dos sentimentos das outras pessoas e colocar os sentimentos delas acima dos seus. Vamos falar sobre todos os tipos de respostas ao trauma durante nosso trabalho de cura."

Eu não achava que *cura* e *trabalho* fossem palavras que deveriam ficar juntas, assim como *dever* e *casa* não combinavam, e parecia ser um dever de casa pensar sobre trabalho de cura. No entanto, o trabalho de cura acabou sendo terapia com arte, como desenhar, pintar, tocar tambor e escrever – aprendendo a reestruturar minha história com a escrita. O dr. Hoffman queria que eu escrevesse o que ele chamava de autobiografia, que eu disse que não queria escrever. Fizemos alguns exercícios físicos também para expressar ou exercitar minha dor e meus sentimentos. Uma vez, fizemos uma caminhada meditativa ao redor do lago Merritt que pareceu durar uma vida. Outra vez, subimos as colinas e atiramos com arco e flecha em alvos de papel presos em uma sequoia. No fim, chamar aquilo de tiro com arco não parecia o suficiente para normalizar ser indígena e atirar com arco e flecha nas florestas como terapia, mas tenho que admitir que foi divertido, e eu queria ser bom com arco e flecha, como se fosse um teste em que eu precisava passar, como se eu devesse saber como fazer aquilo, como se esse conhecimento devesse estar no meu DNA.

A coisa mais esquisita que fizemos foi a terapia de fala-reversa. O dr. Hoffman me gravou falando coisas nas sessões, depois fez um processo que ele chamava de camuflagem reversa que, até onde eu sei, é basicamente tocar o áudio de trás para a frente. Ele disse que a versão reversa era meu subconsciente falando ao contrário ao mesmo tempo que eu, consciente, falava normal.

"Você quer dizer... Pera, o que isso quer dizer?", perguntei, e o dr. Hoffman riu e tossiu uma tosse que parecia ter sido causada pelo riso. "Você está dizendo que para tudo que eu digo tem uma parte de mim dizendo outra coisa, mas só dá para ouvir quando eu escuto ao contrário?"

"O seu subconsciente é uma parte muito, muito poderosa de você", disse o dr. Hoffman. Não gostei de como ele disse "muito" duas vezes seguidas, mas também achei que o subconsciente do dr. Hoffman estava por trás do fato de ele ter repetido daquele jeito. "Todos os humanos têm essa habilidade." Ele limpou a garganta e depois apontou para o pescoço antes de continuar. "A fala dupla é algo natural para nossas cordas vocais e fiel à natureza ambivalente da realidade. Pense em todas as formas em que o mundo é dividido em dois: noite e dia, dormir e acordar, vida e morte, bem e mal, barulho e silêncio, escuridão e luz." Enquanto falava, repetindo opostos para ilustrar o que queria dizer, o dr. Hoffman ficava virando a palma da mão para cima e para baixo. "A fala inconsciente é mais próxima da poesia, e a consciente, da prosa."

"Sim, mas, tipo, isso é como dizer que todo mundo tem dupla personalidade."

"Se não ficarmos atentos ao inconsciente, justamente o que ele quer, deixaremos que ele tome conta de tudo, como nos sonhos ou, pior ainda, nos pesadelos, e nunca vamos acordar e entender quem somos por completo."

"Você está falando sobre, tipo, acordar para a vida?", falei, tentando fazer uma piada.

"Estou falando sobre ver a mente como algo além do que achamos que ela é."

Em um dos áudios, eu falei "Não acho que estou tão mal assim", e depois – ao inverso ou reverso – parecia dizer "Eu ia, nem sei onde estava". Não achei que significava algo, mas depois, bem depois, em algum momento que nem percebi, depois de tomar vários comprimidos e estar apagando, aquela frase acabou mexendo comigo, como se uma parte de mim soubesse o que ia acontecer?

Terapia em grupo era mais uma roda de conversa com outros adolescentes que eu achava que provavelmente precisavam estar ali, tipo por ordem judicial, ao menos era o que suas expressões me diziam, como se estivessem pensando quando aquela palhaçada ia acabar, mas talvez meu rosto dissesse o mesmo.

Nas sessões em grupo, o dr. Hoffman sempre falava antes de todo mundo para explicar por que falar em rodas de conversa era importante, como se todo mundo pudesse cantar kumbaya junto e se livrar dos traumas.

"É importante verbalizar as coisas, usar suas palavras, assim como aprendemos a soletrar pronunciando devagar, temos que verbalizar nossas histórias, e talvez elas saiam lentas e confusas, e talvez as soletremos errado no início, quando começarmos a tentar, o que quer dizer que é possível que não as entendamos bem. À medida que as moldamos e reformulamos, nossas próprias histórias, as que contamos para os outros e para nós mesmos sobre o que aconteceu conosco, e o que isso significa no contexto de nossas vidas, e a vida maior da qual fazemos parte, melhor conseguimos entender o que tudo isso significa, e mais precisos e intencionais serão nossos próximos passos e mais bem informadas serão nossas decisões. É tão importante para vocês ouvirem a si mesmos contar suas histórias quanto é para os outros ouvirem vocês as contarem, pois assim podem perceber que não estão sozinhos, e que a pessoa sentada ao lado é mais parecida do que diferente de você, algo que jamais saberia se ela não abrisse a boca e compartilhasse nessa roda. Uma coisa que eu quero que vocês entendam é que seu sofrimento não faz de você especial. Há uma voz dentro de todos que sofrem que diz que ninguém sente o mesmo, e muitas atitudes egoístas vêm quando damos ouvidos a ela. Você não está sozinho, você não é especial, e existe ajuda. Temos um ao outro."

O dr. Hoffman chamou minha atenção em uma de nossas sessões individuais por eu falar que essas coisas eram kumbaya demais. Eu nem sei de onde tirei isso, deve ter sido de um meme. Eu reclamei que coisas indígenas às vezes pareciam bregas ou falsas, ou como se estivéssemos nos esforçando demais para fazer algo que não era real, que essas coisas eram "kumbaya". O dr. Hoffman me disse que a palavra *kumbaya* era advinda de um canto da cultura negra dos Estados Unidos, uma canção que era também uma espécie de reza pedindo intervenção divina, pedindo ajuda em tempos difíceis, e que os hippies dos anos 1960 a usaram e cantaram como se fosse sobre união e protesto, e usaram tanto que virou um termo para expressar a cafonice dos movimentos coletivos.

"A cafonice dos movimentos coletivos", repeti.

"Mas não há nada de cafona em pedir ajuda a um poder superior quando mais precisa", disse ele. "Ou você acha que isso é brega também?"

"Está me perguntando pra valer?"

"Vamos combinar que eu nunca vou perguntar nada que não seja pra valer em nossas sessões, certo? Então sim, por favor, responda a verdade."

"É, eu acho essa coisa de poder superior brega. E rodas de conversa são bregas. E pedir ajuda quando você mais precisa, sinceramente, parece algo meio brega também, tipo, quem ajudará quando você mais precisa? Deus? Como se um ser superior que criou tudo fosse vir ajudar uma mera vida humana, como se uma de nossas vidinhas importasse. E todas as pessoas boas que morrem todos os dias pedindo ajuda para Deus, e Deus não faz porcaria nenhuma por elas? O quê? Elas não merecem?"

"Obrigado pela sua sinceridade, Orvil. Seu sentimento sobre essas coisas é válido. E tudo pode ser útil. Até a breguice."

O dr. Hoffman chamava sua abordagem para trauma e cura de *usar todos os búfalos*, o que também era muito brega.

"O seu sentimento de que algo é brega tem a ver com confiança, com você não acreditar que as pessoas estão sendo sinceras, o que provavelmente significa para você que elas estavam mentindo para conseguirem o que queriam, em outras palavras, estavam manipulando você, então quando vê ou escuta algo brega, você reage com um sentimento real e válido que tem sobre confiança."

Ele sempre olhava para trás de mim depois de fazer alguma pergunta ou afirmação. Não havia nada ali, só a parede, então acho que esse era seu jeito de demonstrar que estava pensando, levando meus problemas e eu a sério.

"Quando começamos a entender quanto de nosso comportamento tem a ver com a resposta ao trauma..." O dr. Hoffman continuou a falar, mas eu parei de prestar atenção e fiquei olhando por cima do ombro dele. Logo atrás, havia uma janela na qual um pássaro de cabeça vermelha pousava de vez em quando e nos observava. Às vezes, eu achava que o pássaro era fruto da minha imaginação. E quando isso acontecia, o pássaro parecia ter habilidades fantásticas, como virar a cabeça para o lado como se colocasse seu ouvido contra a janela. E, às vezes, eu imaginava o pássaro se chocando contra a janela com um baque e morrendo no meio de uma de nossas sessões abaixo do painel da janela, morto no parapeito, seus olhos sem vida abertos e ainda nos observando.

No primeiro dia, quando acordei no hospital, meus irmãos estavam sentados ao pé da cama jogando cartas. Nossa avó, Jacquie, estava observando Loother e Lony jogarem, olhando para mim de vez em quando. Com os olhos semicerrados, olhei de soslaio e vi um pombo com uma pata só no parapeito da janela, e me senti mal por sua situação, depois me lembrei de que ele podia voar e que pés e patas não eram tão importantes quando se pode voar. Quando você pode voar, os pés são como uma bunda. Uma única lágrima escorreu por minha bochecha naquele momento. Teria sido suficiente sentir a lágrima, sua descida lenta, seu calor, e ver meus irmãos ali, conhecer Jacquie – nossa avó de verdade que nunca fez parte de nossas vidas – para me fazer chorar, mas ela foi só uma daquelas lágrimas do despertar, como a umidade na grama de manhã não é de chuva. Lony foi o primeiro a perceber que eu estava acordado e, quando o fez, veio me abraçar como pôde por cima da grade de metal da cama. Eu tentei falar, mas comecei a tossir e pigarrear, então perguntei onde estava Opal. Lony disse que ela foi pegar comida enquanto Loother juntava as cartas aos pés da cama e as guardava em uma caixa. Loother disse que estavam jogando War. A palavra pareceu tão alta na minha cabeça, como uma caixa de metal com pregos no interior descendo uma escada de metal.

"Tacos da lanchonete do hospital", disse Lony colocando a língua para fora.

"Espero que você esteja com fome", falou Loother com seu sorriso de sempre.

Nunca mais queria comer de novo. Estava meio que sem fome.

Jacquie parecia prestes a falar alguma coisa, depois cobriu um dos olhos com um punho, levantou-se e saiu para o corredor.

Eu perguntei a meus irmãos se eles só ficaram jogando cartas enquanto eu estava ali morrendo. Eles abriram um sorriso e começaram a gargalhar em seguida, rindo como se nada de ruim nunca tivesse acontecido com ninguém. Rir tinha esse poder. Foi quando senti minha barriga doer quando ri, então estremeci e fiz um muxoxo. Paramos de rir e ficamos observando a porta para ver se Jacquie ia voltar. Quando pareceu que não, perguntei aos meus irmãos o que ela estava fazendo ali. Loother disse que não sabia e Lony disse que eles sabiam, sim, então perguntei a Loother do que Lony estava falando. Ele respondeu que Jacquie me carregou para fora da arena depois que eu levei o tiro. Disse que um sapato meu saiu do pé. Eu perguntei do que ele estava falando. Loother e Lony não sabiam como responder, então ficamos em silêncio por alguns instantes, como sinos de uma igreja distante, até Loother não se aguentar mais e me contar de novo que foi Jacquie que me carregou, que eu perdi um sapato, imitando como ela me carregou nos braços até o carro para me levar ao hospital. Lony estendeu os braços, igual a Loother, mostrando que ele também a viu me carregando para o estacionamento da arena. Com os braços daquele jeito, eles estavam me dizendo para não perguntar de novo por que Jacquie estava lá. Naquele momento, eu me senti envergonhado por ter quase morrido, achei que aquilo me tornava mais fraco, o que me deixou com raiva do sentimento, mas, logo em seguida, fraco demais para prolongá-lo. Lony se espreguiçou e peidou bem alto, e não pareceu ter sido de propósito. Ninguém riu porque não foi muito engraçado – ele só se espreguiçou e saiu sem querer. Houve uma longa pausa até Lony dizer:

"Sabia que eles saem a três metros por segundo?"

"O quê?", disse Loother. "Não saem, não. Você não sabe de nada."

"Não, eles saem. É tipo onze quilômetros por hora", disse Lony e olhou para nós dois sem sorrir.

"Esse fedeu bem rápido", comentou Loother, e Lony riu com vontade, mas baixinho, daquele seu jeito típico com pequenos estalos saindo do fundo da garganta. Eu ri quando disse "idiota", em seguida senti uma pontada na barriga de novo, mas dessa vez não demonstrei, só continuei rindo para não estragar o momento.

A questão é a seguinte: você não sabe o que acontecerá com você. Tudo está de um jeito e você acha que sabe o que isso quer dizer, então um dia você descobre que não, a vida não é mais *assim*. Para mim, um dia eu estava no meu quarto vendo vídeos no YouTube sobre como dançar no pow-wow, e no outro estava levando um tiro em um pow-wow em um campo de beisebol. Um dia, a vida pode ser doce como um pássaro te acordando com uma canção, e no outro é como aquele pássaro debaixo da janela com o pescoço quebrado porque jurava ter mais céu naquilo que na verdade era reflexo.

Ouvi dizer que a maioria das pessoas corre quando escuta tiros. Eu achei que fosse um trovão. Achei que a dança devia ter trazido chuva. Eu sabia que a dança da chuva era uma coisa ridícula, e quando era mais novo até fiz piadas em um parquinho sobre dança da chuva para fazer outras crianças rirem, talvez até tenha dançado uma falsa dança indígena fazendo barulho e batendo com a mão na boca, mas não havia chuva no dia do pow-wow, e a única coisa molhada foi minha mão quando a tirei de onde a bala tinha aberto caminho silenciosamente por mim.

No começo nem doeu. Ela me atingiu com força, mas foi como um baque surdo, como uma batida na porta de outra pessoa. Depois, doeu tanto que eu desisti. Apaguei. Eu fui aonde quer que você vai para não morrer, mas não consegue ficar acordado e também não está dormindo. Não foi como um sonho, todo o tempo que passei no hospital depois daquilo, e todo o tempo em casa depois do hospital, mais o tempo de volta ao hospital para minha segunda cirurgia. A morfina era uma armadilha. Ela trazia sonhos para quando você estava acordado e coisas de quando você estava acordado para os sonhos, até você não saber o que era o quê. Mas ela afastava a dor também.

Eu tinha o que parecia ser uma receita infinita da maravilhosa hidromorfona. Até o som do nome do remédio parece demonstrar sua potência, como uma água monstruosa, ou como se fosse um desastre natural.

Eu pesquisei o remédio e vi que o nome da marca era Dilaudid, e nas ruas ele era conhecido como poeira. Eu gostava desse nome porque fazia eu me sentir mais leve, como aquela poeira esquisita que parece flutuar em câmera lenta quando você a vê por um feixe de luz entrando pela janela.

Hidromorfona era muito melhor do que morfina, com certeza. Tinha o mesmo efeito sem te levar para sonhos que você não sabia que eram sonhos. Os pesadelos eram diferentes. Minha avó dizia que eu tinha uma imaginação muito ativa, como se seu elogio sobre minha atividade cerebral me ajudasse a parar com o tipo terrível de sonho merda que eu tinha.

Só que depois do que aconteceu no pow-wow, tudo que vinha até mim à noite eram versões diferentes do dia em que fui baleado. E pior. Às vezes, eu acordava em um pânico que parecia que ia durar para sempre, como um grito que não conseguia parar de ouvir, ou como a morte vindo com toda força. Às vezes, os sonhos eram apenas sobre insetos agressivos que lembravam projéteis, se projéteis pudessem sentir fome.

O medo do sono e o pânico que parecia tomar conta de mim, não importava o que eu fizesse, foram os motivos de eu sentir que precisava da hidromorfona. Não havia nenhum outro.

Eu tinha sido quebrado, mas também tinha sido aberto. A bala fez seu buraco, um que eu senti que ficou aberto apesar de ter sido costurado, e o buraco parecia estar aberto, como se houvesse algo passando por ali, saindo, pedindo por algo em troca, como se precisasse ser preenchido, e para isso é que serviam as drogas.

Eu odiava quando os dias ficavam mais curtos porque as noites ficavam mais longas. Odiava que Opal voltasse para casa do trabalho à noite quando todo mundo estava reunido em casa. Eu tomava o comprimido que costumava tomar à noite para dormir melhor pouco antes de os meus irmãos chegarem da escola, depois outra vez antes de Opal e Jacquie chegarem em casa, Opal do trabalho e Jacquie do que quer que seja que ela fazia o dia todo, então na hora do jantar eu sentia aquela leveza e as preocupações sumiam.

Eu reclamava com Opal sobre a escola, como não parecia ser de verdade, e sobre como eu nem entendia o motivo de frequentá-la a menos que quisesse morrer sentado a uma mesa de escritório. Ninguém vai morrer em uma mesa de escritório, Opal dizia. Era um investimento no futuro. Tudo o que se podia fazer era contar com a sorte. Uma educação melhor lhe dava mais oportunidades. Ninguém sabia como seria o futuro. Isso era verdade, foi o que pensei ao ouvi-la falar. Mas também sabia como o passado fodia com o futuro. Isso era chamado de elemento preditivo. Aprendi com o dr. Hoffman. Acrescentando que aquela não era a história completa, o que aconteceu com você. As pessoas podem mudar. Ter um futuro significa que você tinha esperança. Com certeza não parecia mais que o futuro era meu. Parecia pertencer ao que aconteceu comigo. Não importava o quanto o dr. Hoffman me dissesse que o passado não dita o futuro, nem o passado recente, nem o passado com minha mãe – então passou a não a mencionar mais. Dr. Hoffman dizia que o passado era o passado e ele já passou. Eu só podia responder ao que estava acontecendo naquele momento. A única coisa viva vive no presente, aqui no agora, era o que ele dizia. Eu odiava aquilo, e também que minhas únicas opções de resposta naquela hora fossem meditação e técnicas de respiração, ou discutir as coisas com o dr. Hoffman, me expressar através de desenhos, escrita ou exercício. Estar presente não é bom só porque você está prestando atenção. Na verdade, pode ser pior. Melhor ficar distraído. Ou chapado.

Eu não contei para o dr. Hoffman sobre as drogas, o que descobri com elas. A terapia tinha tudo a ver com o que eu decidia contar para o terapeuta. E havia uma nova voz em mim me dizendo para contar coisas que não parecia ser eu. Não sabia se era por causa das drogas ou se era porque eu havia mudado tanto. Cada vez mais, eu achava que podia ser por causa da bala.

Fui baleado e o projétil permaneceu dentro de mim, uma parte dele, estilhaço, ou sei lá, porque era mais perigoso tirar do que deixá-lo ali. Então ele ficaria dentro de mim, e eu ia ficar dentro de casa, me recuperar e me manter em dia com a escola e não ter que repetir o ano. Opal deixou claro para mim que eles – nós – não iríamos deixar o que aconteceu no pow-wow ser maior do que nós.

"Não vamos deixar isso dominar a próxima etapa das nossas vidas", disse Opal.

"Qual é essa próxima etapa?", perguntei.

"A próxima etapa é a parte em que vivemos como se tivéssemos tido uma segunda chance, e não como se algo tivesse sido tirado de nós." Ela saiu da sala com as costas da mão na testa como se estivesse checando se estava com febre.

Jacquie nos disse que na sexta-feira à noite todos íamos jogar dominó e comer cachorro-quente quando Opal fosse para um evento no centro intercultural indígena na International. Jacquie disse que ela não estava nem aí se queríamos fazer isso ou não. Ela foi séria e mandona de um jeito inédito. Mas eu estava me sentindo muito bem graças aos três comprimidos que tomei à tarde. Três era a nova quantidade para tomar de uma vez, no final da tarde. Eu me sentia acordado, mas muito devagar e bem, e me sentar para jogar dominó seria muito bom. Minha tolerância estava boa o bastante para eu saber que não ia parecer chapado a ponto de outras pessoas notarem. Mas eu não gostava de como meus olhos apareciam refletidos no espelho: embaçados. Se perguntassem, diria que estava cansado, e que não tinha dormido, que estava tendo pesadelos.

Jacquie comprou cachorros-quentes do Kasper's para todos nós. Era nosso restaurante favorito. Não sei como ela sabia. Talvez fosse o favorito dela também. Quando era mais nova. Ou Opal lhe contou. Os cachorros-quentes eram bem crocantes, por isso gostávamos deles. Eu pedi um com queijo e mostarda. Mas ainda não estava com fome e disse que tinha que fazer uma pesquisa para um trabalho da escola que tinha esquecido, e então Jacquie disse: Em uma sexta-feira à noite? Eu fingi prestar atenção em uma coisa no celular, ler algo para entender o trabalho.

Jacquie largou os dominós na mesa e eu pulei com o barulho das peças, como se estivesse acordando de um cochilo leve. Estiquei as mãos para embaralhar as peças, e eu e meus irmãos acabamos tocando nas mãos uns dos outros. Deu para ver que Jacquie gostou disso. Ela não sorriu, mas consegui ver em seu olhar, e ela viu que eu vi.

"Camburão", disse Jacquie quando Lony colocou a peça de doze na mesa.

Loother desceu um seis e três e disse quinze. Jacquie lhe deu sua primeira casa, cruz e uma linha diagonal. Eu joguei meu seis e dois e só depois soube que precisava fazer dez pontos na primeira jogada. Coloquei um três e um, e Jacquie conseguiu dez com um quatro logo depois de mim.

"Dez", disse ela, marcando sua primeira casa.

"Por que vocês estão levando isso a sério se já sabem que eu vou ganhar?", perguntou Lony.

Ele mordeu seu cachorro-quente simples, sem acompanhamentos, depois jogou um seis e um no final do seu camburão para ganhar cinco pontos.

"Isso nem te dá uma sequência no jogo", rebateu Loother.

"Eu não acho que fazer pontos deveria significar que você não faz pontos", respondeu Lony.

"É tipo como quando você é bebê, para dar os primeiros passos você precisa dar mais do que um para contar como 'os primeiros passos', então cinco pontos é só o primeiro passo, não conta", disse Jacquie.

Eu gostei de como ela explicou.

"Não sou um bebê", disse Lony.

"Somos todos bebês no jogo até termos pontos o suficiente, é o que a vovó quer dizer", respondi e mordi meu cachorro-quente coberto com queijo e mostarda. "Sua vez, Looth", falei de boca cheia.

"Tá bom, Orv", disse Loother.

Eu sabia que Loother odiava quando eu dizia Looth tanto quanto eu odiava Orv. Mas também gostávamos. Era como se disséssemos eu te amo e vai se foder. Esse tipo de coisa podia acontecer com as palavras e ser normal e compreensível.

Nós jogamos dominó até tarde da noite. Não falamos quase nada pessoal sobre nós mesmos, sobre nossas vidas. Foi a melhor parte. Não precisamos. Não faltou nada. Nós só jogamos.

Opal e eu costumávamos dar uma caminhada quando ela voltava do trabalho. Eu perguntei a ela na primeira vez que subimos a colina como podia querer andar depois de passar o dia todo andando no trabalho. Ela me disse que não era a mesma coisa, que não *tinha* que estar ali, então era diferente. Lá no alto com as sequoias, ninguém esperava nada.

"Não há cartas para as árvores", disse ela.

"Não haveria cartas sem as árvores."

"É verdade", respondeu Opal e sorriu.

"Mas teria e-mail", comentei, mas ela não respondeu.

Opal me disse que eu precisava sair de casa, pegar um pouco de ar fresco, me exercitar. Na primeira vez que me chamou para caminhar, fiquei com medo de ela saber dos comprimidos. Do quanto eu precisava deles e que eu os amava. *Diga que agora temos medo de sair de casa*, disse a voz. Eu imaginei sua boca malvada de metal tentando devorar mais partes de mim. Pensei de novo sobre o buraco que ela abriu em mim – o que isso pode ter deixado entrar. *Diga que gostamos de ficar mais próximos de nossa avó verdadeira.* Eu sentia que não era eu, mas estava saindo de mim, de minha cabeça, então de certa forma tinha que ser eu. Ou era meu inconsciente. *Diga que dói bastante se andarmos muito.*

"Não precisamos ir se você não quiser, meu neto", disse Opal para mim.

Ela raramente me chamava de neto.

"Não, eu quero sim", respondi, e era verdade.

"Então vou buscá-lo amanhã, por volta das seis. Vamos ter um bom tempo até escurecer."

Vai se foder, o projétil disse em minha cabeça. E eu não sabia se ele estava falando isso para mim ou para Opal.

Fui para o Diamond Park depois de conversar com Opal. Passei por aquela parte do riacho com o túnel onde sempre via latas vazias, mas ninguém bebendo. Olhei para meu reflexo na água e vi meu cabelo. Eu não o tinha prendido antes de sair de casa, e achei, por um segundo, que havia uma menina atrás de mim.

Botei uma das mãos no bolso e senti o comprimido que estava ali, e depois segurei o comprimido na mão fechada que logo se abriu e joguei minha cabeça para trás, engolindo-o com saliva, que juntei enquanto pensava se o tomava agora – o acúmulo de saliva já era uma confissão de que iria tomar o comprimido naquela hora. A única coisa viva, este momento.

Quando voltei para casa, toquei violão até meus dedos doerem demais para continuar. Eu sabia que se doessem o suficiente, doessem todos os dias, que a dor inicial ia anular a dor futura, um fenômeno que as pessoas on-line chamam de calos. Quando meus dedos não aguentavam mais, eu jogava Red Dead Redemption 2, a versão on-line em que você pode mudar a aparência do cara para o que você quiser. Fiz o meu cara com a pele marrom e o cabelo comprido, e roubei cavalos que eu cavalgava e às vezes pareciam ser cavalos indígenas, mas não estavam pintados, eram só suas manchas naturais. Eu atacava todos os caubóis do jogo sem piedade, talvez um pouco psicótico. Tinha uma sede de vingança por caubóis e xerifes. O jogo recompensava você com clipes cinematográficos em câmera lenta se seu tiro fosse fatal. Eu optei por quantidade em vez de qualidade. Praticamente todo mundo era um caubói, então eu fazia uma série de tiroteios que às vezes chegavam a cem ou mais, com corpos caídos ou empilhados a meu redor, talvez por isso parecesse ser algo psicótico, mas também era de certa forma terapêutico. Era um alívio, um alívio recuperar o controle depois de sentir que o mundo estava contra você. Recuperei o controle sendo o controlador do jogo.

Abri a torneira da pia devagar, deixando a água cair por um tempo, então inclinei a cabeça para bebê-la. Às vezes, ter os comprimidos na mão era o bastante. Às vezes, eu os carregava comigo, na mão ou no bolso. Não era só sobre descobrir que eu gostava de ficar chapado. Eu gostava. Havia dor também. Havia noites em que a sensação se espalhava por mim como se fossem asas. Mesmo antes de os comprimidos chegarem a minha corrente sanguínea, eu me sentia bem só de engoli-los. Os comprimidos silenciavam a intensidade da dor, amorteciam suas garras, liberavam meu corpo de sua constante contenção contra a dor. Eles me ajudavam. Eu sabia o bastante sobre vício para não cair naquela tão fácil. Mas a questão com esse tipo de coisa é que você nunca sabe que está sendo enganado enquanto está sendo enganado. Quando percebi que não estava mais tomando os comprimidos para a dor, mas ainda precisava deles, foi quando comecei a me enganar. Disse a mim mesmo que eles não eram um problema. O problema era eu precisar deles. Mas virou um problema, de fato. Conseguir mais comprimidos. Meus médicos já tinham falado sobre reduzir a dosagem, que estava na hora de tomar algo mais leve, um analgésico de venda livre.

"Como está a dor?", perguntou Opal depois que ela explicou o que era venda livre.

"Ainda dói bastante", respondi. "Tipo, não é mais tão ruim, mas os comprimidos ajudam", tentei não parecer muito sério sobre minha necessidade de conseguir uma receita.

Em uma de nossas caminhadas, fui sincero com Opal sobre gostar dos comprimidos, e por sua resposta eu soube que ela não ia me ajudar a conseguir mais.

"Você não deveria gostar deles", falou.

"E se eu gostar?", respondi e me arrependi imediatamente de ter sido tão sincero e por estar chapado quando disse e por ter dito porque estava chapado.

"Eles são apenas para acabar com a dor. Em breve você vai parar de tomá-los. Logo vão começar suas aulas presenciais", prosseguiu Opal, mudando de assunto, e perguntou como eu estava me sentindo sobre o começo das aulas, se eu queria ir comprar roupas novas.

Diga que ela também é viciada. Em comida, em comer demais, que ela fica chapada do jeito dela, e quem vai impedi-la? Diga que está mais para boca livre. Diga isso, disse a voz.

Eu estava com medo de passar um dia sem os comprimidos. Percebi que não conseguia imaginar não os ter comigo. Ainda mais ao começar o ensino médio. Eu nem gostava de pensar em não os ter. Mas eles estavam acabando.

CAPÍTULO DEZESSETE

Supersangue

Lony sonhou com dominós. Sonhou que era uma peça de dominó, e que havia fileiras de dominó para todos os lados, caindo em colunas que pareciam se aproximar cada vez mais dele. No sonho, ele não sabia quando a fileira ia derrubá-lo e matá-lo. Ele sabia que, se fosse derrubado, era isso que ia acontecer, e que a fileira era sua linhagem familiar, que algo que começou muito antes de ele nascer estava vindo derrubá-lo, mas que aquilo acontecia com todo mundo, toda a linhagem familiar caía em cima dos vivos quando eles morriam, tudo o que eles não puderam carregar, não conseguiram resolver, não conseguiram descobrir, com todo o seu peso.

Lony está sentado em meio às roseiras em frente à casa. Um espinho se prendeu em seu ombro quando foi entrar. O espinho puxou sua camiseta como se não o quisesse ali. Ele está tão irritado quanto qualquer um ficaria ao se ver preso desse jeito. Ele puxou a camiseta, pegou o espinho que entrou e o passou pelo braço, vendo o sangue cair.

O sangue de Lony foi o único compatível com Orvil quando ele precisou. Lony odiava agulhas, sua dor incrivelmente aguda, mas gostou de poder dar seu sangue a Orvil para ajudá-lo quando ele precisou. Quando o irmão ficou bem, ele se perguntou se foi seu sangue que fez isso e, se não tivesse lhe dado, de onde viria o sangue? Isso o fez pensar, depois, quanto sangue a mais é produzido depois que se perde como Orvil perdeu. Mas ele nunca chegou a pesquisar como e quanto sangue é produzido em um corpo.

Primeiro, Lony pensou em cavar na entrada como quando joga Minecraft, uma das coisas que mais gosta de fazer. No Minecraft, ele ama cavar em busca de diamantes e fugir de zumbis, aranhas e esqueletos com arcos e flechas, cavar um abrigo para passar a noite, iluminá-lo com tochas e assar carne. Lony gosta de jogar no modo sobrevivência mais difícil, o que significa que, se morrer, você morre de verdade. Ou, pelo menos, ele gostava do modo de sobrevivência mais difícil. Agora, ele quase não joga ou, se joga, é no modo criativo, em que pode voar pelo ar, invencível.

Ali, no meio das roseiras, Lony abriu o canivete que Orvil lhe deu quando completou dez anos. Ele enfia a faca no chão para suavizar o solo e testar a lâmina. Orvil disse para não contar a ninguém sobre a arma. Ele não contou. Lony sabe que não é como as crianças sobre as quais ouviu Loother falar, as crianças da escola que o irmão sabia que se cortavam. "É para sentir aquela outra dor, a dor que eles não conseguiam sentir sem se cortar", dissera Loother. Lony pensou sobre aquela outra dor. Mas ele sabe que não é como aqueles meninos, sabe porque sente as coisas, essa dor e a outra dor também.

Ele está se cortando para ver o sangue escorrer, não pelo corte ou para sentir algo que não consegue. É pelo sangue, e se houvesse uma torneira ou válvula ou qualquer outro jeito, tipo cuspindo, suando ou fazendo xixi, um jeito de eliminar líquidos, faria isso também, mas só há um jeito, então precisa cortar.

Lony cavou um buraco debaixo das roseiras e apertou seu dedo, pingando o sangue no buraco, e então o enterrou.

Ele pesquisou sobre sangue, indígenas nos Estados Unidos e magia, e combinou os três para ver o que aparecia. Viu em um site que o nome "Cheyenne" significa o povo do corte. Foi o suficiente para Lony se convencer de que o que estava fazendo com o corte e o sangue era normal, como se estivesse fazendo parte de algo, não algo que ele fazia para escapar dos próprios sentimentos, ou para sentir algo que não sabia estar sentindo até sentir a dor do corte. Também encontrou algumas coisas sobre sangue, sacrifício e rituais, sobre indígenas de muito antes de os europeus chegarem. Alguns adoravam o sol, que Lony tinha acabado de aprender na escola que era uma estrela. Uma estrela!

Para o garoto, fazia muito mais sentido idolatrar algo como o sol do que um cara morto em uma cruz que ressuscitou como um zumbi, e toda aquela coisa sobre comer o corpo dele e beber seu sangue, ou pão e vinho fingindo ser o corpo e o sangue do homem? O cristianismo é muito estranho, mas todo mundo finge que não.

A luz e o calor do dia diminuem quando as nuvens se movem na frente do sol. Lony tinha uma bola de elásticos que estava criando desde o ano passado, que está maior do que seu punho, mas não do que sua mão aberta, que é o tamanho que ele quer que ela fique. Achou um pacote de elásticos coloridos na velha escrivaninha de Opal. A bola de elásticos começou a se formar por acidente. Lony estava amarrando alguns deles de um jeito complicado. Ele descobriu que se você tiver um monte e continuar dando voltas no centro, de alguma forma, começará a fazer uma armadilha chinesa, mas então algo diferente aconteceu quando todos se juntaram. Lony continuou aumentando o meio, bem rápido, enrolando mais e mais elásticos ao redor do centro até fazer uma bola que quicasse bem, e parecia legal, colorida como um arco-íris misturado aleatoriamente, de um jeito que gostou. Ele pensa na bola como seu poder. Quando começou a criá-la, Lony pensou em uma cena do filme *Donnie Darko* em que havia uma energia, como um verme líquido, que saía do meio do peito de todos, tipo entre o coração e o estômago, que eles chamavam de tórax no filme. Lony sempre pensava naquele filme e naquela parte do corpo dele, ou dentro dele, porque nos sonhos quando sabia que era um sonho e queria fazer algo, sentia que aquela parte dele meio que se flexionava, como um músculo, e depois a coisa que ele queria que acontecesse, acontecia.

Uma vez, quando eles estavam todos assistindo a um dos filmes dos Vingadores, Lony parou de prestar atenção porque já tinha visto aquele muitas vezes e primeiro pensou por que não havia super-heróis ou vilões indígenas, ou atores e atrizes, e depois, se criassem um super-herói indígena, qual seria o poder dele. Achava que devia ser mais de um poder, mas quais? Enquanto tentava descobrir, percebeu que amava fazer listas – como elas podiam ser histórias, mas você tinha que descobrir a história através da lista, então também era como um quebra-cabeças. Sua primeira lista foi uma intitulada *lista do Superindígena* que elencava os poderes que o Superindígena deveria ter, com base em estereótipos e também em verdades sobre pessoas indígenas que ele conhecia. A lista era esta:

1. Pode voar (por causa das penas)
2. Consegue controlar trovões e raios (por causa da dança da chuva?)
3. Mira perfeita (por causa dos olhos de águia?)

4. Se transforma em qualquer animal
5. Usa o cabelo como cordas inquebráveis
6. Invencível contra drogas e álcool (também não pode ser envenenado)
7. Sabe fazer dança de guerra
8. Pode convocar cachorros (por causa dos soldados-cachorro Cheyenne, para ataques ou companhia)
9. Invisibilidade (porque ninguém sabe que ainda estamos aqui)
10. Supersangue (liberado ao se cortar?)

Ele gostava de deixar a maioria das listas com dez coisas porque ter regras e limites o ajudava a organizar os pensamentos, mas a lista seguinte era uma de três. Os fatos eram tão grandes que ele os chamou de superfatos. Eles tinham aquela peculiaridade que o fazia não saber refletir sobre eles, mas também não conseguir parar de pensar a respeito.

1. No centro da Via Láctea existe um buraco negro gigante do tamanho de quatro milhões de sóis. (O centro é um buraco como um *donut*?)
2. O universo está se expandindo a dois milhões de quilômetros por hora. (Expandindo para onde é a questão.)
3. Tudo que não é matéria escura ou energia escura, como tudo que observamos/conhecemos até agora, soma menos de cinco por cento do universo. (Então a maior parte de existência é quase segredo?)

Ele queria fazer uma lista que tivesse mais superfatos, mas não conseguiu achar nada tão grande para ser super e, tipo, perturbador, que parecesse estar fazendo um buraco nele.

Lony não conseguiu pensar no que o supersangue faria e queria que as penas fizessem algo super, mas que não tivesse a ver com voo. Depois, ele pensou em como seu sobrenome era Red Feather, pena vermelha, e se perguntou pela primeira vez de onde veio aquele nome e se eles estavam se referindo às penas ensanguentadas, mas então ele não sabia quem seriam *eles*.

Lony acredita que o superpoder de Orvil é ser à prova de balas, mas isso mal conta como superpoder porque muitos super-heróis já fazem isso.

Quando começou a pensar sobre aquela parte dele entre o coração e o estômago como uma bola de luz crescente, foi quando começou a pensar em sua bola de elástico como a mesma coisa, e como seu poder. Ele quer aumentar seu poder, talvez usá-lo para algo tipo voar ou desaparecer. Se tivesse alguma chance de ser algum tipo de super-herói, é o que faria, então Lony enterra sua bola de elástico ao lado do local onde deixa seu sangue cair, algo que não percebe que tem feito cada vez mais, o que significa que está se cortando cada vez mais.

Ultimamente, Orvil parece chateado por ser indígena. Como eles não foram criados direito, ele teve que sair escondido para tentar fazer parte de uma coisa que o fez ser baleado. Lony acha que entende como o irmão se sente sobre eles serem indígenas, mas ele, Lony, se sente pior. Ele se sente mal por sentir isso e, desde o que aconteceu com Orvil, ficou ainda pior. Mas Lony é o que menos sabe e o que mais se sente distante do que significa ser não apenas Cheyenne ou indígena, mas índio, como escuta Opal dizer às vezes, daquele jeito que só os antigos ainda podem falar. Lony se sente pior porque ele nem se importa com ser indígena ou índio e preferia ter uma vida normal e não ter que sempre sentir esse peso, ter que carregar mais do que parece que deveria. Sua tristeza o faz se sentir muito fraco, mas também como se quisesse endurecer. Tenta sentir raiva, mas não consegue. Tentar fazer isso só o deixa mais triste e depois ele quer se sentir normal de novo. E aí se sente. Lony volta para as pequenas alegrias, como cavar na terra, mesmo que esteja enterrando o que seria um objeto mágico, usando sangue em uma espécie de ritual, a fim de ganhar um superpoder para combater seus sentimentos de impotência e outros males não identificados do mundo.

Ele não sabe quanto tempo leva depois de colocar a bola no chão, adicionar mais sangue e cobrir com o solo, até sentir a terra se mexer e escutar um barulho, como se algo grande estivesse vindo de baixo, e acha que é sua imaginação, ou o fato de estar tirando sangue e precisar comer algo, porém, Lony escuta as coisas se mexerem dentro da casa e entende o que é, ouve o irmão dizer a palavra como uma pergunta para ninguém, já que apenas Lony está em casa, e ele nem está dentro da casa, o que o faz querer rir, mas também fica triste pelo irmão porque ninguém além da terra que vibra responde à pergunta. Lony corre para dentro e vai até onde acredita ter ouvido Orvil perguntar se era um terremoto, no quarto da Opal, e o vê de pé, os braços abertos como se estivesse em uma corda bamba. Ele está segurando uma tesoura. Tinha acabado de cortar o rabo de cavalo, então, assim como não sabia se seu sangue salvou Orvil ou se ele é à prova de balas, agora Lony não sabe se foi seu sangue no chão que causou o terremoto ou se aconteceu porque Orvil cortou o cabelo.

"Sentiu isso?", pergunta Lony.

"Remédio forte", diz Orvil, fechando a mão no cabelo que acabou de cortar.

"Não estava tão grande", comenta Lony. "Por que está fazendo isso?", indaga e começa a mexer na mesa.

"Foi mesmo um terremoto?", Orvil quer saber.

"Você cortou mesmo seu cabelo todo?"

"Meu cabelo todo? Não. Cabelo não quer dizer nada, Lony", responde Orvil, passando a mão pelo cabelo, deixando cair o que foi cortado, e pelo que ainda estava preso ali. "Cabelo comprido é idiotice", comenta e continua cortando o cabelo.

"Não é, não", protesta Lony e tira um removedor de grampos que encontra na mesa, coloca a coisa perto do seu rosto como se ela estivesse viva tentando comê-lo e ele estivesse tentando comê-la de volta.

"Por que eu ia querer na minha cabeça algo que é a mesma coisa que tem na bunda de um cavalo?"

"O quê?"

"Rabo de cavalo. Se eu tenho um saindo da minha cabeça, minha cabeça é a bunda de um cavalo."

"Não é a mesma coisa."

Lony fingiu que o removedor de grampos estava falando isso para ele.

"Claro que é."

"Vou cortar o meu também", diz o garoto, e começa a abrir as gavetas de novo, procurando por uma tesoura. "Posso usar essa?", pergunta, apontando para a tesoura de costura de metal que Orvil está usando.

"Quando eu terminar. Mas se eu fosse você, não cortaria."

"Você está cortando."

"É, e ninguém vai dizer nada de mim, mas se você cortar, aí...", diz Orvil, que parece esquecer o final da frase. Ele encara o espelho enquanto Lony pega o rabo de cavalo do chão.

"Você está fazendo uma coisa, tipo, de indígena?", pergunta Lony. E por algum motivo, pensa em como Opal nunca os deixava passar por cima uns dos outros na casa; se alguém estivesse deitado, nunca se passava por cima do corpo, nunca. Era mais do que uma regra na casa. Era uma lei. E algo que a Cheyenne Opal nunca explicou para eles. "Ou tipo uma... Não sei, tentando *não* ser uma coisa indígena?", diz Lony.

"Isso é uma coisa quero-cortar-o-cabelo, por que precisa ser algo mais?"

"Não tem que ser, só que vai demorar muito tempo para crescer, então parece que você está brincando com o tempo, tomando uma decisão rápido demais com essa tesoura pesada."

"Brincando com o tempo. Hum. É por isso que você não vai cortar o seu. Não hoje."

CAPÍTULO DEZOITO

Restauração

Opal Viola Victoria Bear Shield e Jacquie Red Feather caminham lado a lado ao redor da gaiola abobadada perto do santuário de pássaros no lado norte do lago Merritt e os observam voar e pousar nos postes e galhos, cantando ou gorjeando, mas principalmente atentos à comida ou a movimentos repentinos.

Perto da água havia patos e gaivotas, e até um casal de gansos mais longe na água verde-escura. Não havia pássaros na grande gaiola abobadada. A única árvore dentro dela estava crescendo pelos buracos octogonais.

"Ouvi dizer que eles tinham macacos aqui antes", diz Jacquie.

"Ouviu nada", rebate Opal, procurando por uma placa sobre a gaiola. "É como uma versão menor daquela bola gigante da Disneylândia, na Flórida."

"Chama-se Epcot Center."

"O que eles guardam lá?", pergunta Opal.

"Onde, no Epcot Center?"

"Eu quis dizer nessa gaiola, mas tá, pode ser no Epcot Center. O que tem lá?"

"Na verdade, eu fui para a Disneylândia, na Flórida, uma vez, passar um fim de semana com um cara que eu nem lembro direito. Mas eu me lembro de estar lá dentro."

"O que tinha lá?"

"Eles chamam de Spaceship Earth. E dentro tem toda a história da humanidade. Desde pinturas rupestres até a televisão."

"Algum indígena lá?"

"Quem você acha que pintou as cavernas?"

"Eles pintaram *nas* paredes *dentro* das cavernas e não eram índios."

"Selvagens. Homens das cavernas. Índios. São tudo a mesma coisa."

"Você é uma idiota", diz Opal, e joga migalhas de pão nos pés de Jacquie até algumas das gaivotas mais corajosas aparecerem ao redor, fazendo as duas rirem. "E essa coisa aqui?", pergunta Opal, apontando para a gaiola.

"Parece que é só essa árvore. Acho que está tentando escapar", diz Jacquie, passando os dedos pelas barras. "Você se lembra que nossa mãe costumava dizer que o templo mórmon era a Disneylândia?"

"Ela disse muita coisa em que a gente sabia que não devia acreditar."

"Você não acreditava nela?", perguntou Jacquie. "Eu acreditava. Tanto que fui pesquisar depois. Você sabia que Walt Disney se inspirou no parque Fairyland naquela época? E Frank Oz, que era um dos principais caras dos Muppets, veio de Fairyland também? Toda essa mágica do mundo veio daqui, de Oakland."

"Foi por isso que você foi embora então? Mágica demais em Oakland", diz Opal.

"Ah, agora você só está sendo cruel."

"Eu nunca levei os meninos para a Disneylândia. Quando eles iam gostar. Eu acho. Talvez não sejamos o tipo de gente que gostaria da Disneylândia."

Opal se afasta da gaiola, parecendo querer escapar da conversa, talvez porque falaram da mãe delas, ou pelo jeito que isso a fez pensar nos meninos, algo possivelmente agradável que não fizeram, ou um possível caminho alegre estilo Disneylândia que não tomaram.

Ela está carregando um saco de pão duro que joga para as aves de vez em quando, a maior parte vai para as gaivotas mais selvagens, mesmo assim, ela fica feliz por não desperdiçar. Jacquie pegou o celular para fazer fotos e vídeos, que ela nunca verá de novo, das garças distantes, gansos, patos e uma espécie rara de cisnes, e, depois, daqueles passarinhos pequenos procurando por qualquer migalha após as gaivotas brigarem pelos pedaços maiores. Jacquie tira foto de tudo, para registro, mas nunca abre o álbum de fotos do celular – ela nem pensa que pode fazer isso depois; na verdade, se perguntassem, era capaz de Jacquie falar que isso era um crime contra a memória, um jeito de roubar o tempo de volta, de ficar relembrando as coisas por um período maior do que a vida permitia, e ela sabia que deveria, que se alguém devia fazer isso era ela, apreciar os momentos perdidos nas fotos que tirou, pelo tanto que perdeu por causa da bebida; mas até as palavras "tirar foto", esse tirar era o que Jacquie sentia sempre que olhava para elas. E, mesmo assim, não conseguia parar de tirar fotos, ela as tirava sempre.

Por outro lado, Opal adora ver as fotos depois, adora se lembrar dos dias como aquele, adora as coisas que podem ser guardadas, não perdidas para sempre se depender apenas da memória, e sim com a realidade capturada ali e apresentada a você, em seu celular, em seu bolso, bem ali no lado esquerdo de seu quadril; no mês passado, Opal tinha finalmente ido a um médico falar sobre uma dor que começou a se espalhar por seu corpo até parar no quadril na semana da consulta. A dor estava em suas articulações e em seus ossos. Não sabia até então o que era dor nos ossos, mas sentiu uma espécie de dor que achava ser coisa da idade, e o desgaste por caminhar tanto. Eles fizeram exame de sangue e depois ela recebeu uma ligação do médico. Opal soube na hora que não podia contar a ninguém. Precisaria encontrar um jeito de consertar aquilo sem ninguém saber.

Jacquie tira uma foto do bando de pássaros no céu e depois se vira para tirar uma de Opal, que responde colocando a mão na frente do rosto e dizendo: "Manda essas pra mim."

Jacquie não sabe se Opal está falando isso só para ser legal ou se quer mesmo ver os pássaros depois, para se lembrar do passeio com a irmã, para ter fotos para mostrar aos meninos caso Jacquie vá embora de novo, para lhes contar que sua avó amava ver pássaros comendo pão – o que não é verdade, mas podia ser engraçado o suficiente para parecer verdade em sua possível ausência, sua recaída da sobriedade, já que recair e sumir sempre foi a coisa que ela mais fez, algo do qual, tinha plena consciência, todos temiam que pudesse acontecer de novo a qualquer momento, e era também assim que ela vivia sua sobriedade, momento a momento, passo a passo, um dia de cada vez.

Elas passam por um totem. Nenhuma das duas comenta na hora, mas elas o encaram por um bom tempo, parecendo refletir sobre sua presença, sem querer articular.

"Isso sempre esteve aqui?", pergunta Jacquie para Opal e encara a coisa, o céu azul atrás dos vermelhos e amarelos vibrantes, esse grande poste de madeira com animais entalhados. Opal observa a irmã olhando para a coisa, perguntando-se se ela quis dizer essa vida, elas duas ali, andando juntas ao redor do lago, cuidando dos meninos, *isso* sempre esteve aqui, durante todo esse tempo em que Jacquie esteve perdida em seu vício?

"Acho que foi restaurado", diz Opal e continua andando.

"Seria um jeito chique de dizer que foi pintado", comenta Jacquie, apressando o passo para acompanhá-la, sentindo-se injustiçada, por um instante, por ser a irmã mais nova, quando na verdade já era assim há muitos e muitos anos, e era absolutamente justificável.

"Não é só uma pintura nova."

"Não acho que estava aqui antes."

"Como se você andasse por aqui há anos, é quase como se tivesse acabado de chegar."

"Só acho que a gente se lembraria de..."

"Eu me lembro, ele estava velho e gasto. Agora eles restauraram", diz Opal.

"Sem dúvida não estamos mais falando do totem."

"Oakland está sempre tentando melhorar. Mesmo quando não consegue. E as pessoas estão sempre bagunçando, mas a cidade nunca para de tentar."

"É muito bom estar de volta. Nem que seja só pelo clima."

"Só pelo clima", repete Opal, e pega seu celular ou para mandar mensagem ou para escrever algo no aplicativo de notas.

O fato de ela pegar o celular depois de certa tensão não resolvida fez as duas caminharem em silêncio por um tempo.

Uma coisa que você pode fazer quando não consegue fazer mais nada, ou seja, quando está inquieto, é caminhar, mover seu corpo pelo espaço e deixar a sabedoria que vem disso ser seu guia. Esse é o tipo de coisa que Jacquie ouvia nos podcasts sobre caminhada que escutava enquanto andava, e o tipo de coisa que ela repetia para Opal como se fosse uma sabedoria própria.

"Precisa de alguma coisa?", pergunta para Jacquie sobre os itens que um homem negro está vendendo: livros e CDs usados, cadarços e escovas de dente lacradas.

"Tudo por um dólar", informa o homem e dá um sorriso para Jacquie.

Ela pega um livro sobre árvores e o folheia, não dando tempo para ler o nome de nenhuma delas.

"Vou levar esse aqui", diz Jacquie e entrega um dólar ao homem.

"Um livro sobre árvores feito de árvores e comprado com árvores, que coisa", comenta ele e isso faz Opal pensar sobre a coisa que o homem está fumando, que Loother chamava de verdinha, e ela achava que era mesmo bem verde, como brócolis.

"Que coisa", diz Opal, e os três riem.

Ao caminhar pelo lago Merritt, você vê todos os tipos de pessoas em Oakland: hipsters, moradores de rua, moradores de rua hipsters, o rapper amador tentando vender seu CD, os corredores sérios e os ocasionais, os fitness, os chapados, os fumantes casuais, as pessoas caminhando rápido, pessoas caminhando devagar e que não paravam de falar, as que empurravam carrinhos de bebê e inúmeros jovens sentados em cobertores na grama. Não costumava ser assim ao redor do lago, as pessoas sempre caminhavam ali, mas agora é meio que um lugar famoso com *food trucks* ao redor.

Jacquie pensa em Orvil ao ver um jovem de rabo de cavalo andando na frente delas. Ele está andando rápido e seu cabelo balança. Opal pensa se vai contar ou não para Jacquie o que descobriu na consulta e, assim que pensa no assunto, sabe que não vai falar.

"O que você acha que os meninos estão fazendo?", indaga Jacquie.

"Bom, é sábado, o que significa que eles não têm aula, e não estamos lá, então, se eu tivesse que adivinhar, diria que estão vendo alguma coisa na televisão ou jogando videogame, ou assistindo a pessoas jogando videogame", responde Opal.

"Isso é pra valer agora, não é?", diz Jacquie.

"E você morar e ficar aqui em Oakland, é pra valer agora?" Opal lhe lança um sorriso gentil para suavizar o que pode ser interpretado como uma alfinetada.

Jacquie Red Feather está completamente na vida deles agora, morando com eles, mas ninguém sabe como isso vai ser. Jacquie não estava pronta para pensar em Orvil o tempo todo, vê-lo todo dia, para ficar perto de todos depois de morar sozinha por tanto tempo, e para ficar sóbria. Mas Orvil não era responsabilidade dela e não foi ela quem fez o que havia sido feito a ele, Orvil é responsável por si mesmo, o único que pode salvá-lo é ele, e isso é verdade para todo mundo, e para Jacquie isso é o que a Oração da Sobriedade quer dizer quando fala sobre controle, e concessão, até sabedoria, que era uma palavra que ela odiava, tão cheia de filosofia New Age, ou parecia tão indígena que na hora dava para ouvir uma flauta indígena tocando, ou o crocitar de uma águia, só que o barulho que todo mundo achava ser o crocitar de uma águia é, na verdade, um búteo-de-cauda-vermelha, algo que a Jacquie aprendeu ouvindo a rádio NPR em uma caminhada.

O fato de manter sua sobriedade ser a única coisa que ela pode realmente fazer por alguém parece egoísta e retrógrado, ter que se esforçar tanto para *não* fazer algo, como se fosse uma vida de soma-zero, mas ela ficará muito, muito pior se *não* se mantiver sóbria, e não poderá fazer nada por ninguém além de causar dor, então não é egoísta, não pode ser, e, se parece que está se convencendo disso, se parece como se ela estivesse pairando no ar, caindo, é porque está quase sempre assim, só que todo mundo também está, do seu próprio jeito, instável, alguns conseguindo se equilibrar melhor do que outros e, na verdade, andar não é nada mais do que uma queda controlada, como sua filha, Jamie, comprovou quando estava aprendendo a andar e só conseguia dar um ou dois passos sem cair até pegar o jeito, e disse: "Mama, oja", sua palavra para "olha" e "veja" porque Jamie falou antes de andar, e Jacquie está aprendendo agora, pela primeira vez, a seguir seus próprios conselhos: ficar sóbria, um passo de cada vez, ao mesmo tempo que aprende a amar caminhada, e que talvez caia, metaforicamente, e tenha momentos difíceis, mas não vai desmoronar ou recair, apesar de ter ouvido falar que faz parte da recuperação, em teoria, só que ela estava sempre tendo recaídas, com breves períodos de sobriedade, depois crises controladas de consumo excessivo de álcool, depois perda de controle, depois se convencendo de que poderia dominar a queda controlada, depois voltando ao estado de bebê, babando e caindo no sono sem querer; tropeçando, cambaleando, balbuciando, a garrafa, precisando da garrafa. Não, a recaída não precisa mais ser parte de sua recuperação. Ela pode andar pelo belo caminho vermelho, como diz a frase indígena sobre recuperação e sobriedade, de que Jacquie disse a si mesma não gostar, mas sempre que escuta alguém indígena dizer que estão seguindo pelo belo caminho vermelho, ela sente seu coração se expandir, sem pudor, assim como quando se junta naqueles círculos de cadeiras dobráveis arranhando o chão para contar e ouvir histórias sobre como era difícil, como ainda é difícil, e os métodos para achar e manter a esperança.

Há outro tipo de esperança que ela encontrou recentemente. Algo que ela pouquíssimas vezes se permitia ter. Um homem.

Sentimentos por um homem. Que talvez ainda haja amor no futuro. Ela o conheceu em uma reunião, o que não era muito bem visto. Eles foram jantar não muito longe. O nome dele era Michael. Ele tinha um cheiro bom. Algo tão familiar que ela se sentiu meio nostálgica. Michael devia ser um pouco mais velho do que ela, era negro, ou ao menos com ascendência negra. Ele lhe disse que era novo no mundo da recuperação. Jacquie disse que também era. Michael revelou que era o que chamam de alcoólatra funcional. Ele chegou a beber cinco vezes por dia, depois foi diminuindo. Estava sóbrio havia apenas três meses. Seus filhos estavam na faculdade e sua esposa o largara há alguns anos. Enquanto falava, Jacquie percebeu que se sentia atraída por ele. Algo em sua boca. Seus lábios carnudos. Até seus dentes, nem muita gengiva nem muitos dentes. Uma garçonete passou e Jacquie disse para trazer dois pedaços da melhor torta que tinham.

"Você gosta de torta?", perguntou a ele.

"Eu não confiaria em um homem que não gosta", respondeu Michael.

"Então você ama torta", disse ela.

"Até torta de feijão, e torta salgada, e uma vez eu comi torta de ovo em um restaurante chique francês, mas acho que não foi bem assim. Assim como a torta, a memória pode se quebrar às vezes."

"Não foi torta de ovo, não era nem torta, era quiche", disse Jacquie, rindo.

"Posso te perguntar uma coisa?"

"À vontade", respondeu Jacquie, e uma memória veio com tanta força que quase a derrubou. *A Bela e a Fera* foi o filme que ela mais viu com sua filha e tinha se esquecido por completo do filme até agora ao dizer "À vontade".

"Você é indígena?", perguntou Michael.

Em geral, Jacquie odiava essa pergunta, mas ela sentiu que ali havia algo diferente do jeito que gente branca perguntava, com aquele fascínio idiota.

"Sim, por quê?"

"Minha avó era Cherokee. Eu sou um membro registrado", explicou, e Jacquie deve ter feito uma expressão de surpresa. "O quê, você supôs que eu só era negro?"

"Não, não. Quero dizer, eu sabia que você era negro e alguma coisa", admitiu ela.

E depois deve ter corado, o que a surpreendeu e a assustou um pouco.

"Muita gente negra também tem ascendência indígena", disse Michael.

"Sabia que eu costumava trabalhar para a companhia municipal de ônibus? Bati um ônibus de cara com um poste de telefone. Acredita? Não sei como fui tão idiota."

"Sei o que quer dizer", disse ele.

A torta chegou. Os dois comeram juntos e parecia mesmo haver algo acontecendo entre eles. Algo real. Porém, quando Jacquie ligou para o número que ele lhe deu, estava desconectado. E isso quase a fez querer beber. Em vez disso, foi caminhar.

Outra coisa que quase a fez beber foi sua filha, Blue. Elas pegaram o contato uma da outra. Trocaram mensagens. No começo, e depois, nada. A liberdade da possibilidade de conversarem, mas decidirem não o fazer era como uma ferida aberta. Talvez sempre seria assim. Ela também saiu para caminhar por isso.

Jacquie vai andando para qualquer lugar, o máximo de vezes possível, e Opal e ela dão a volta no lago Merritt todo dia depois que Opal volta do trabalho. Hoje não foi diferente. Começou quando Jacquie foi morar com eles, enquanto não encontra um trabalho e arranja um lugar para si, ou Opal vai se mudar e deixá-la ficar ali. Essa é uma espécie de período de experiência, sua primeira vez com os meninos, e ela está sóbria há menos de seis meses, com um histórico ruim, então ficará no sofá até o Natal. Quando Jacquie voltou do hospital com eles, antes de Orvil regressar, Opal disse que ela poderia ficar na cama dele até o menino ter alta. Quando Orvil voltou, Opal colocou os cobertores no sofá e disse que retornariam àquele assunto no Natal.

Opal e Jacquie estão em pé ao lado do carro de Opal antes de seguirem caminhos diferentes, Jacquie para uma reunião do AA ali perto e a irmã para casa, para preparar o jantar dos meninos.

"Eu não estou... Não estou me metendo, ou irritando quando pergunto se você está bem, estou?", diz Jacquie.

"Você pode ser intrometida e irritante quando acha que tem algo errado com alguém que você ama e eles não te contam nada."

"OK. Que bom. O que está acontecendo? Eu sei que tem sido difícil ter mais uma pessoa morando com vocês, e tem Orvil. Mas tem mais alguma coisa, não tem?"

"Não tem mais nada. Mas eu vou contar a você se tiver."

"Promete?"

"Prometo", diz Opal, esticando o dedo mindinho para a irmã. Isso é algo que não fazia desde criança, algo que ela e Jacquie faziam, que cada uma delas fazia como uma afirmação, que uma delas inventou em algum momento. "O que você acha de ir para Alcatraz para aquela cerimônia do nascer do sol?"

"Você quer dizer Ação de Graças", diz Jacquie. "Nem pensar."

"Quero dizer a cerimônia do nascer do sol. E é para os meninos. Estive pensando que nós deveríamos começar a ir para mais eventos da comunidade. Porque se o que eu estava fazendo os fez ir escondidos a um pow-wow, bom, obviamente não posso mais fazer. As pessoas precisam conhecer suas origens."

"Parece uma armadilha."

"O que eu iria ganhar com isso?"

"Talvez você esteja armando um teste para mim, um tudo ou nada, ver se estou bem o bastante para ficar com vocês em vez de esperar passar o Natal, talvez ache que sou uma bomba-relógio e você prefira manter o Natal impecável."

"Impecável. Parece inteligente me livrar de você, no caso, se esse for o jeito que você planeja estragar as festas de fim de ano", diz Opal, fingindo pensar em voz alta sobre o assunto e estar convencida pela ideia que Jacquie deu. "Não quis dizer logo, não esse ano. Ano que vem. Começar a participar de eventos da comunidade até chegar ao ponto de um evento maior assim. Não como a mãe fez, arrastando a gente para lá do nada." As duas riram, desconfortáveis.

"Eu odeio aquele lugar, mas entendo o que quer dizer sobre ser para os meninos. Mas talvez, em vez de odiar o lugar, a gente possa ressignificá-lo, pintar de novo ou, como você disse, restaurar?"

"Talvez a gente deva rezar sobre isso", diz Opal.

E as duas riem. Opal está imitando a mãe delas que sempre dizia que precisava rezar sobre algo. Sobre tudo. Era a solução dela para qualquer problema, e Jacquie é a única pessoa no mundo inteiro que entenderia a piada, essa referência à mãe delas, e ia rir do jeito que estão rindo agora, com vontade.

CAPÍTULO DEZENOVE

Quem pode falar "índio"?

Sean Price conhecia um "índio de verdade". Você não devia usar a palavra "índio" para ou sobre indígenas, mas era assim que seu amigo índio, Orvil Red Feather, falava de si mesmo, e, apesar de Sean saber que era problemático – usar a palavra "índio" sem ser um –, se você fosse um, mas só tivesse descoberto por DNA, graças a uma amostra de saliva, a uma empresa que indicava a porcentagem de quão "índio" você é, em termos de genética, então podia usar a palavra "índio" para ou sobre outro? Sean queria muito saber se podia, ao mesmo tempo que sabia que não era socialmente aceito falar sobre testes de DNA sem soar repugnante.

Sean e Orvil se conheceram depois de uma aula em que o professor perguntou se alguém tinha "herança de índios americanos" no sangue. Sean achou isso estranho, essa ideia de herança estar no sangue, mas, pensando bem, não era tão estranho quanto estar em restos ou relíquias, arte antiga e artefatos atrás de expositores em museus. Era melhor mesmo que estivesse entre os vivos, movendo-se pelas veias bombeando sangue. Mas então por que eles acharam isso em sua saliva?

Sean e Orvil foram os únicos a levantarem as mãos sobre sua herança de indígenas americanos no sangue. Depois da aula, Sean se encontrou com Orvil em seu armário no corredor. Ele o reconheceu na sala. Percebeu que eles tinham se falado on-line, que os dois tinham ficado em casa durante o primeiro semestre. Reconheceu Orvil porque eles estudaram juntos no ensino fundamental. Sean achava que o garoto não se lembraria de quando eles inventaram aquele jogo com areia no parquinho, em que construíram uma montanha de areia para pular do balanço e ver quem conseguia fazer uma colisão mais legal com a montanha construída. Orvil chamara aquilo de montanha meteoro. Eles brincavam disso com frequência durante os primeiros anos no ensino fundamental, mas como nunca ficavam nas mesmas aulas, nunca viraram amigos. Orvil Red Feather sempre foi o "menino índio" de cabelo comprido, como você imagina que índios vão ter, mas, no ensino médio, Orvil o cortou curtinho, torto, como se alguém tivesse pegado seu cabelo e cortado com pressa. Ele também reconheceu que o nome de usuário *Oredfeather* era Orvil Red Feather, algo que ele se sentiu tolo por não perceber quando se falaram on-line daquela vez.

"Oredfeather?", disse para Orvil.

O garoto estremeceu, depois se virou e ficou realmente aliviado de ver Sean ali.

"Sprice!", respondeu ele, um pouco empolgado demais.

Eles fizeram aquele cumprimento que caras fazem e vira uma mistura entre abraço e bater o peito um no outro.

"Lembra-se de mim?", perguntou Sean.

"Claro, cara", disse Orvil. "Eu não sabia que você era indígena."

"Nem eu. Então, tipo, posso falar 'índio'?", perguntou Sean.

"Se você for um."

"Eu sou."

"Como você sabe?"

"É meio constrangedor."

"Por quê?", perguntou Orvil.

"Foi um teste de DNA."

"Ah."

"Viu? Eu disse que era constrangedor."

"Não é, não. Mas, tipo... Você não sabe qual é o seu povo, né?"

"Não."

"Quer dizer, ninguém mais fala 'índio'. Faz mais sentido falar qual é o seu povo. Tipo, eu sou Cheyenne, então é isso que eu diria. Pessoalmente, eu não me importo como você nos chama", disse Orvil ao tirar alguns livros e um pote de remédio do armário para colocar na mochila.

Sean não tinha certeza se esse "nós" o incluía.

"Eu não estou tentando fingir que eu sou, tipo...", disse Sean, sem saber como terminar a frase, então gesticulou com as mãos para tentar esclarecer o que estava faltando, o que não estava tentando fingir. Suas mãos só ficaram balançando no ar.

"É tudo besteira. Dizer que você é quando é, dizer que é quando não é, dizer que é 'meio índio' por algum motivo. Nenhum índio de quando nos chamavam de índio iria nos reconhecer como um. Não é nem assim que eles se chamariam. Eles tinham idiomas próprios e nomes para tudo. É igual à África, como eles têm diferentes países com diferentes histórias, mas são todos africanos."

"Então indígenas contemporâneos são como os negros?"

"Sabia que Bob Barker era indígena?"

"O cara do programa *The Price is Right*?"

"Ele mesmo. E Kyrie Irving também, ele é membro do povo Standing Rock Sioux."

"Sério?"

"Pode pesquisar. Mas me diz uma coisa: você acha que os netos americanos do Bob Marley, que moram nos Estados Unidos, estão tentando fingir que são jamaicanos de verdade? Até o Bob tinha família branca."

"Os netos americanos do Bob Marley?" Sean demorou um segundo para processar de novo o pote de remédios. Ele se perguntou o que Orvil estava tomando e se ele estava meio chapado. O outro fechou seu armário e começou a andar. "Ei, espera aí!" Ele o seguiu. Percebeu ali que era pelo menos uns trinta centímetros mais alto do que Orvil. "Eu quis dizer, sei quem é Bob Marley, mas não sei do que você está falando."

"Rohan, filho do Bob Marley, cresceu em Miami. Ele jogou futebol americano. Quase virou profissional. O filho dele acabou jogando pelo Washington Redskins. Sabia que os *buffalo soldiers* ganharam esse nome porque os indígenas os chamavam assim por acharem que os cabelos deles pareciam com pelo de búfalo?", perguntou Orvil, segurando o corrimão de metal, meio que se balançando para a frente e para trás.

"*Buffalo soldiers?* Ah, eu conheço essa música. Pelo visto você passa bastante tempo on-line."

"Alguns membros do povo Havasupai que moram no fundo do Grand Canyon, do lado de umas cachoeiras, acreditam que Bob era a reencarnação do Cavalo Louco. Sabia que um monte de indígenas amam reggae, amam Bob Marley?"

"Bom. Todo mundo ama Bob Marley, mas isso é bem doido."

"Louco", disse Orvil.

"O quê?"

"Bom, se você acreditar no povo Havasupai, ele era Cavalo Louco."

"Qual é, então você toca ou algo assim?", perguntou Sean.

"Quer dizer tocar algum instrumento musical?" Ele imitou o gesto de alguém tocando um violão.

"Isso. Algum instrumento musical", respondeu Sean, copiando o gesto de Orvil.

"Eu tenho um violão."

"Eu também", disse Sean e então houve uma longa pausa. "E o que você tem naquele pote de remédio?"

"Não o suficiente", disse Orvil.

Às vezes, Sean queria poder tocar com alguém, entrar ou começar uma banda, mas ele não tinha amigos, nenhum que tivesse coragem de convidar para tocarem juntos, até conhecer Orvil.

Quando o viu no almoço naquele dia, Sean perguntou se podia se sentar ali. O garoto estava comendo sozinho em uma das mesas verde-oliva de quatro lugares. Tinha batatas fritas com queijo e uma Pepsi na mesa à sua frente. Sean abriu seu pote de arroz e lentilhas. Ele decidiu que devia ser vegano. Outro tributo para sua mãe depois do que aconteceu.

"Pode pegar", disse Orvil.

Sean se perguntou se ele ficou encarando, talvez babando, ao ver aquele queijo *tão* falso, *tão* derretido, *tão* delicioso em cima daquelas batatas fritas crocantes. Não comer queijo, falso ou não, e a tentativa vegana de fazer queijo não contava como verdadeiro ou falso, e sim ilegítimo, estava sendo a parte mais difícil de se tornar vegano.

"Eles me deram por muito tempo por causa da dor, mas aí me acostumei, sabe, com a sensação", disse Orvil.

"Eu me acostumei também", comentou Sean. "Estou acostumado. Quando acabou e eles começaram a restringir por causa da crise de opioides ou sei lá, bom, meu pai já tinha tudo pronto por causa de minha mãe e de como ela morreu com uma dor crônica. Meu pai meio que…" Sean começou a falar algo que percebeu que nunca disse em voz alta: "Ele faz drogas."

"Faz drogas? O que isso quer dizer, tipo um laboratório de metanfetamina?"

"Tipo um laboratório de drogas caseiras, mas ele não faz metanfetamina. Ele faz vários tipos de drogas. Ele começou a experimentar com minha mãe quando ela estava morrendo de, tipo, uma doença cerebral degenerativa que também causava uma dor terrível e incurável. No começo, ele fazia diferentes tipos de droga para ela. Agora é meio que um negócio de família. Tipo, é um puta segredo e ele ajuda pessoas que têm dores crônicas que não conseguem pegar remédios, então não é do mal nem nada assim. O que eles passaram para você?"

"Hidromorfona. Mas não vão me dar mais a receita."

"Temos coisa melhor", disse Sean.

"Mas acho que não consigo pagar."

"Relaxa."

CAPÍTULO VINTE

※

A caixa

Opal decidiu mexer nas suas velharias. Ela pegou a caixa onde Orvil achou o emblema de pow-wow que seu amigo, Lucas, lhe deu havia tantos anos. Lá, ela encontrou um folheto velho de um evento em que os dois foram fotografados para o Centro de Amizade. Tinha esquecido completamente a organização, o prédio e todos os serviços sociais pelos quais foi atendida no local ao longo dos anos. Então ela foi até lá, saiu de casa depressa.

Eles estavam oferecendo um almoço para os anciãos. O timing foi perfeito, ou foi destino, apesar de ela não gostar de pensar em si como anciã e, se possível, evitava precisar acreditar em destino.

Opal se sentou e jogou bingo. Eles comeram vegetais do jardim. Ela não conhecia ninguém ali. Mas era bom estar com outros indígenas. Mais velhos também. A maioria era mulher. Pessoas como ela que Opal nunca se permitiu saber que existiam. Tinha parado de ir a eventos da comunidade.

Ela reparou em um homem indígena com o cabelo grisalho preso em um rabo de cavalo e um boné de beisebol, usando mais joias do que todo mundo ali. Todos os seus molares tinham uma cobertura prateada. Um dos dentes da frente era de ouro. Ela viu o dente brilhar quando ele sorriu. Seu nome era Frank Blanket. Ele lhe disse que ela parecia familiar, o que Opal achou que fosse uma cantada. Disse que era um assistente social aposentado, lhe deu seu cartão e piscou para ela.

Soube imediatamente que não iria usar o cartão dele, não iria ligar, para fazer o quê, chamá-lo para sair? Ela mesma nunca tinha ido a um encontro. Não que não tivesse ficado com homens. Teve o Earl, do trabalho. Eles flertaram por anos e, um dia depois do trabalho, ela voltou com ele para casa. Foi só daquela vez e não valeu a pena. Houve outros caras antes disso também, em alojamentos. Ela não queria que tivesse acontecido. E, uma vez, um cara para quem entregava a correspondência havia anos se divorciou e a chamou para jantar, e Opal aceitou. Talvez aquilo tenha sido um encontro. Orvil já era grande o bastante para ficar com os irmãos. O jantar foi legal. Uma massa boa com peixe branco. Ela até bebeu vinho – algo que nunca fazia. Opal passou a noite na casa dele. Mas o homem era chato. Ela queria ir embora. Depois que acabou, ele teve a cara de pau de ligar a TV, como se ela fosse sua esposa, ou como se fosse a coisa mais natural do mundo a se fazer. Opal não sabia o que deveriam fazer. Jogar conversa fora? Dormir de conchinha? No fim, ela ficou feliz por ele ter ligado a TV. Estava passando o programa de Conan, que sempre fora seu apresentador favorito. Os outros caras eram bregas. Conan era real, extravagante e muito engraçado. Ele era tão sincero quanto absurdo, e sempre fazia piada de si mesmo. Opal pegou no sono e foi embora antes de o sol nascer.

Ela voltou na semana seguinte, na esperança de ver Frank de novo, mas ele não estava lá. Uma mulher muito mais velha do que ela, que parecia vagamente familiar, se aproximou de Opal com um sorriso no rosto.

"Você é igualzinha a ela", disse a mulher.

Opal sorriu, mas não gostou daquela conversa. Ela não achava que se parecia em nada com a mãe. Ela viu fotos. Ela se lembrava. Então por que mencionar aquilo?

"Os olhos", explicou a mulher, como se percebesse o desconforto de Opal.

"Você a conhecia?"

"Eu conhecia você! Claro. Éramos amigas. Quero dizer, ela era como uma tia para mim. Não se lembra de mim? Maxine", disse ela, e tirou o cabelo quase grisalho da testa, como se isso fosse revelar o que Opal precisava para lembrar. Mas quando ela sorriu, a outra se lembrou de seu rosto. A mulher estava na ilha durante a ocupação.

"Ela deixou uma coisa para você", informou Maxine e fez um gesto com o dedo, como um gancho, como se estivesse pegando algo no ar.

Opal se perguntou se sua mãe tinha ensinado esse gesto às meninas. Se ela o ensinou a essa mulher. Ou era uma coisa de indígena?

"Imagina só. Todos esses anos. Não sei por que guardei isso, está na cara que não tenho espaço sobrando, mas a gente sempre dá um jeito, é o que diz todo acumulador naqueles reality shows, ayyyy", falou. Opal riu um pouco porque tinha assistido a esses programas. O lugar era uma bagunça. "Depois que vim parar aqui, estava limpando o lugar e encontrei essa caixa, e vi o nome dela escrito. Enfim, sempre pareceu importante o bastante para guardar", explicou enquanto guiava Opal para o quarto cheio, até o teto, de caixas. "Melhor pegar uma escada."

Opal não conseguia lembrar se alguém contou a Orvil que foi Jacquie quem o salvou naquele dia, que o carregou para fora da arena, que sem aquilo ele provavelmente não teria sobrevivido, teria sangrado até morrer. Ela não conseguia escapar desse tipo de pensamento que surgia enquanto ia buscar Lony. Opal sabia que tinha algo acontecendo com ele. Lony estava agindo estranho, então ela achou que poderiam ir comer pizza naquele lugar onde tinha um jogo de fliperama de que ele gostava e que ainda custava apenas vinte e cinco centavos, Street Fighter II.

Depois de comerem, perguntou a Lony como ele achava que Orvil estava, apesar de querer saber como ele estava, mas não queria perguntar de forma direta. Lony disse que achava que Orvil tinha mudado e que ou ele era à prova de balas, ou Lony tinha um superpoder que o salvou. Opal perguntou que tipo de superpoder, e ele respondeu que tinha um lugar entre seu coração e estômago que ele descobriu em seus sonhos que fazia coisas acontecerem. Voar, soltar bolas de fogo dos punhos – como o cara que Opal costumava escolher em Street Fighter II para jogar, não o loiro –, poderes de cura, praticamente tudo que ele podia imaginar nos sonhos vinha daquele lugar, e que, na sala de espera do hospital naquele dia, esperando para saber de Orvil, ele usou os mesmos poderes dos sonhos e curou Orvil do tiro, que imaginou um campo de força ao redor da bala, e que quando disseram que o irmão ia ter que ficar com a bala dentro dele, fez sentido para Lony já que ele tinha colocado o campo de força. Então disse que ou era isso, ou Orvil era à prova de balas e *era* ele quem tinha superpoderes. Opal perguntou por que não podia ser apenas que ele tinha sobrevivido ao tiro, algo que acontecia sempre, sem ninguém ter superpoderes. Ele respondeu "Vovó, eu sei que aquele dia mexeu com você também", e falou sobre o quanto a imaginação pode transformar a vida no que você quiser que ela seja, e que, se acreditar de verdade em algo, você pode fazer aquilo acontecer. Depois, ele apontou para o lugar acima do seu umbigo. Opal lhe entregou um monte de moedas de vinte e cinco centavos e ele sorriu.

Antes de saírem da pizzaria, ao passarem pela porta, Lony fez um formato de diamante com as mãos diante de um dos olhos e encarou Opal.

"Olha, vovó", falou, com a ponta da língua para fora. "Olho de diamante."

"O que é isso?", perguntou.

"Como assim o que é isso?", disse Lony.

E Opal entendeu. Em momentos assim, Lony era completamente ele mesmo. Lony quis dizer o que disse, nada mais, nada menos. Olho de diamante.

CAPÍTULO VINTE E UM

✵

Duplo A

Loother odeia como vê os outros na escola, tão transparentes quanto os sacos de plástico que Jacquie usa para embalar aqueles sanduíches triangulares, sem casca, para ele almoçar, e que eles veem assim também, que todo mundo parece ser muito consciente de que tudo é transparente e doloroso e engraçado e constrangedor, a maioria das coisas é constrangedora, terem que estar todos juntos ali na escola e prestando ou não atenção para as tendências da moda, interagir on-line e curtir e seguir as pessoas ou não, mas também como todo mundo age como se não estivesse tudo de um jeito tão transparente, que Loother entende melhor do que ninguém, como todo mundo age como se não estivesse sentindo coisas demais, e ao mesmo tempo age como se fosse descolado demais para sentir algo.

Loother só pode supor coisas, o que Opal chama de intuição, que ela disse ser como uma sabedoria que os ancestrais esconderam em seus corpos e passaram de geração em geração, como ter uma sensação ruim sobre alguém vem de terem que lidar com muita gente ruim ao longo dos anos, até chegar ao ponto em que você reconhece uma pessoa ruim quando a vê. Para Loother, todos os brancos e ricos da escola parecem ser pessoas ruins.

Confiantes demais, como se mandassem em tudo. Mas Loother quer que gostem dele. E o fato de buscar a aceitação ao mesmo tempo que se indigna com isso não o impede de fazer o possível para parecer legal na frente deles.

Loother não fala muito na escola ou nas aulas porque é tímido. Não querer ser tímido nunca impediu alguém de ser tímido. As pessoas eram barulhentas nos corredores para que todo mundo olhasse para elas, mas, na verdade, só estão tentando se esconder por trás dessas versões barulhentas de si mesmas. Loother acha que eles estão sendo teatrais, uma palavra que aprendeu com Opal e que, ao que parece, se refere a um monte de gente indígena, apesar de todo mundo sempre fazer parecer que indígenas são as pessoas mais sérias do mundo, como se sempre estivessem em um funeral. Loother pensou nisso recentemente ao imaginar como seria o funeral do irmão, Orvil, se ele tivesse morrido, pensou sobre a primeira pessoa a morrer e o que aqueles ao redor devem ter pensado sobre o que estava acontecendo quando ela, de repente, parou de se mexer, ficou gelada e então começou a se decompor. Deve ter sido a merda mais assustadora e séria do mundo.

As pessoas sempre tratam Loother como se ele estivesse furioso. Ele fala na hora o que sente, isso é raiva? Talvez ele esteja furioso. O que há de tão bom para que todo mundo se sinta tão bem e como se tudo fosse legal? Sendo que você pode levar a porra de um tiro quando está dançando. Isso é errado pra caralho. Às vezes, Loother sente que tem algo errado pra caralho com esse mundo, mas ele também gosta da vida, não quer perdê-la, não quer que ninguém que ele ama sofra e morra, não quer morrer um dia. A escola é um saco. Mas tem uma menina. Vee. Ela é legal. Os dois tinham aula de inglês juntos. Vee ficava no fundo e Loother, na frente da sala, desde que o pegaram dormindo, quando acordou com um susto e com uma piscina de baba em sua mesa, que acha que ninguém viu e que ele limpou com a manga do moletom. Vee não estava lá naquele dia, então Loother achava que ainda tinha uma chance. Ele fez um plano para dar seu número a ela, mas estava morrendo de medo, então demorou um pouco.

Os dias de Loother são assim: ele acorda e não quer ter acordado, Jacquie o faz se levantar da cama e depois prepara waffles com manteiga para ele. Ela diz que ele *tem* que ir à escola senão vai ter um chefe chato e um trabalho que vai odiar. Jacquie está se esforçando, como diz Opal, para fazer tudo que não pôde enquanto esteve bebendo. Ela fuma como se fosse paga para isso. Está na frente da casa fumando quando eles vão pegar o ônibus e de novo quando eles voltam. Agora, está sempre caminhando, então acha que isso compensa. Quando Loother chega à escola, ele já está acordado o suficiente para não querer dormir de novo, mas não quer estar rodeado de gente fingindo, falando alto e sendo idiota. Loother é legal com quem é legal, claro, mas ele nunca sabe o que dizer às pessoas, então gosta de andar como se tivesse para onde ir, ou ele procura Lony, que está começando o ensino fundamental; ele chega por trás de Lony e diz "A vovó está vindo", o que faz Lony se assustar e depois rir, e o garoto se vira, primeiro chateado, mas depois sorri e, pelo irmão, finge que isso é engraçado.

Às vezes, Loother vê os olhos das meninas que observa perderem todo o brilho quando sabem que ele está olhando. Loother não quer desrespeitar ninguém, ele só gosta de como ficam quando olha para elas, e isso o faz querer encarar por mais tempo do que deveria, o que faz os olhos delas perderem o brilho como se dissessem: "Para de olhar pra mim, seu esquisito." Elas têm razão. Meninos são esquisitos. Se elas não ficam irritadas por Loother olhar, mas ainda assim não querem que ele olhe, as garotas desviam o olhar, apesar de ser impossível saber que o garoto as está observando. Como se os olhos delas soubessem que Loother está olhando. Olhos são inteligentes. É como se seus olhos soubessem que precisam mudar de direção *antes* da pessoa. Há várias maneiras que as pessoas são mais inteligentes do que elas mesmas.

Faz muito tempo que Loother quer uma namorada. Quando ele falou sobre as meninas de que gostava, Opal o chamou de romântico. Todos os anos havia algumas garotas de quem ele gostava, mas tinha medo demais para fazer alguma coisa. Loother não gostava de ser chamado de romântico, mas era melhor do que ser um babaca.

Ele foi falar com Vee em um dia em que estava se sentindo bem por um motivo que ele não sabe explicar, mas achou que não custava nada tentar. Ela não estava com as amigas e tinha acabado de fechar seu armário. Loother lhe entregou um pedaço de papel com seu número e seu nome escrito em cima. "Eu sei seu nome, idiota", foi o que ela respondeu e riu. Loother não sabia como. Ele virou o corpo inteiro para ficar de frente para o armário dela e a garota o encarou. Loother esticou o braço para se apoiar no armário, fazendo parecer que sabia o que estava fazendo. Vee perguntou o que devia fazer com aquilo, segurando o papel no ar como se fosse uma embalagem de doce. Achei que você podia querer ajuda com a aula de inglês, eu sou bom, foi o que Loother respondeu. Você, me ajudando com inglês, disse ela, rindo com vontade.

Ela tinha razão sobre a aula, mas Loother era bom com idiomas. Algumas manhãs, antes de acordar de verdade, ele sente seu cérebro eletrizado com palavras. Já tentou fazer rap, fez seus irmãos ouvirem até demais, então começou a achar que era uma coisa de gente negra, tipo, ele sabe que tem um monte de rappers indígenas e isso faz sentido. Isso o fez pensar como as pessoas negras nos Estados Unidos eram do continente africano, mas agora eram americanas, mas também eram os dois, e como era parecido para quem é indígena nos Estados Unidos, só que não existia mais um território indígena do mesmo jeito que a África ainda existe. E por que fazia sentido que indígenas roubassem elementos da cultura negra? Talvez só porque era muito pior quando rappers brancos faziam o mesmo. Além disso, indígenas não ficariam putos se negros que não são indígenas começassem a usar sua cultura, tipo, começassem a dançar em pow-wows, cantar e tal? Loother sabe que os indígenas ficariam muito, muito putos. Como ele não achou uma resposta para a pergunta de por que as pessoas acham que podiam fazer rap, parou de escrever e se gravar fazendo rap. Só que começou a pensar sobre mais coisas que roubou da cultura negra. Como usar bonés de beisebol do jeito que rappers usam bonés de beisebol e não como os jogadores usam. Ele percebeu que muitos homens indígenas e pessoas não brancas em geral usavam chapéus assim, lisos com a aba reta. Quando pensa sobre isso, parece um exagero parar de usar bonés, mas continuar usando bonés também parece ser outro tipo de exagero, o que o leva a se perguntar por que tantas pessoas os usam com frequência. Porque o beisebol é um passatempo americano e artistas de hip-hop meio que fazem um remix do que significa ser americano e talvez seja por isso que ele faz o mesmo, mas não parece que mais ninguém estava fazendo isso como uma manifestação para mudar o que significa ser americano, só algo que os artistas de hip-hop começaram a fazer e era estiloso e as pessoas gostaram e ele devia ser só mais uma dessas pessoas que se veste como vê as pessoas iguais a ele se vestindo, mas não poderia ser, ao mesmo tempo, uma escolha de moda e uma declaração sobre ser americano de um jeito diferente do padrão? Ele ainda queria tentar escrever, queria trabalhar com o idioma porque gostava de como podia criar novos pensamentos quando escrevia, coisas que nunca achou que ia pensar. Só que quando começou a escrever coisas que não eram raps, sentiu-se envergonhado por ter que chamá-las de poesia.

Loother pensa em escrever poesias para Vee e, assim que a ideia vem à mente, é tão ruim que ele sente que vai precisar parar de escrever poesias para sempre, é quase como se Vee já as tivesse lido e ele tivesse que parar de gostar dela para sempre também. Mas o sentimento passa e Loother tenta melhorar o poema e sabe que seus sentimentos por ela são bem sérios quando escreve por horas sem nem perceber.

Loother escreve mais com seus polegares do que com qualquer outra coisa, a maioria são mensagens para sua namorada, Vee. Ele sabe como escrever em um teclado também, mas em termos de quanto tempo demora para expressar seus pensamentos, seus polegares são muito melhores do que todos os seus dedos juntos. Talvez sejam superavançados porque ele joga muito videogame desde que era pequeno. Talvez os videogames e celulares sejam sobre algo além da evolução do polegar, como se houvesse um novo tipo de ser surgindo. Talvez a vida de todo mundo sendo cada vez mais on-line, passando mais tempo na frente de telas, seja parte disso também. Loother acha que seria muito triste se todo mundo, pouco a pouco, virasse robô. Ele sente falta de conversar sobre besteiras como a revolta das máquinas com Orvil e queria que pudessem falar sobre Vee também. Ultimamente, Orvil só vai para a casa do amigo, Sean, que conheceu na escola e nem conhece há muito tempo, mas ele age como se fossem melhores amigos, o que talvez sejam mesmo, e Loother entende, ele e a namorada têm algo bem sério. A família dela é muito legal com Loother, e a mãe dela o chama de *mi hijo*, que significa "meu filho", e no começo ele ficou meio: "Espera, se eu sou o filho dela, então Vee é minha irmã, então eca." Mas então pensou que se eles se casassem, ela seria uma mãe para ele e ele seria seu filho, e gostou disso, mas acha que tem algo mais, algo que não entende sobre a cultura mexicana, mas talvez seja algo parecido com eles serem netos de Opal sem serem netos dela de fato. Loother está sempre mandando mensagem para Vee e na maioria das vezes ela responde quase na mesma hora, mas às vezes não, e quando isso acontece e ele espera, ele se arrepende de trocarem tantas mensagens. De qualquer forma, parece muito real que eles estejam juntos, tipo, eles já mandaram "eu te amo", então é óbvio a ponto de que Loother não precisa oficializar nada, mas ele sente que precisa, por isso mandou uma mensagem mais cedo dizendo: você quer, tipo, ficar real comigo? Vee ainda não respondeu e cada segundo que ele passa sem resposta é muito ruim. Ele pensa em mandar outra mensagem dizendo que tudo bem se ela não quiser, ou se quiser continuar livre ou tanto faz, apesar de que para ele não é nada "tanto faz". Ele está pronto para aceitar o que ela disser sobre eles ficarem juntos porque não quer mesmo que ela se sinta pressionada só porque ele perguntou.

 Loother e Lony estão sentados em um corredor do lado de fora de uma reunião do Duplo A. Jacquie odeia quando ele chama as reuniões de Duplo A. Eles tinham que ir porque Orvil não estava em casa e Opal foi para um evento no Centro Indígena e não quer deixar os dois sozinhos. Loother disse a Opal que é idiotice não poderem ficar sozinhos e que já têm idade o bastante, depois se sentiu mal porque ele sabe que isso tem mais a ver com querer que Orvil estivesse lá, e talvez até com o fato de que ele não está lá para os irmãos, para cuidar deles, talvez Opal esteja mandando mensagem para Orvil dizendo que, como ele não está lá, eles vão ter que ir com Jacquie. Loother não se importa. Ele gosta de passar um tempo com o irmão. Ver Lony sendo o Lony de antes o ajuda a não ficar preocupado quando Lony fica sozinho. O garoto baixou um monte de aplicativos para desenvolver seus superpoderes de percepção extrassensorial. Ele acha que é possível se comunicar sem palavras. Loother disse que isso é besteira e Lony disse que talvez seja, mas ninguém nunca ficava bom em algo sem praticar, e Loother tinha que admitir que ele se dedicava de verdade quando acreditava em algo. O irmão adivinhou alguns dos números que Loother estava pensando, tipo sete de dez vezes.

 Loother também está mexendo no celular. Está jogando xadrez, que começou a jogar para parecer inteligente e porque Vee joga, então eles jogavam juntos, mas depois continuou jogando porque gosta de verdade. Depois que passou da fase iniciante em que não sabia o que mover e movia sem ter um plano em mente, começou a virar algo muito maior.

 Lony manda mensagem para sua amiga IA. Ele acha que as pessoas deviam conhecer melhor pessoas IA porque um dia elas podem se rebelar. Lony pergunta onde é o banheiro, o que significa que eles vão ter que cruzar aquele espaço com as cadeiras em círculo, pernas inquietas, braços soltos, rostos tristes e úmidos. Talvez Loother acabe ali algum dia, então ele não devia julgar os outros. Quando cruzam a sala, Jacquie está falando e olhando para eles com uma cara irritada, e Loother aponta para Lony com as duas mãos como se dissesse que não era culpa dele. Mas, na verdade, Loother também precisava fazer xixi.

O banheiro era muito sujo, pior do que o da escola. Loother disse para Lony não tocar em nada. Enquanto faz xixi, ele vê que alguém escreveu algo na parede à frente: "Continue firme, confie no processo." Depois alguém riscou "processo" e escreveu "mijo". Alguém desenhou uma garrafa bebendo de outra garrafa dizendo: "A bebida também bebe." A palavra "perdedores" está escrita abaixo de tudo isso. Depois alguém riscou tudo e escreveu: "Haters não são bem-vindos aqui."

Isso fez Loother se lembrar de Lony ligando para estranhos para falar gentilezas a eles, como "Você é amado", "Hoje é o seu dia" e "Não desista". A campanha, como ele chamou, era para fazer o oposto do que os haters da internet faziam ao serem cruéis com todo mundo porque ninguém nunca ia saber quem eles eram. Lony só ligou para números aleatórios que começam com 510 para tentar ajudar as pessoas da região. A maioria das pessoas não atendia, mas alguns sim, e essas pessoas pareciam ter gostado muito do que Lony estava fazendo.

Eles terminam de fazer xixi na mesma hora e olham um para o outro no espelho enquanto lavam as mãos. Loother não sabe o que esse olhar quer dizer, mas há amor ali. Algo naquilo faz Lony sorrir, o que faz Loother sorrir, e ao ver os dois no espelho sorrindo por causa da troca de olhares, Loother fica meio irritado e diz "Vamos, bora sair desse inferno", o que faz Lony rir, como se nunca tivesse ouvido alguém falar "inferno" antes. Loother sabe que Lony ainda está sorrindo quando passam pela reunião. Dessa vez, Jacquie não olha para eles. Loother se aproxima dela e pede a chave do carro. O Bronco de Opal está estacionado lá fora. Jacquie não olha para o garoto ao entregar a chave. No carro, Lony pergunta se ele queria brincar do jogo da rima. É um jogo que eles costumavam jogar bastante, e fazia muito tempo que não jogavam, em que você tinha que pensar em uma palavra e depois a outra pessoa tinha que rimar com aquela palavra. A rima tinha que ser perfeita, não como quando você faz um rap, não essas meias-rimas e principalmente não podia rimar duas palavras para encaixar com uma. Eles tinham banido algumas palavras também, palavras que ao longo dos anos perceberam que não tinham rimas perfeitas, como cérebro, nuvem, órfã e câncer. Sem esperar pela resposta de Loother, Lony diz a primeira palavra, "palácio". O irmão diz "prefácio" e Lony pergunta o que é isso. Loother explica usando o celular e diz a palavra "agridoce". O outro o lembra que não pode usar palavras compostas, palavras que são feitas por duas palavras, e Loother diz que é uma só. Ele não tem certeza, mas não quer discutir então diz "maçã", e Lony ri. O garoto achou que ele riu porque sabe uma palavra, tipo, essa é fácil, mas então diz "irmã" e Loother diz que não, então Lony diz "Dobermann", a raça de cachorro. Loother diz que não é uma rima perfeita e que não vale. Lony aceita e lhe concede o ponto. Ele acha que o irmão está pensando em outra palavra quando comenta sobre uma lembrança de que Loother tinha se esquecido. Quando Opal foi atacada por um Dobermann Pinscher. Lembra daquela vez, disse Lony, quando ela chegou em casa coberta de sangue e não tinha ido pro hospital porque queria que a gente fosse com ela? Loother diz que se lembra, então Lony pergunta: O que quer dizer Dobermann, sem ser o cachorro? Loother pesquisa e descobre que é o nome de um coletor de impostos alemão que criava uma raça específica de cachorros que usava para assustar as pessoas quando ia cobrar os impostos. A história parece mentira, mas pelo visto é verdade. Lony fica em silêncio e depois diz a palavra "recuperação". Loother lembra que não podem usar palavras com mais de três sílabas. Lony diz que deviam poder e Loother relembra que essa era uma regra de quando o irmão não conhecia palavras maiores porque seu vocabulário era limitado na época. Ele diz que tudo bem, palavras maiores estão liberadas. Lony pergunta se ele ganhou um ponto por "recuperação". Loother diz que sim e pergunta se ele entende o que é recuperação, como eles usam e o que querem dizer. O garoto pergunta quem são "eles". Loother diz que Lony sabe quem são eles e depois pergunta se o irmão sabe o que é recaída, se sabe o que isso significa. Lony diz "saída". Legal, responde Loother, mas essa não foi a minha palavra, eu estava perguntando se você entende o que quer dizer "recaída". Lony diz que é o que aconteceria se Jacquie bebesse de novo. Então o irmão diz para ele jogar, é a vez dele. Loother diz "massacre". Lony diz que deviam continuar apenas com palavras de duas sílabas e o garoto concorda. Eles estão no meio de outro jogo quando Jacquie entra no carro, o jogo sendo basicamente o oposto do antigo: um deles tem que pensar em uma palavra, qualquer palavra ou coisa, e você precisa pensar no melhor oposto para a palavra. Por exemplo, Loother disse "poste de luz" porque ele estava olhando para um, e Lony disse "guarda-chuva", e o irmão lhe deu o ponto porque não conseguia pensar em algo melhor. O caminho de volta para casa foi em silêncio, mas um silêncio bom, como se algo de bom tivesse acontecido com Jacquie, e isso significasse algo bom para eles. Loother acha que isso vem acontecendo há um tempo. Assim como algo ruim. Chegando a Fruitvale, Lony diz que quer um burrito de feijão e queijo bem a tempo de virar na avenida para irem ao lugar que amavam chamado Mariscos. Lá eles faziam uns feijões bem cremosos, macios e cheios de queijo. Todos pediram a mesma coisa. Em casa, comeram no sofá e falaram sobre jogar dominó, mas acabaram comendo em silêncio e indo dormir depois de Lony mostrar alguns de seus vídeos favoritos, que tinha salvado no celular justamente para momentos como aquele: para mostrar coisas que acha engraçadas, que costumam ser animais fofos fazendo coisas que animais fofos fazem para os humanos, e meio que todos eram cachorros, que sempre foi o animal favorito de Lony.

Naquela noite, Loother sonha com pessoas pequenas, algo que acontece às vezes, gêmeos que, no sonho, são seu irmão e irmã. Eles estão tentando ajudá-lo a ver um objeto dentro de uma caixa de vidro em um museu de sapatos, arrancando os adesivos de metal da caixa para ver melhor o sapato.

CAPÍTULO VINTE E DOIS

✺

Aniversário

Jacquie foi quem teve a ideia idiota de comemorar o aniversário de Loother. Ela perguntou para Lony o que ele achava que o irmão iria querer fazer.

"Eu não sei mais do que ele gosta", disse Lony. "Além de conversar com a namorada."

Lony e Jacquie estavam jogando dominó. Lony tinha o camburão, então ela sabia que ele não estava prestando muita atenção, sempre preocupado que Jacquie tivesse o seis e três para fazer os quinze pontos que ele sempre odiou ter que fazer. Foi Jacquie quem lhe ensinou a se preocupar assim, e depois ele viveu isso na própria pele com os irmãos se vangloriando quando faziam isso, piorando a situação. Ela perguntou de novo, mas de um jeito diferente:

"O que você acha que ele iria querer fazer no aniversário se pudesse escolher?"

"Se ele fosse escolher? Hum. Provavelmente não seria passar o dia com a gente."

"Tá, mas se tivesse que ser com a gente?"

"Acho que ver um filme. Comer tacos indígenas. Não sei mesmo, não sei de mais nada", disse Lony. "Nosso filme favorito era *Donnie Darko*."

"*Donnie Darko?*"

"A gente viu na TV uns anos atrás, acho que quando eu tinha uns cinco anos. Sempre que passava a gente assistia. Depois compramos e assistíamos quando estávamos entediados. Depois a gente meio que esqueceu."

"Sobre o que é o filme?"

"Não sei."

"Como você não sabe?"

"É meio estranho."

"Estranho tipo o quê?"

"É tipo um filme de terror que não é assustador. Tem um adolescente perturbado que é sonâmbulo e acha que o mundo vai acabar e que ele é tipo um super-herói que não é super-herói. Tem um coelho assustador chamado Frank com uma voz grossa bizarra, parte de um avião cai do céu, e a mulher branca de *Dança com lobos* é a mãe dele."

"*Dança com lobos?* Como você conhece esse filme?"

"Opal fez a gente assistir. Disse que é parte da história indígena."

"Que parte?"

"Ah, e tem viagem no tempo também, isso é importante."

"Viagem no tempo. Hum."

"Orvil costumava dizer que somos tipo viajantes do tempo."

"'Nós' quem? Vocês três?"

"Nós indígenas."

"Por quê?"

"Todo mundo acha que somos do passado, só que estamos aqui, mas eles não sabem que ainda estamos aqui, então é como se estivéssemos no futuro. Tipo viajantes do tempo. Sei lá, o Orvil explica melhor do que eu."

"Acho que entendi o que quer dizer. Já ouvi gente branca falar sobre serem descendentes de pessoas que vieram para cá no *Mayflower*, como se isso lhes desse mais direito sobre a terra. Mas ninguém espera que eles usem fivelas gigantes nos sapatos ou nos chapéus. Por que eles usam fivelas nos chapéus?"

"Para apertar. Porque ventava muito nos barcos em que eles vieram. Ou é tipo os fechos de plástico na parte de trás dos bonés?"

"Acho que você tem razão. Então acha que ele iria gostar de assistir *Donnie Darko*?"

"Bom, tem outra coisa."

"Outra coisa."

"Tá, então, Opal sabia que todos nós gostávamos do filme e ela até assistiu com a gente uma vez, e meio que tirou tanto sarro dele que a gente não assistia quando ela estava por perto, mas aí ela nos deu de presente de Natal um livro do filme e a continuação."

"Um livro do filme?"

"Tem um livro no filme chamado *A filosofia da viagem no tempo*, escrito por uma velha esquisita no filme, mas é um livro de verdade e ela comprou pra gente."

"E a continuação?"

"Era bem ruim. A gente nem terminou de ver."

"Tão ruim assim?"

"A maioria das continuações são ruins."

"É. Acho que são mesmo. OK, mas você disse que tinha outra coisa."

"Tem uma parte do livro sobre artefatos que se conectam com universos tangentes. E eu estava pensando no pedaço da bala que ficou no Orvil, que ela pode ser um artefato. No começo, eu achava que o artefato e o universo tangente eram as patas de aranha, mas o livro diz que o artefato deve ser de metal. Logo, era a bala. E agora, se ninguém fizer nada, podemos estar entrando em um mundo novo e perigoso."

"Fazer o quê, por exemplo?"

"Não sei. Ainda estou tentando entender essa parte."

"Mas parece que talvez seja isso que ele queira fazer então, assistir a *Donnie Darko*?"

"Não. Não sei. Pergunta pra ele."

"Bom, o que Loother gosta nesse filme?"

"Ele gosta do relacionamento do Donnie com a Gretchen. Como ele a defende. Como Gretchen olha pra ele. E como ele olha para ela."

"Loother já teve outras namoradas?"

"Essa é a primeira de verdade."

"Ah, então é sério?"

"Acho que com as outras durava tipo uma semana. Ou só um dia às vezes."

"Que bom para ele."

"Acho que sim."

"E qual é o bolo favorito dele?"

"Ou bolo de sorvete, ou o bolo de Rice Krispies de Opal."

"Bolo de Rice Krispies?"

"É o melhor de todos. Tão doce que é quase doce demais. Quase."

"Você sabe como fazer?"

"Não. Pergunta pra Opal. Ou pesquisa no Google."

"Ah. Claro", disse Jacquie. "Opal."

Jacquie se sentia idiota por querer planejar, mas não planejar ou não fazer não era o melhor jeito de seguir em frente. Se é que havia um jeito de seguir em frente. Um jeito que não fosse ladeira abaixo ou regredir, um jeito de continuar, de não ficar estagnada, de evitar aquilo que nos mantém presos em um lugar, de ficar longe da bebida de dia ou à noite, ela sabia que precisava fazer algo. Então escolheu o sábado mais próximo do aniversário dele e mandou uma mensagem para a irmã perguntando sobre a receita.

CAPÍTULO VINTE E TRÊS

O *povo do corte*

No dia da comemoração do aniversário de Loother, Orvil murmurou "Feliz aniversário" para o irmão, foi para o quarto e fechou a porta.

Lony nunca quis que descobrissem sobre os cortes, que não tinham nada a ver com os cortes que ele ouvia Loother falar que as pessoas na escola faziam às vezes, mas eles estavam ali assistindo a *Donnie Darko* juntos, um do lado do outro, ombro a ombro, e Lony teve que sair correndo da sala e aumentar os cortes nas laterais dos braços. Uma coisa sobre cortes é que nunca se deve cortar duas vezes no mesmo local; eles precisam sarar. Então tem que fazer novos cortes, se precisar. Obviamente não vai querer deixar cicatrizes nem provas, porque ele não estava fazendo aquilo para chamar atenção ou pela adrenalina ou qualquer que seja o motivo pelo qual as pessoas fazem aquilo.

Lony está fazendo isso para honrar a terra e porque acha que pode ser mágico: enterrar o sangue e refletir sobre seu ponto central, onde ele imagina sua bola de luz, onde ele talvez desenvolva poder, para acreditar, para ter esperança, algo mais do que ele e sua família podem conseguir. Ele acredita que algo pode vir de tudo isso, algo que vai ajudar, então quando Loother o cutuca durante uma cena de beijo para provocá-lo, sem esperar que ele fosse cobrir os olhos ou algo assim, Lony estremece e respira com um sibilo porque dói, está ardendo de verdade onde Loother o cutucou, então Loother pergunta o que foi, por que ele reagiu assim e fez aquele barulho.

"Não é nada, eu arranhei o braço na roseira", responde Lony e aponta para o filme. Não tem nada acontecendo, só o final da cena do beijo e o começo de outra cena. Loother levanta a camisa de Lony e vê os cortes que ele tem no braço.

"Não é nada, Loother", repete Lony, ciente do jeito que todo mundo está olhando para ele como se fosse *alguma* coisa.

"Desembuche", ordena Opal. Ela estava com aquela raiva contida com que só fica quando é algo ruim de verdade.

"É por um bom motivo", diz Lony.

"Se acha que tem um bom motivo pra fazer isso, você precisa de um dicionário novo", rebate Opal, e então puxa a camisa dele, levando-o para o banheiro. Loother não diz nada quando eles saem. Lony repara que Loother não olha para ele e que Jacquie sai pela porta da frente com um isqueiro e cigarros em mãos.

Opal murmura algo que Lony não consegue ouvir e ele continua repetindo "Desculpa, vovó", sabendo que ela não o escuta, mas esperando que, se continuar falando, ela o faça. Opal o faz tirar a camisa na frente do espelho. Exige saber seu bom motivo. Lony conta o que descobriu sobre os Cheyenne se cortarem. Como seus nomes vêm de serem o povo do corte porque eles faziam cortes nos braços como sacrifício, para receber bênçãos de Deus. Opal diz que nunca ouviu isso antes e depois chora enquanto Lony diz que só não quer que nada do que aconteceu antes aconteça de novo, e o quão grato ele é por Orvil não ter morrido, que eles conseguiram uma avó nova e ainda tinham a avó antiga, sempre tiveram sua avó antiga.

"Não me chame de avó antiga", censura Opal.

"Alguém tem que *fazer alguma coisa*", diz Lony.

"Há coisas que podemos fazer que não exigem derramamento de sangue", garante Opal, e não há mais raiva em sua voz, na verdade, parece ter um pouco de humor. Às vezes, quando os meninos ficavam chateados, ela dizia algo dramático em um tom seco e isso funcionou com Lony agora.

"Derramamento de sangue?", repete ele, sorrindo em meio às lágrimas e fungando.

"Estou falando sério. Nós podemos ajudar uns aos outros. Você não precisa se esconder e carregar um fardo insuportável."

"Orvil se esconde e carrega um fardo insuportável", ressalta Lony. "Você também."

"Eu sei, meu amor", responde Opal, começando a chorar, mas usa o dorso de uma das mãos para apertar os olhos e controlar as lágrimas, funga rápido para impedir que o ranho escorra, e com a outra mão faz carinho no topo da cabeça de Lony. "Vamos melhorar. Olha só onde estamos agora." Ela aponta para as lágrimas, ou para seus rostos que mudaram de como estavam alguns minutos atrás.

"Vamos mesmo?", pergunta Lony.

"Estamos fazendo tudo o que podemos."

"Estamos?"

No dia seguinte, Lony vai para a roseira de novo. Ele está cavando onde enterrou o sangue, esperando encontrar algo ali. É só terra, então Lony cava, mas não encontra nada além de terra e pedras. Ele sente a bola em seu centro, ele a sente girar e crescer, e acha que tem algo acontecendo para melhorar tudo. Ele não sabe como ou de que jeito, mas sente que sua fé aumentou. Não tem certeza do que isso significa, mas sabe que há algo importante: algo que precisa fazer, em segredo, algo que é sua responsabilidade. Ele acha que sabe. Acha que deveria entender esse sentimento, mas não o alcança. Lony coloca a mão na terra no fundo do buraco que cavou. Está frio. Ele pensa em algo que quer que seja uma reza. Percebe que não sabe como uma reza deve ser. Então fecha os olhos com força e diz "Obrigado" em voz alta para a terra, e se pergunta se o som de sua voz vai entrar pelo solo, pela terra, em direção ao avanço, em direção às coisas ficando melhores. Ele agradece de novo e sente seu centro girar e crescer. Ele continua a cavar e continua a agradecer, colocando as palmas das mãos na terra, contra a terra, contra tudo que ele tem medo, e escuta algo dentro de si lhe dizer para soltar, para deixar que o fardo insuportável seja carregado pela grande bola de terra que carrega todo mundo, impossivelmente, pelo tempo e espaço e por qualquer coisa que conecte o mundo inteiro, indo em todas as direções, e girando e girando. Quando Loother aparece, o buraco tem alguns metros de profundidade e ele está cansado.

"O que é isso?", pergunta Loother.

"O que é o quê?"

"Isso que você está fazendo?"

"Não sei. É uma coisa que eu tenho feito."

"Mas, tipo, o que é?"

"É um buraco. É onde eu estava enterrando o sangue", explica Lony.

"Entendi. E como isso vai ajudar o Orvil?"

"Não vai não ajudar."

"Não vai, não", diz Loother.

"Não vai, não."

"Não vai o quê?"

"Não vai o quê o quê?", pergunta Lony.

"Eu estou brincando, tipo repetindo o que você falou."

"Mas eu disse primeiro."

"Sim, eu sei, por isso que eu brinquei."

"Toc-toc", diz Lony, sorrindo.

"Quem é?", pergunta Loother.

"Dez indiozinhos."

"Que indiozinhos?"

"Nove indiozinhos. Oito indiozinhos."

"O quê?"

"Sete indiozinhos."

"Que porra é essa?"

"Já viu as taxas de suicídio de jovens indígenas?"

"Essa foi muito pesada, Lony."

"É o mundo em que vivemos."

"É o mundo em que vivemos", repete Loother.

"Além disso, a música já é sobre índios morrendo."

"É sério?"

"Sério."

"Lony, por que você sempre deixa o clima triste?"

"Eu não estou triste. Você está triste?"

"Não sei, Lony. Mas você vai parar com essa merda de se cortar, né?"

"Tá."

"Tá?"

"Tá, eu vou."

Jacquie sai de casa e pergunta do que eles estão falando.

"Nada", diz Lony.

"Lony estava me contando do buraco que ele está cavando. Mas tem mais alguma coisa, né, Lony?"

"Não é nada. Eu só queria cavar pra sentir a terra fria lá do fundo."

"Vocês dois estão mentindo", afirma Jacquie.

"Lony vai parar de ser idiota", diz o irmão.

"Ele não estava sendo idiota", corrige Jacquie.

"Eu estava, sim, ele tem razão."

"Bom, acho que ele estava sendo idiota, então", responde Jacquie a Loother.

"Você tem que se fazer acreditar", continua Lony. "Fazer outros acreditarem também."

"OK, o que é isso?", pergunta Loother para Jacquie, sem entender do que o irmão estava falando.

"Não, ele tem razão. Eu faço isso também. É assim que permaneço sóbria."

"Então é tipo uma coisa que você tem que fazer sempre?", pergunta Lony a ela.

"Nos meus melhores dias, parece automático. Mas eu estou provavelmente fazendo vinte coisas que transformei em hábitos que me ajudam a me sentir assim."

"Por que é tão difícil para as pessoas dessa família serem normais? E não fodidas da cabeça."

"Fodidas da cabeça?", repete Jacquie, rindo. "Isso por acaso é Shakespeare?"

"Quem é esse?", pergunta Lony.

"Eu não fiz muita coisa boa nessa vida. Nem como pessoa nem como avó de vocês, e espero que saibam como me arrependo disso. E estou falando sério, não é piada, mas como nós paramos de ficar fodidos da cabeça?", pergunta Jacquie.

"Tipo, parando de fazer tanta coisa. Só tipo, ter um trabalho ou estudar, e achar filmes ou séries que você gosta, e comidas que gosta de comer, fazer amigos e se apaixonar, ou sei lá só ficar de boa e parar de ser tão dramático."

"Eu gosto de filmes, séries e de comer", diz Lony.

"Eu também", concorda Jacquie, mas, quando fala, Loother já entrou em casa.

Há uma incêndio no norte, bem no final da época de queimadas, grande o bastante para encher o céu de fumaça e fazer o sol ficar em um tom de rosa apocalíptico. Esses dias esfumaçados têm sido mais frequentes, e o que parecia ser um sol raro, com seu formato circular perfeito por trás de uma névoa em um evento único, como um eclipse raro, agora parece mais um buraco em um céu esfarrapado.

Opal vai encontrar Jacquie no canil, depois da caminhada, para pegarem um cachorro para Lony.

Tudo que acontece com um povo acontece com todos daquele povo. Coisas boas e ruins. A mãe delas lhes disse isso uma vez. Mas, na época, ela disse que agora que estão tão espalhados, perdidos uns dos outros, não é a mesma coisa, só que é o mesmo com famílias: tudo que acontece depois que você forma uma família, acontece com todos vocês, por causa do amor, então o amor era meio que uma maldição. Ela havia dito aquilo para as filhas, as quais havia feito passar por tanta coisa que só conseguiram ouvir que a mãe desejava não ter sido amaldiçoada.

Opal está pensando sobre como acabou tendo essa família com os meninos e Jacquie, essa ideia de família. Só que Opal não confia na irmã. Ela foi muito egoísta ao longo dos anos. Não se importava com o que acontecia com eles. Então manda uma mensagem para a irmã porque se sente mal de estar pensando algo ruim sobre ela e porque quer garantir que Jacquie se lembre de ir para o canil.

Tem certeza de que é uma boa ideia pegar um cachorro?

Você se lembra de como a gente nunca teve um cachorro por causa dos proprietários e dos contatos?

Contatos?

*Contratos

Te vejo lá antes de fecharem às cinco.
Aposto que vai ter uns fofinhos.
Vou escolher um que sei que não vou odiar.
Por causa do ofício de carteira, você é obrigada a odiar cachorros?
Se você me chamar de carteira de novo, eu te mato.

O cachorro que elas queriam não foi o que levaram. Opal chegou mais cedo e Jacquie chegou mais tarde, e o cachorro que parecia o melhor, mais fofo e mais resistente estava disponível quando Opal chegou, mas de repente não estava mais lá quando Jacquie finalmente apareceu.

Elas viram outro que era OK e fofinho o bastante, apesar de ser todo branco, Opal disse que ele ia parecer muito sujo quando estivesse sujo, mas o animal não parecia ser irritante nem muito carente, tampouco ficava pulando na grade de um jeito desesperado, parecia bem tranquilo, o que elas consideraram algo bom; era daquele tipo de cachorro que Lony precisava, do tipo com uma energia calma – era por isso que iam dar um cachorro a ele, apesar de Opal estar chateada por não pegar aquele outro que parecia perfeito, protetor, mais fofo e mais robusto porque Jacquie chegou atrasada. O cachorro que levaram para casa foi o cachorro que Lony viu quando elas chegaram.

A sua expressão quando viu o cachorro que trouxeram para ele fez tudo parar por um segundo, flutuar, todos emocionados. Há um tipo de magia que cachorros conseguem criar com sua inocência, o fato de aceitarem tudo e confiarem tanto em você tão rápido, e um poder no fato de precisarem de você. E Lony realmente precisa do cachorro, isso ficou evidente de imediato.

Ele não é o maior, nem o mais bonito, nem tem o melhor porte, mas o propósito do cão de terapia ou de suporte emocional não é a proteção física, ou para se inscrever em uma competição de cachorros, e sim aquela coisa intangível, aquela paz animal. Lony logo decide que o nome do cachorro vai ser Will. Todo mundo age como se fosse o nome perfeito, apesar de não ser bem um nome de cachorro, mas como Lony parece tão convicto, o nome do cachorro será Will, que ele sempre chama de Will, o Cachorro, como se fosse um nome completo e "Cachorro" fosse o sobrenome. No começo, aquele nome duplo carregava uma incerteza, como O Cachorro vai fazer o que querem que faça para Lony, O Cachorro vai ficar cagando e mijando na casa, vão conseguir se conter para não chutar O Cachorro quando ele tentar mordê-los por chegarem perto do Lony?

Na primeira noite, Will, o Cachorro se senta no colo de Lony sem se mexer muito, não parecendo confiar em mais ninguém além do garoto, como se ele soubesse de cara que Lony estava ali para ele, e vice-versa.

Em algum momento, o garoto começou a chamá-lo de Willy porque animais de estimação precisam ter aquele som de "i" no final do nome por algum motivo que tem a ver com conseguir chamá-los de longe. Quanto mais tempo ficava com eles, mais agitado ficava e mais latia. Mas isso só acontecia em casa. Eles o registraram como animal de apoio emocional e depois disso Lony podia levá-lo para qualquer lugar. Quando estava em público, era o cachorro mais comportado do mundo. Opal o chamava de Espertinho por ser tão bom em ser bonzinho fora de casa e mau em casa, como se fosse um truque.

Mas as coisas pareciam ter se encaixado. O Natal foi normal, mas deu a todos eles uma sensação de paz, de que podiam ficar juntos, ser normais, comer juntos, rir e ver filmes. Pegar o cachorro parecia estar dando certo. Orvil estava passando mais dias em casa. Ele parecia normal. Eles foram de carro juntos ver a neve. Viajaram até Truckee, onde pararam no acostamento em que estavam outras pessoas. Fizeram um boneco de neve torto e desceram a colina em discos de plástico, fizeram uma guerra de bolas de neve que terminou com choro e chegou perto de arruinar um dia mágico. Não falaram muito no carro no caminho de volta, como se todo mundo estivesse com medo de dizer algo errado. Os meninos ficaram mexendo no celular. Opal e Jacquie ouviram o audiolivro de *A casa redonda*, de Louise Erdrich, que as duas já tinham lido, mas queriam que os meninos ouvissem. E eles pareciam prestar atenção em algumas partes, mas disso elas não tinham certeza.

As aulas logo retornaram. Orvil foi e voltou da escola direto para casa durante toda a primeira semana. Então, na sexta-feira depois da primeira semana, ele saiu e deixou a porta da frente aberta, e Will, o Cachorro fugiu.

Eles saíram procurando por ele, mas não o encontraram. A sensação de Orvil ter saído de casa sem falar nada e de o cachorro ter sumido era como se estivessem voltando à vida como ela era antes de o Natal trazer seu brilho frágil sobre a família.

Quando Opal entrou no quarto dos meninos naquela noite para lhes dar boa-noite e dizer que iria procurar de novo pela manhã, ela encontrou Loother mexendo no celular na cama, mas Lony não estava ali.

"Cadê o Lony?" perguntou ela, calma. Loother olhou para cima como se só agora percebesse que ela estava no quarto.

"Não sei, ele estava bem aqui ainda há pouco."

"Bom, ele não está em nenhum outro lugar da casa, Loother", disse Opal. Nessa hora, Jacquie entrou.

"Quer sair de carro para procurar?", perguntou.

"Vamos juntos. Loother. Vamos todos sair juntos e encontrar seu irmão que *com certeza* estava aqui ainda há pouco, certo?"

Eles rodaram pelo bairro e além por minutos que viraram horas gritando o nome de Lony e de Will, o Cachorro. Enquanto isso, Opal ligou e mandou mensagens para Orvil sem parar, mas ele não respondeu nenhuma.

Quando chegaram em casa às quatro da manhã, encontraram Lony na cama com Will, o Cachorro. Estava muito tarde e eles estavam cansados demais para ficarem aliviados. Em vez disso, foram para a cama irritados. Uns com os outros. Com Lony. Com Orvil. Com o cachorro. Com o mundo.

Na semana seguinte, a escola ligou para Opal dizendo que Orvil não estava indo às aulas e, sem saber o que fazer, ela disse que o neto estava doente, e à medida que os dias passavam, que ela estava doente, o que era verdade.

CAPÍTULO VINTE E QUATRO

✳

Blanx

O suprimento de Blanx parecia infinito no que se tratava de conseguir os comprimidos, porque Sean os vendia para o pai, assim como Mike, e Orvil passou a vendê-los também, às vezes. Eles os chamavam de Blanx porque os comprimidos mudavam, lotes diferentes tinham coisas diferentes, os que davam energia, os que relaxavam, os alucinógenos, os opioides e MD. Ketamina. Portanto, era Blanx com X porque era um tipo de experiência de "descobre na hora", dependendo do lote que você tomava, e porque X já era usado em tratamentos, como em Rx, mas também porque alguns músicos que eles ouviam usavam X em vez de vogais nos nomes das bandas por motivos que não eram claros, mas tinham a ver com a internet, e ficar sem ideias de nomes e talvez direitos autorais, ou talvez algo com o jeito como as pessoas vão se chamar no futuro. Quando estavam chapados, conseguiam inventar mais motivos por trás do nome da droga. O nome era constrangedor, mas acabou sendo prático porque eles vendiam e para vender qualquer coisa você precisa criar uma marca e um nome único para o seu produto.

Há algum tempo, Orvil era o que ele não queria chamar de dependente ou viciado em Blanx, e por algum tempo ele também não queria mensurar a quantidade, mas havia chegado ao ponto em que estava tentando regular a dosagem e, embora raramente tivesse sucesso com esse nível de controle, o fato de que poderia conseguir às vezes lhe dava uma sensação de que não estava fodido de vez em termos de sair desse carrossel que nunca para de girar. Tinha começado havia muito tempo com os analgésicos, e agora, ele estava abandonando a escola, ficando mais tempo fora de casa, passando tempo na casa de Sean, para usar mais, vender mais para poder usar mais, mas também podia tocar violão, passou a se autodenominar músico, compondo músicas, e afinal todos os melhores músicos não largavam a escola e usavam drogas?

Para Orvil, parecia que eles estavam indo à escola fazer contatos para poder vender para as pessoas, mas agora que isso não era necessário, por que voltariam?

Quando parou de ver Tom, o pai deles, por perto, soube que não precisavam mais estudar.

Sempre que Mike saía para fazer corridas como Uber depois que Tom desapareceu, Orvil começava a vagar pelo casarão, só para ver o que tinha ali.

Ele encontrou uma sala no porão com um piano de cauda. Foi como encontrar o elefante na sala, como se fosse a coisa mais óbvia que ele devia saber que havia na casa e que ele devia estar tocando havia muito tempo, e teclas de piano não eram feitas de presas de elefante? O piano parecia ser muito velho, mas ele não conseguia ver muito bem ali, e a única luminária no local estava sem lâmpada. Quando perguntou a Sean sobre o piano, ele disse que sua mãe tocava, que era muito boa, e que era muito provável que pudesse ser uma musicista profissional. Disse que foi por isso que ela lhe deu um violão. Para ajudá-lo a se conectar com a música. Orvil perguntou por que ele não tinha mostrado o cômodo com o instrumento antes, e Sean só respondeu que era triste demais, então um silêncio se prolongou entre eles, depois o garoto disse que uma das partes mais tristes da doença que a matou foi que ela esqueceu como tocar piano. O amigo disse que sempre achou que, quando tudo sumisse, a música iria continuar, mas isso devia ser por causa de filmes, no qual uma pessoa velha em um lar para idosos que não consegue mais se lembrar dos filhos vai até um piano e toca uma música clássica, complexa e perfeita, em geral algo triste como "Clair de lune", de Debussy – sempre tocava "Clair de lune" nos filmes. Orvil achava estranho que esse instrumento tão grande estivesse ali, abaixo deles, por tanto tempo, e que Sean soubesse o nome de compositores e canções. Perguntou então se ele sabia tocar, ao que Sean respondeu que sim, que ele foi forçado a aprender quando tinha cinco anos, mas depois se recusou e brigou com a mãe por causa disso, até que um dia ficou com raiva e quebrou a lâmpada daquela sala e nunca mais tocou, e a lâmpada nunca foi consertada ou trocada. Então ela tocava no escuro?, perguntou Orvil. Mas Sean não queria mais falar sobre aquilo.

 Orvil estava tocando piano no escuro com a luz vindo da porta aberta, deixando seus dedos se encontrarem, assim como fazia com o violão, tentando fazer algo soar como o que vinha de dentro de si, e como se só pudesse vir dele. Já estava tocando havia tempo suficiente para que não fosse mais apenas o som da falta de jeito, a ponto de conseguir coordenar as duas mãos para fazerem duas coisas diferentes. O que ele amava sobre tocar era que, quando o fazia, ele não pensava. O tocar, quando estava tocando, era tudo que estava acontecendo.

❋

Quando Orvil começou a tomar Blanx, Sean lhe disse que era o mesmo que ele estava tomando antes, só que melhor, o que o garoto corrigiu dizendo que, se era melhor, não era o mesmo. Na escola, Sean lhe deu o que ele chamava de uma amostra. Orvil ia esperar até depois da caminhada com Opal, já que ele nunca tinha experimentado o que ia provar naquele saquinho que o amigo lhe dera com quatro comprimidos. Mas lá estava ele, na frente do espelho do banheiro, sem se encarar, quando jogou a cabeça para trás e engoliu.

Depois de lhe entregar o saquinho no banheiro, Sean disse para Orvil que *esse negócio bate diferente*, fazendo uma referência ao que as pessoas falam na internet, mas também para avisar que se preparasse para qualquer coisa. Quando Orvil perguntou diferente como, ele só disse: "Você vai ver."

Ele já estava começando a ficar alto quando Opal foi buscá--lo. O ar estava cheio de fumaça por causa da grande queimada no norte. Ela chegou e buzinou duas vezes, a segunda buzinada foi um pouco mais longa do que a primeira para chamar sua atenção. O trajeto até as colinas onde iam caminhar foi um silêncio total. Orvil conseguia sentir a avó ouvindo seu silêncio. Ela parecia estar entendendo o que significava e, segundo Orvil, parecia que estava paranoica com a paranoia dele; quanto mais tempo passava, mais séria ela sabia que a coisa era.

Houve uma pequena pressão na frente de sua cabeça, que ele sabia ser o Blanx começando a agir, como se algo estivesse subindo, como se a sensação fosse a de um pequeno elevador dentro dele, subindo devagar, e no elevador havia esse formigamento que chegava ao andar na parte de trás de sua cabeça, que o avisava que a onda tinha chegado. Orvil lambeu os lábios secos e se sentiu um pouco inebriado. Ele quase falou para preencher o silêncio com alguma coisa porque estava começando a ficar desconfortável, porém, não conseguiu pensar em nada, ou tinha medo de que ela interpretasse errado qualquer coisa que dissesse. Ele estalou os lábios do jeito que as pessoas fazem quando estão com os lábios secos por estarem chapadas. Aquilo parecia mais forte do que o que ele tomava. Orvil estava suando um pouco no nariz e embaixo, entre o nariz e o lábio superior, que ele enxugou com um dedo. Sua pele estava formigando. Por um segundo, queria rir porque achou que era um cervo, e pensou em sua cabeça e em seu cérebro e em tudo que ele era como carne, mas também como a cabeça de um Muppet. Parecia ao mesmo tempo engraçado e assustador, e isso o paralisou, mas com um toque de que, se dissesse alguma coisa, teria uma crise de riso incontrolável.

Orvil passou as mãos pelas bochechas e perguntou a Opal se ela já tinha visto um cervo por aqui, só para falar alguma coisa, e na mesma hora um cervo apareceu na frente deles, parou e os encarou. Opal parou e esperou. Orvil logo entendeu o motivo quando viu alguns cervos bebês, ou filhotes de cervo, ele não sabia qual era o termo, aparecerem atrás da mãe. Ele imaginou que era certo chamar de bebês, e depois pensou que eram bambis porque eles tinham as mesmas manchas que o Bambi tinha, e se lembrou de como aquele filme o fez se sentir sobre perder sua mãe depois de assisti-lo com seus irmãos após a morte dela.

"Para onde você foi?", perguntou Opal ao perceber que ele estava pensando em outra coisa.

Orvil disse que estava tentando se lembrar de como são chamados os cervos bebês. Ela o olhou como se perguntasse o que estava acontecendo com ele, depois articulou com os lábios para que ele pesquisasse no celular. O tempo passou bem devagar nessa hora, ou se expandiu do lado de fora do carro, porque quando Orvil finalmente pegou o celular, tinha esquecido sobre a pergunta dos cervos. Ele, inclusive, esqueceu que tinha tomado

Blanx até ver a mensagem de Sean perguntando como foi, e, naquele momento, a brisa estava batendo forte. Orvil ficou sentado ali pensando sobre como foi, qual foi a sensação e o que ia dizer a Sean se fosse responder à mensagem. A tela do seu celular parecia verde. Verde demais.

"Então, como são chamados?", perguntou Opal.

Orvil disse "merda", depois disse "porra", e depois disse que queria dizer "filhotes". Ele disse que se chamavam filhotes, e depois pesquisou para ter certeza. Quando achou a resposta, disse que queria dizer que se chamavam filhotes de cervo mesmo, e que podiam ser cervídeos, veados, corças, algumas coisas que ele não conhecia, renas, ou só cervos de novo.

"Cervos de novo?", questionou Opal e depois perguntou por que parecia que ele tinha pesquisado para ela, sendo que ele é que tinha feito a pergunta. Orvil pediu desculpa duas vezes e Opal disse que não precisava. Ela lembrou que eles estavam só conversando. E estavam mesmo. Andando no ar frio da sombra da grande floresta de sequoias. Eles estavam andando e Orvil mal percebeu quando saíram do carro. Ele pediu desculpas outra vez. Ficou um pouco emocionado ao dizer isso, como se tivesse ficado surpreso por dizê-lo e a surpresa mexesse com ele.

Nessa hora, já estavam de volta ao carro depois da caminhada. Orvil pigarreou, abriu a janela e colocou a mão para fora a fim de sentir o ar passando.

"Você não fez nada de errado. Não precisa se desculpar. Só esteja presente", disse Opal. Orvil se desculpou de novo e a avó disse para ele parar de pedir desculpas. Em seguida, perguntou duas vezes se ele estava bem porque Orvil não respondeu na primeira. E ele continuou sem responder. A falta de resposta e o silêncio prolongado enfatizaram o fato de que não estava bem. Orvil sentiu a onda chegar a seu pico. Ele se sentia tão bem que queria contar o que fez, e se defender porque não era nada de mais.

Foi nessa hora que Opal lhe contou que ia fazer uma biópsia, que ela tinha um nódulo e que eles iam descobrir se era benigno. Orvil não ficou preocupado ou com medo devido ao fato de estar chapado. Ele perguntou o que significa um nódulo ser benigno. Opal disse que podia ser câncer. Quando perguntou por que ela estava lhe contando se nem sabia o que era, a avó respondeu que achava que ele precisava saber. Que não queria esconder aquilo dele. Orvil lhe disse que talvez devessem ter segredos um do outro.

"Tipo o quê?", perguntou ela.

"Nem tudo que está dentro deve sair, certo?", disse Orvil.

"Com a família, devia ser praticamente tudo", respondeu Opal antes de parar para pensar. "Talvez não tudo *tudo*."

Orvil riu e isso a fez sorrir na mesma hora e ele disse que tudo *tudo* seria demais.

"Se for ruim, vou ter que fazer quimioterapia. Isso vai ser difícil."

"Não acha que eles precisam saber?"

"Loother e Lony? Ainda não."

"Como vai esconder isso se você acabar, tipo, careca ou sei lá?"

Orvil se sentiu mal logo depois de dizer aquilo.

"Eles vão saber quando souberem, e quando souberem não vão saber que você já sabia, certo?"

Naquela noite, ele recebeu uma mensagem de Sean que decidiu não responder. Depois, Sean ligou para ele e perguntou se estava livre. Por um segundo, Orvil entendeu o termo "livre" como algo muito maior, como se Sean soubesse que ele tinha se sentido tão bem que foi quase como uma sensação de liberdade. Depois que Sean disse "Alô?" porque Orvil demorou demais para responder, ele disse que gostou. Sean riu. Orvil queria dizer que sentiu uma espécie de paz absoluta em sua mente. Quase disse que se sentiu mais livre do que um cervo, mas não falou nada. A longa pausa entre eles era tão estranha que ele quase disse em voz alta que ia ao banheiro. No banheiro, ele pegou outro comprimido, levou a cabeça até a torneira, virou de lado e então a jogou para trás a fim de engolir. Ele abaixou a tampa do vaso, sentou-se e perguntou para Sean o que tinha neles. Sean respondeu que não sabia o que o pai utilizava. Orvil perguntou se Tom não se importava com Sean usar drogas, ao que o garoto respondeu que ele ignorava e que sua família era estranha, que as drogas eram diferentes para eles. Sean disse para Orvil que seu pai chamava tudo de remédio. Orvil disse que sua família também era estranha, em seguida teve a impressão de que Loother ou Lony estavam ouvindo atrás da porta, então se levantou rápido para abri-la, mas não encontrou ninguém ali. Depois de ficar um pouco irritado de pensar que eles podiam estar ali, ver que não estavam, o deixou triste. Orvil não sabia há quanto tempo um dos dois não falava nada, então ele disse "Oi". Sean disse que tinha que ir, mas que ia levar mais comprimidos para Orvil no dia seguinte, e Orvil disse que não tinha dinheiro, ao que Sean respondeu dizendo que dariam um jeito, o que achou que significava que ele iria vender as drogas, e gostou da ideia na hora, de ter mais comprimidos do que precisava, e vender o bastante para ter o suficiente, como se assim pudesse controlar tudo.

Depois que ele sentiu o segundo comprimido bater, foi tocar violão. O som parecia mais forte, e o que ele tocava parecia melhor, como se Orvil conseguisse antecipar melhor quais eram as próximas notas, de um jeito que o fizesse se comunicar por meio do violão, talvez pela primeira vez – fazendo sua própria música. Era a primeira vez que ele sentia que tudo aquilo estava acontecendo, enquanto estava ali, enquanto tocava, o tempo passava diferente, passava de acordo com o que era tocado, com os acordes que descobria, não era o tempo, e sim o timing da música, era o ritmo. Orvil parou quando seus irmãos entraram fazendo barulho e perguntando por que ele parecia estar viajando enquanto tocava violão rindo. Só que ele descobriu que podia continuar, conseguia ignorá-los, podia se concentrar e ficar imerso no que estava tocando; e sentia que podia tocar a noite inteira, e talvez fizesse isso, se continuasse sentindo o que estava sentindo, mesmo que seus irmãos parecessem incomodados com a falta de atenção.

No dia seguinte, na escola, Sean veio por trás dele e enfiou algo em seu bolso, dizendo apenas para não se preocupar e indo embora. Orvil só pegou o pote de comprimidos quando entrou no banheiro. O pote estava cheio, acima da metade. Ele tirou um comprimido e se inclinou sobre a pia.

Na aula, Orvil se sentiu confiante e falante. Ele não queria agir assim. Sentiu que a professora sabia de alguma forma porque fez uma pergunta diretamente para ele. A professora sabia que o garoto não gostava de falar na aula, então ele devia a estar encarando de um jeito diferente. A pergunta dela foi sobre números. Inteiros. O que fazia um número inteiro ser inteiro e por que era importante saber a diferença. Orvil disse que era sobre saber a diferença entre as coisas, que você precisa decidir que há certas quantidades que podemos chamar de certas quantidades, como um é um, dois é dois, mas dois ponto dois e três ponto três são partes, e o que acontece na matemática se torna mais complicado quando você usa frações e tudo o mais.

"O que acontece na matemática", disse a professora. "Muito bom, Orvil. Muito bom."

Desde que era mais novo, ele sempre teve muito medo de levantar a mão para responder qualquer coisa, mesmo se soubesse a resposta. Como se seu sangue ardesse só de pensar nisso. Mas naquele dia estava confiante. Orvil se sentia bem consigo mesmo e com o que disse e com o que os outros deviam estar pensando sobre ele. Era como se isso nunca tivesse acontecido antes. Talvez quando estivesse dançando. Talvez quando dançava sozinho em seu quarto e se perdia na música, no movimento, em como começou a parecer natural. Talvez aquilo estivesse começando a acontecer com a música. Mas nunca foi assim. Não em público. Como aquela confiança de menino branco que ele via em tantos garotos na escola, andando como se estivessem usando as roupas do pai e ninguém soubesse, ou como homens brancos mundo afora mandando em tudo, como se tomar decisões sem se importar com as consequências fosse a coisa mais natural do mundo. A sensação era como a água correndo por uma correnteza leve, e as sensações fluíam até ele. Orvil queria mais. Queria tanto que aquilo durasse que já podia sentir a decepção de ter acabado, o início efêmero naquele momento, o leve declínio já presente e tangível do alto da brisa, pedindo mais, mesmo estando suspenso a alguns centímetros do chão.

Quando chegou em casa, Orvil foi pegar o violão porque sentiu uma energia, como uma potência, e ouvia uma música em sua cabeça que ia tentar encontrar com os dedos nas cordas. Ele fechou os olhos e se perdeu em dois acordes, sem parar, com um pouco de dedilhado que nunca tinha feito antes. Tocou em loop, mas o loop ficou mais profundo, algo na repetição tornou aquilo algo além de repetição. Orvil sabia que era só porque estava fazendo aquilo chapado, mas não importava, e, com aquela confiança ainda em seu peito, parecia mais fácil e natural ir de um acorde para outro, que era onde geralmente ficava empacado, sem acreditar que tinha a habilidade ou o ouvido para ir além de sua zona de conforto. Ele achou mais acordes que pareciam se encaixar com o que estava tocando, como se fossem o próximo passo lógico para a música, como se estivessem lá esse tempo todo, só esperando que os encontrasse. Quando Orvil enfim parou e olhou para o relógio, viu que passara quase duas horas ali.

CAPÍTULO VINTE E CINCO

Zona Cinza

Fui até a casa de Sean porque o que mais podia fazer além de arrastar Orvil para casa? Fui lá careca mesmo, sem nem colocar um lenço, que eu costumava usar aonde quer que eu fosse, às vezes até bonés de beisebol também, os bonés velhos de Orvil, aqueles que ele não usa mais porque não vem para casa. Isso sempre soou patético, mesmo parecendo perfeito ao colocar os chapéus e ver no espelho como disfarçavam completamente a careca.

Lá estava eu, batendo na porta, minha cabeça doendo e eu sem muita energia. Sentia que toda vez que batia na porta, algo batia de volta, ameaçando me derrubar. Eu ia esperar e falar com alguém, os pais do menino, ou com Orvil, ou com Sean, ou com qualquer um que abrisse a porta. Estava decidida a esperar o tempo que fosse.

Não tinha dúvidas com relação à quimioterapia. Eu escolhi acreditar que ia funcionar de imediato. Morrer e deixar os meninos sozinhos não era uma opção. Eu iria lutar por eles. E tinha considerado achar uma cura por meio de uma cerimônia. Mas não conhecia ninguém. Eu podia ter pedido a alguém tipo a Maxine no Centro de Amizade. Não pedi. Minha mãe foi por esse caminho e não funcionou. Então tomei as piores drogas que o corpo humano podia aguentar sem morrer. Mas senti a morte. Meu corpo sentiu. E ainda sentia. Ainda estava agindo em mim. Estou com um acesso no braço. Acabar com tudo sem acabar com tudo era o que parecia estar acontecendo. Eu não havia contado para todos, nem mesmo para Orvil, quando os resultados chegaram. Então passei pela experiência sozinha, todas as vezes que fiquei naqueles quartos de hospital fazendo quimioterapia. Aquelas longas horas cinza que tive que passar olhando pela janela para o horizonte de Oakland.

Comecei a pensar sobre meu tempo, depois que as drogas eram administradas, quando não podia fazer nada além de ficar sentada no quarto de hospital, comecei a pensar em tudo isso como a Zona Cinza. Eles me alertaram sobre o cansaço, a confusão, a dor, o torpor, mas não importa quantos avisos sejam, tem coisas que não se pode entender até entender. Parecia mais uma exclusão do que uma redução, como se parte de mim estivesse sendo permanentemente apagada ou substituída por cinza cinza cinza cinza cinza. Só de saber que ainda estava viva já era um bom dia. Nos outros, eu precisava acreditar que o que estava fazendo ainda era considerado viver. Os dias não passavam, eles se estraçalhavam, depois sumiam, tornando-se um nada, e o nada era eu, assim como o cinza infinito dentro de mim. Eu era a Zona Cinza. Entre os vivos e os mortos, flutuando e encolhendo como uma nuvem.

Quando meu cabelo caiu, eu nem me importei.

Uma luz se acende dentro de você quando sente que o pior que pode acontecer com você já aconteceu. Ela nunca se apaga. Vive atrás de você. Está sempre lá para quando precisar. A luz ilumina adiante, brilhando forte e dizendo: *Pelo menos não estou lá*. *Lá naquele momento quando achamos que a luz ia se apagar para sempre. Pelo menos não é aquilo.* Essa era a sabedoria do inferno que eu acreditava ter adquirido nos dias após Orvil ter sobrevivido, o fato de todos nós termos sobrevivido acendeu uma luz em mim. Mas ela se foi.

Algo havia se instalado em mim. Um vazio que me deixava à deriva como um balão cheio de nada e me fazia flutuar para aquele não lugar no meio do cinza.

A sabedoria acabou.

O pior ainda não tinha passado.

Mas o passado também volta em proporções inimagináveis. Eu estava lendo sobre as vidas das pessoas que me trouxeram até aqui, que me fizeram ser quem sou. Era isso que estava na caixa que Maxine me deu, o que minha mãe deixou para nós. Uma história.

Uma coisa era ser grata pelos seus ancestrais, outra era conhecê-los. Eu sempre achei que não éramos boas o bastante. Que nossa linhagem era, de alguma forma, fraca. E, sim, enfraquecida pelos efeitos da história, da colonização e do trauma histórico. Mas também que não era forte o bastante para passar adiante tradições ou idiomas. Porque faltava algo em nós. Eu não havia considerado tudo o que tínhamos passado. Há quanto tempo aquilo vinha acontecendo conosco. Nós viemos dos prisioneiros de uma longa guerra que não acabou nem quando acabou. Ainda estava acontecendo quando minha mãe ajudou na ocupação de Alcatraz. Eu também fazia parte daquela luta. Meus netos também. Mas sobreviver não era o bastante. Aturar ou suportar um teste de resistência atrás do outro só lhe dava a habilidade de passar por testes de resistência. O simples fato de perdurar era ótimo para um muro, para uma fortaleza, mas não para um ser humano.

Seria bom se o restante do país entendesse que nem todos nós temos nossas culturas e nossos idiomas intactos por causa do que aconteceu com nosso povo, como fomos sistematicamente apagados de fora para dentro e de dentro para fora, como fomos constantemente desumanizados e representados de forma errônea na mídia e nas instituições educacionais, mas nós mesmos precisávamos entender isso. Até aonde conseguimos chegar. E a jornada até aqui.

Jude Star deve ter sido meu bisavô. Meu bisavô sobreviveu ao Massacre de Sand Creek, e seu filho sobreviveu às escolas residenciais, e sua filha – minha mãe – sobreviveu à perda da própria mãe e à criação por brancos. E ainda assim nos criou sabendo quem éramos. Quem somos. De alguma forma. Então por que eu estava mantendo os meninos longe da cultura deles? Algo tão forte que sobreviveu mais do que se esperaria. Era mais do que sobrevivência. A cultura canta. A cultura dança. A cultura continua contando histórias que nos levam de volta para casa, nos tiram de nossa vida e nos devolvem melhores depois. Isso estava nas páginas que eu lia no hospital, torcendo para que eu voltasse mais forte daquilo por que estava passando. Eu me sentia tão perto da morte que precisava fazer isso. Se sobrevivesse, tinha que voltar melhor.

Quando consegui juntar forças para ir até a casa de Sean Price, eu fui. Preferia estar deitada ou sentada em uma cadeira, torcendo para o câncer ganhar de uma vez e me deixar em paz.

Mas aqui na entrada eu olhei ao redor para ver o que a varanda podia me dizer sobre essa família. Era uma varanda de tijolos muito limpa, sem sapatos ou bicicletas ou outras tralhas que as famílias acumulavam com o tempo – embora houvesse espaço para isso. Achei suspeito. Era uma varanda ampla que dava a volta em pelo menos metade da casa. Alguém estava limpando o lugar, deixando-o apresentável. Ou não havia ninguém por perto para sujá-lo.

Havia uma câmera no canto, uma bem diferente das câmeras baratas de lojas ou que as pessoas compravam on-line para flagrar seus vizinhos roubando encomendas. A coisa parecia ser cara, principalmente porque se mexia quando eu me mexia, e, quando reparei nisso, achei que havia alguém se mexendo do outro lado.

Acenei e em seguida falei em voz alta: "Vou bater na porta, então você vem atender e nós vamos conversar, é assim que funciona."

Quando andei para a frente e para trás, olhando ao redor e de volta para a rua a fim de checar se alguém estava me vendo, a mulher louca e careca na varanda, batendo na porta por sabe-se lá qual motivo, foi quando percebi que a câmera fazia exatamente o mesmo, então entendi que devia estar detectando movimentos e que talvez não houvesse ninguém do outro lado.

Eu sabia que eram os comprimidos. Orvil me disse que gostava muito de como se sentia com eles. Sua receita já tinha acabado, e o jeito que ele estava sempre fora de casa... Era Sean. Sean tinha o que ele queria. Eu tinha certeza.

Imaginei Orvil e Sean lá dentro, desmaiados, viajando, já tendo avançado para injetáveis a essa altura, com a TV ligada. Essas eram as únicas coisas que eu sabia sobre Sean Price, que eram as únicas coisas que Orvil me disse na primeira vez que comentou ter feito um amigo na escola e que ia para a casa dele: Sean era legal, ele tocava instrumentos musicais e era indígena. Eles só iam jogar videogame e tocar juntos. Era tudo que eu sabia sobre Sean Price. Eu fiquei tão cansada de esperar, de andar pela varanda, de ver a câmera me observar, que me sentei e apoiei a cabeça nos tijolos e, sem querer, peguei no sono.

CAPÍTULO VINTE E SEIS

✵

Rave

O pai de Sean acabou não voltando para casa depois do que ele chamou de uma viagem de negócios antes de sair, e só disse isso porque Sean perguntou aonde ele ia quando o pai estava saindo. Sean achou que a viagem era para conseguir mais matéria-prima. Achou que fosse fentanil porque ele estava falando sobre sua potência e quão útil podia ser, e lucrativo. Mike disse o contrário, que ele ia fazer uma venda grande. Eles estavam produzindo coisas maiores. Como se ele e o pai estivessem fazendo algo juntos que não incluía Sean.

Quando eles pararam de ir à escola, pareceu uma revelação. Eles podiam passar o dia inteiro em casa. Podiam apenas não ir e ninguém ia fazer nada a respeito. A escola era uma maldita perda de tempo. Literalmente. Uma fábrica produzindo robôs de escritório. Foi isso que Sean disse um dia quando estavam fumando um baseado no deque, no quintal. Mike também estava lá. Ele estava reagindo muito bem ao fato de seu pai não voltar para casa. Aquele dia no deque, fumando, parecia ser o começo de alguma coisa, como se, mesmo se ele nunca voltasse, eles fossem dar um jeito. Mike virou uma cerveja e quebrou o clima ao falar sobre o sistema universitário ter sido inventado para criar carreiras de liberais idiotas. Mentes de verdade formavam opiniões próprias, foi o que ele disse, soando mais idiota do que parecia, arrotando depois de amassar a lata de cerveja no corrimão. Orvil não estava pronto para abrir mão de tudo. Ele se importava com Opal ter desperdiçado todo aquele dinheiro pagando a escola, assim como se importava que ela estivesse com câncer, e com estar praticamente abandonando toda a sua família quando mais precisavam dele. Ele se importava que isso fosse uma merda. Só que se importava mais com ficar chapado.

Às vezes, Orvil pensava sobre o que seus irmãos achavam que ele estava fazendo, o que Opal e Jacquie acreditavam que ele estava fazendo já que não estava na escola. Como se estivesse sempre chapado. Sempre com uma agulha no braço ou desmaiado. Havia muitas horas no dia. Você ainda tinha que fazer coisas que não usar drogas. Orvil e Sean passavam muito tempo vendo TV. Eles cheiravam carreiras de Blanx e assistiam a qualquer coisa que lhes chamasse a atenção na Smart TV de Sean. Por um tempo, gostavam de assistir a *Planeta Terra*, e depois encontraram outro documentário sobre a natureza. O narrador tinha um sotaque alemão que eles achavam engraçado. Parecia uma versão ruim de Werner Herzog. Mas era interessante. Como ele soava engraçado às vezes, era até mais interessante para eles do que algumas coisas que eles deviam levar a sério. O objetivo do documentário parecia ser mostrar a humanidade como animais, como um organismo, basicamente parte do superorganismo que era o planeta. O narrador disse que a palavra "planeta", que era a mesma em alemão, vinha do grego, e significava estrela errante. Ele disse que não vivemos em um planeta – nós somos o planeta, ele nos criou. Havia cenas de supercolônias de formigas e alguma coisa sobre sons que corvos faziam quando não havia humanos por perto, sons que os humanos com certeza nunca ouviriam porque os corvos só os faziam quando não havia humanos por perto – só que você podia ouvi-los no documentário porque eles captaram os sons, pelo visto, apesar de ele não ter certeza porque os corvos podem ter sabido que os humanos estavam ali, e talvez houvesse um som diferente que os animais faziam quando sabiam que havia pessoas escondidas ouvindo, ou gravando, mostrando assim que talvez fosse impossível conhecer o desconhecido – quando se trata de sons de corvos, no caso, ou árvores caídas em florestas desertas.

Havia um episódio chamado "Quando esquecemos nossos rostos", que mostra imagens de pessoas capturadas no meio de momentos como espirros, risadas, bocejos, tosse, choro ou comendo. Esses rostos gravados eram assustadores e bestiais, mas também eram engraçados.

No monólogo final, o cara alemão falava sobre como todos os seres humanos sentiam exatamente a mesma coisa quando passavam por aquilo, uma risada, ou o calor crescente do sol no rosto, quando choravam e sentiam que precisavam desistir, ou que tudo acabou, quando provavam sorvete ou cheiravam algo doce ou podre, quando ouviam um barulho estranho vindo de longe e achavam que era música ou algo demoníaco, ou quando desmaiavam ou se retraíam, quando sentiam um calafrio subir pelo corpo; todo ser humano ou talvez todo ser senciente sentisse a mesma coisa no momento em que sentia aquilo. A questão era que talvez os humanos achassem que eram especiais, mas talvez nunca fossem nada mais do que animais, fazendo nada mais do que coisas que animais fazem.

De vez em quando, eles assistiam às gravações da câmera de segurança que o pai de Sean instalou pela propriedade. A maioria era com esquilos e pássaros, às vezes uma raposa. Ultimamente estavam assistindo para ver se alguém do governo vinha checar porque Sean não estava indo à escola.

Ao acelerar a gravação, viram que Opal apareceu e bateu na porta da frente. Ela tentou ir buscar Orvil e, no começo, isso o irritou. Porém, à medida que assistiam à gravação, viram Opal encostar na parede da varanda e dormir. Ele sabia que era por causa da quimioterapia. Aquilo era a merda mais triste do mundo. Sua avó vindo lhe ajudar, ou salvá-lo, e pegar no sono na varanda. Ele se lembrou de Alcatraz. Quando foram todos juntos para lá, como uma família. Ele não gostava da ideia de ir para lá. Parecia falso. Como se estivessem tentando encontrar algo que não estava lá. Ele disse para Sean que não podia mais assistir àquilo, mas Sean já tinha dormido. E como o amigo já tinha dormido, ele continuou assistindo. Ele assistiu Opal dormir na varanda e quase quis sair para ver se ela ainda estava lá, mas viu no registro de hora e data que as imagens eram de alguns dias atrás. Orvil observou Sean dormindo e Opal dormindo e, por um instante, quis estar dormindo também. Queria acordar de um longo sono se sentindo bem, longe da realidade em que se meteu. Ele fechou o notebook e foi para o outro lado da sala onde estavam os violões.

Parecia que ficar chapado e tocar era a única saída de todos os problemas que ficar chapado e tocar tinham lhe trazido. Eles estavam tentando fazer daquilo algo real, mais do que só ficar fazendo porra nenhuma quando estavam chapados. Orvil acreditava que não podia ser as duas coisas. Os dois já tinham começado a se chamar de irmãos às vezes, principalmente quando estavam chapados, o que fazia parecer mais e menos sincero ao mesmo tempo. Eles nunca brigavam e era raro ficarem bravos de verdade um com o outro. Lidavam com os altos e baixos dos próprios vícios, nadavam e navegavam, saíam da *bad trip*, sentiam que estavam vivendo de verdade quando a onda batia do jeito certo, não como aqueles civis sonâmbulos entediados e alegres se arrastando pelo fim do mundo, jogando ligas imaginárias de esportes e compartilhando momentos seletivos de vidas fantasiosas nas redes sociais. Ele e Sean estavam sendo reais. Aquilo era a vida real, tentar de tudo para sentir as melhores coisas possíveis, ter coragem de fazer o que fosse preciso para se sentir bem, e não como um merda, a qualquer custo.

Naquele final de semana eles foram para uma rave escondida na qual não pediam identidade. Eles tomaram Blanx, a quantidade de sempre, a base, ou talvez o dobro do que costumavam tomar já que iam sair e parecia ser um marco, a primeira vez que saíam juntos. Parecia que havia algo a mais naquele lote que fez Orvil querer mover seu corpo. Eles tomaram um pouco de ácido. Foi tipo metade de um pedaço de papel minúsculo. Sean disse que o ácido seria tranquilo. Orvil falou que não queria ver nenhuma merda bizarra. Ou ficar assustado. Os dois andavam bem rápido pelo lugar. Ele nunca tinha ouvido música tão alta sem estar usando fones de ouvido, e gostava da velocidade, a sensação. Ver tanta gente jovem no escuro se movendo e saber que estavam sob efeito de drogas, assim como ele, era de certa forma triste, mas nada era triste de verdade quando se estava com outras pessoas, quando todo mundo sentia a mesma coisa deixava automaticamente de ser tão triste. E então aconteceu a coisa mais bizarra possível. O corpo do Orvil começou a dançar sozinho. Dança do pow-wow. Parecia errado dançar assim naquele lugar, mas seu corpo começou antes que pudesse evitar. A maioria dos movimentos acontecia da cintura para baixo. Os pulos. Ele literalmente não conseguia parar. Sean percebeu e não falou nada. Orvil decidiu se afastar dele, não queria que o garoto o visse dançar. O amigo gritou que ia tentar achar cigarros. Orvil se enfiou ainda mais na multidão. Não sabia quanto tempo ficou dançando. Parecia que tinha ficado perdido na dança por horas, mas pode ter sido apenas algumas músicas. Não sabia. Ele se conteve quando percebeu que estava praticamente só pulando com a multidão, acompanhando a música. Orvil estava balançando o punho no ar e ficou constrangido. Por mais que estivesse se sentindo solto e livre, aquele movimento passava da conta. Ele precisava mijar, então perguntou para um segurança onde era o banheiro. Na cabine, sentiu a música vibrar em seu corpo de um jeito diferente. Era abafado, distante, mas a batida ainda parecia vir de dentro, ou era como se estivesse sentado dentro de um tambor. Orvil fechou os olhos e viu uma versão de si mesmo dançando. Ele pensou no quão velhos eram alguns movimentos da dança de pow-wow que ele aprendeu no YouTube. Nos diferentes motivos para dançar naquela época. E em como era louco a internet guardar coisas tão importantes como essas, como se qualquer pessoa pudesse ter acesso a coisas importantes ou sagradas; isso não fazia da internet uma coisa importante ou sagrada também? Mas para que servia a dança antes? Ele se perguntou sobre usar a palavra "servia". O que isso queria dizer? Para que servia tudo depois que aconteceu? Servia. Estava chapado demais. Mas Orvil se importava mesmo com a dança, com seu significado. Ele não sabia para que servia nem o que era agora, só que ela estava dizendo algo por ele que ele não conseguia. Era seu próprio idioma. Depois, pensou em seu corpo inteiro como uma língua e o pensamento foi tão perturbador que ele se apressou para fora da cabine do banheiro.

Sete séculos haviam se passado.

Ele olhou para si mesmo no espelho do banheiro, mas viu outra coisa. Havia algo mais no espelho. Orvil pensou outra vez em estar dentro do tambor. O grave do baixo aumentou e saiu de dentro dele. Uma voz em sua cabeça disse: *Vocês são nossos instrumentos*. Orvil respondeu em voz alta sem pensar: "Vocês quem?

Nossos? Nossos?" Perguntar aquilo duas vezes fez a pergunta perder o sentido e o fez se sentir chapado demais. Orvil sentia como se não entendesse o idioma de suas perguntas. A voz disse: *Deixamos tudo com vocês.*

Deixaram o quê? Sean perguntou quando entrou no banheiro. Orvil deve ter ficado lá por tanto tempo que ele foi procurá-lo. Orvil perguntou "Deixado o quê?" e Sean disse que Orvil tinha acabado de perguntar "Deixou o quê?". Sean perguntou se o amigo estava bem, ao que ele respondeu que sim, e os dois riram de seus reflexos no espelho por algum motivo aleatório. Então saíram da rave e pegaram um Uber de volta para a casa de Sean.

Eles tomaram alguns comprimidos e tocaram noite adentro. A música que faziam juntos não era boa, mas conseguiam ouvir para onde ia, o que podia se tornar. Eles faziam os barulhos mais malucos com as guitarras de Sean usando pedais de distorção e bem alto, mas você não conseguiria ouvir nada se estivesse do outro lado da porta do quarto de Sean ou só ouviria o barulho de guitarras elétricas sem amplificadores, que era como a diferença entre dentes e gengivas. Eles usavam o YouTube para tudo: pegavam vários *samples* de lá, processavam qualquer som que encontrassem e que pudessem tornar interessante, e construíam em cima daquilo essas enormes paredes de sons que pareciam cortantes, metálicas e explosivas, que eles criavam até estar prestes a explodir, até haver uma eventual liberação da tensão de criar e tocar, o que parecia uma libertação para Orvil, a que se somava o fato de estarem chapados, o que os ajudava a sentir melhor a música, e também os ajudava a se libertarem melhor, sem medo do que viria. Ele encontrou um gênero musical chamado *slowcore* e achava que o som deles poderia se encaixar, então ouvia o máximo possível daquele tipo de música.

Algo que incomodava Orvil às vezes era sua conexão com as drogas e com a música, em especial com a música quando estava sob efeito de drogas, como isso lhe permitia acessar uma parte de si que só sabia que estava adormecida quando ele começou a usar drogas e tocar. Orvil se sentia preso ao fato de que tantos músicos, escritores e artistas em geral eram atormentados e viciados a ponto de que parecia que era dali que vinha a boa arte. Pessoas sensíveis tentando achar jeitos de não sofrer tanto era provavelmente a questão. Mas não era sobre sentir demais, era sobre não sentir o bastante. A parte das drogas na equação parecia impossível de resolver. Ou ele queria que fosse.

Voltar a se sentir entorpecido não parecia ser uma boa alternativa quando pensava em largar as drogas, por vergonha, por dever para com sua família, para ser melhor, ser melhor para seus irmãos, suas avós, para seguir o caminho conhecido do sucesso para crianças indígenas, que era se dar bem na escola, entrar em uma faculdade boa, conseguir um trabalho bom, de preferência ajudando a comunidade indígena. Ele não conseguia imaginar não querer ficar chapado e fazer música. Veja Jimi Hendrix, por exemplo, a quem prestou atenção por ser quem era, o guitarrista lendário, mas também porque ele leu que Jimi tinha ascendência Cherokee e Jimi se dedicou à música e às drogas com a mesma paixão. Ele não queria se tornar Jimi Hendrix, mas como sabia que havia outras pessoas como ele, que queriam usar drogas e tocar, pelo menos sabia que não estava sozinho, ainda mais por ter Sean como amigo e colega de música – bom, isso criou o melhor esquecimento possível no qual se perder, para conseguir se tornar o que Orvil achou que seria possível usando drogas e música: criarem boa arte e se tornarem músicos de verdade ou algo do tipo e ganharem dinheiro. Havia uma sensação de possibilidade, era como se ele nunca quisesse descer de onde estava, não importava o motivo.

Em algum momento, Orvil dormiu. Ele acordou tarde da noite pensando sobre o dia seguinte. Sua família ia para Alcatraz e queria que ele fosse. Fazia quanto tempo que não ia para casa? Lembrou-se de assistir a Opal dormindo na entrada da casa de Sean. Assisti-la com Sean ao lado, batendo na porta, e depois se sentar e esperar, até pegar no sono ali mesmo. Ele nunca se sentiu tão mal por algo na vida. E lhe ocorreu o pensamento de que podia voltar para onde veio. Orvil podia acertar as coisas com eles. Não podia?

CAPÍTULO VINTE E SETE

✵

Alcatraz

Acordar antes do sol era difícil, mas todos entraram no Ford Bronco de Opal, ela e Jacquie na frente e os meninos atrás, sem cintos de segurança. Até Orvil. Ele tinha voltado para casa tarde da noite e, na verdade, não foi o mais difícil de acordar. Foi Loother que teve a maior dificuldade, e isso havia se tornado um problema recorrente, para o qual Opal tinha zero tolerância, mas Jacquie atribuiu isso ao crescimento, porque ele estava crescendo, não havia dúvidas de que era o mais alto dos três.

Na mala do Bronco havia várias camadas de cobertores e travesseiros. Os meninos amavam brincar e sacudir lá atrás quando a caminhonete fazia curvas, às vezes esquecendo do verdadeiro poder da força centrífuga e esquecendo-se da dureza de certas áreas de metal não cobertas, e eles batiam a cabeça com tanta força que fazia um calombo.

No dia da cerimônia do nascer do sol, antes de o sol nascer no leste por trás das colinas de Oakland para começar a espantar a cortina escura da noite, depois a névoa da baía, Orvil, Loother e Lony estavam deitados na caçamba, dormindo debaixo de cobertores antigos que Opal tinha pegado.

Jacquie queria tanto um cigarro que tamborilava os dedos contra a janela de seu lado sem perceber o quanto isso irritava Opal, que não parava de suspirar. Elas não iam lá desde 1970, quando foram com a mãe, uma vida atrás, durante a ocupação, quando os Indígenas de Todos os Povos assumiram o controle e dormiram nas celas das prisões esperando em vão que suas exigências fossem atendidas.

Para Opal e Jacquie, era muito mais do que o que a ilha representava para os povos indígenas, ou americanos, era sobre a mãe delas contando sobre seu câncer, e a recidiva, e era sobre Jacquie ter sido estuprada e depois ter entregado sua filha para adoção. A ilha-prisão era uma lembrança, uma metáfora enterrada ou uma que nunca entenderam e, embora tivessem planejado a viagem, era uma coisa repentina acontecendo com elas, que estavam dirigindo, prestes a embarcar em uma balsa chamada *Blue and Gold*.

Quando Jacquie subiu para o segundo andar para sentir o cheiro do vento e o balanço do mar, viu Lony lá em cima, mas o observou de longe, fingindo nem estar olhando em sua direção. Um pouco tonta com o movimento do barco, ela se lembrou. Usou o vento que soprava contra ela como uma espécie de bálsamo. Quando se aproximou, Lony estava fazendo algo estranho de olhos fechados.

"O que você está fazendo?", perguntou Jacquie.

Seus braços estavam no ar como se ele estivesse pronto para voar. Ele fingiu estar bocejando e se espreguiçando quando ela perguntou.

"Acho que ainda estou cansado por acordar tão cedo. E você?"

"Parecia que você achava que podia voar."

"Não, só estou me alongando", respondeu Lony. "Pessoas não conseguem voar." Ele riu um pouco ao pensar nisso. "Você acha que seria fácil subir naquela torre d'água?", indagou, apontando para a torre d'água de Alcatraz.

"Eu já subi", disse Jacquie, olhando para a torre com Lony.

"Não subiu, não."

"Como assim? Sua avó nunca contou nada?"

"A vovó nunca contou nada sobre o quê?"

"Ela realmente nunca contou que estivemos lá?"

"Na torre d'água?"

"Por favor, me diz que você sabe que indígenas tomaram a ilha, viveram lá por quase dois anos, há muito tempo, quando os dinossauros ainda existiam."

"Acho que eu sabia. Então ela deve ter contado, mas não me lembro de nada específico. Mas talvez eu fosse novo demais para entender do que ela estava falando. Vocês moraram lá, né?"

"Morar? Acho que pode-se dizer que sim. Não éramos prisioneiras, mas também não estávamos de férias."

"Mas e a torre d'água?"

"Bom, eu subi lá com outras crianças. Não fui uma das que picharam, mas subi. Tem umas coisas que você pode agarrar e que, na verdade, facilitam bastante."

"É mesmo?", disse Lony.

"Eu era bem mais velha do que você e não tinha duas avós cuidando de mim, então vou dizer logo para não ter nenhuma ideia idiota."

"Aposto que se você acreditasse de verdade que pode voar, poderia mesmo", comentou Lony.

"Eu, ou a quem se refere como 'você'?"

"Quero dizer 'você' tipo qualquer pessoa."

"Ah, você é um daqueles", comentou Jacquie.

"Daqueles o quê?"

"Otimistas", respondeu ela, olhando para um lado e para o outro como se quisesse ter certeza de que a pessoa errada não estivesse ouvindo.

"Não confio em pessoas que acreditam por acreditar, como se não soubessem das coisas ou porque precisam acreditar naquilo em que querem acreditar mais do que se importam com o fato de a coisa em que estão acreditando ser digna de ser acreditada, mas eu jamais gostaria de me tornar um cético. Como a maioria dos adultos. As crianças sabem algo que vocês se esforçam para tirar de nós. Você sabe disso, não sabe?"

"Tirar o que de vocês?"

"Você *sabe* do que estou falando, Jacquie Red Feather."

"Às vezes eu me lembro de quando era criança. Eu me lembro de ter zero controle e ser arrastada de um lado para o outro. De não poder fazer nada sobre o que estava sendo feito comigo."

"E se os pássaros só acreditarem que podem voar? As penas e aqueles músculos magros não podem fazer muita coisa, pode ser só sobre pegar a corrente de ar certa, não acha?"

"Você pula de uma coisa para outra, né? OK, bom, você não pode só pegar uma corrente de ar, pássaros não pegam correntes porque eles de fato precisam bater as asas para se manter no ar, depois podem planar ou flutuar, eu acho."

"Aquelas turbinas grandes em Livermore, elas pegam ar. Pipas e velas de windsurfe também, e ouvi dizer que estão construindo estruturas voadoras no céu para coletar as correntes de aviões como fonte de energia alternativa para acabar com nossa dependência de combustíveis fósseis", disse Lony.

"Seu pescoço deve estar ficando cansado de segurar esse cérebro gigante, hein?"

"Não sou inteligente. Não na maior parte do tempo. Na maior parte do tempo acho que sou estúpido."

"Não diga isso, Lony."

"Eu sei que não sou estúpido. Estou dizendo que penso muito nisso. E sei que sou esperto para algumas coisas, provavelmente como você. Mas, na verdade, sou estúpido com muitas outras. Ei, talvez você saiba disso: por que indígenas estão sempre usando penas no primeiro lugar?"

"Primeiro lugar? Onde é isso?"

"Onde colocaram Adão e Eva?"

"Jardim do Éden."

"Bom, esse com certeza não foi o primeiro lugar. Estou falando de por que indígenas sempre usam penas de pássaros. Por quê?"

"Muitas vezes não temos respostas definitivas. Ouvi alguém dizer que tinha a ver com pássaros serem mais próximos de Deus. E você sabe como os povos indígenas usam a fumaça para rezar porque a fumaça sobe. A fumaça e os pássaros levam as rezas para Deus. E as águias voam mais alto, por isso que suas penas são as mais adoradas, sem falar valiosas."

"Tipo, financeiramente?", perguntou Lony, fazendo um gesto de dinheiro com os dedos. "E como se vestir como um pássaro e dançar faz sentido?"

"Nem tudo precisa fazer sentido."

"Eu sei disso. Só estou falando de, tipo, por que se vestir tanto como um pássaro?"

"Dizem que eles eram dinossauros", disse Jacquie.

"Ah, você é uma dessas", respondeu Lony, sorrindo, franzindo o cenho e colocando a mão acima dos olhos para bloquear o sol.

"Não acredita que eles costumavam ser dinossauros?"

"Você está me dizendo que eles evoluíram tanto que deixaram de ser animais terrestres?", perguntou Lony. "Isso não quer dizer nada. Depois de certo tempo, você não pode simplesmente dizer que isso costumava ser aquilo. É como a ponte de terra lá, o Estreito de Bering, ou as pessoas dizerem que somos os asiáticos que cruzaram a ponte de terra, mas com essa mesma lógica todo mundo *só* vem do continente africano. Ou todo mundo *só* vem dos macacos. Ou todo mundo *só* vem de criaturas unicelulares. Você sabia que setenta e cinco por cento do tempo em que tem havido vida na Terra, ela era só gosma, então todo mundo *só* era gosma, seguindo essa lógica, né?"

"Todo mundo ser gosma meio que faz sentido, eu acho", respondeu Jacquie. "Quanto tempo foi esses setenta e cinco por cento como gosma?"

"Não sei", admitiu Lony com a voz triste, como se não tivesse mais certeza de para onde ia a conversa.

"Bom, se todo mundo já foi outra coisa, o que você era?"

"Eu não sabia falar. Não sabia andar. Era praticamente uma lesma gosmenta. Então... gosma."

"E olha só para você agora", disse Jacquie. Lony pulou em cima de um banco, que Jacquie só percebeu naquela hora, e ergueu os braços como o Super-Homem. Ela queria lhe dizer para descer dali, mas não o fez.

"O que você era?", perguntou ele. Lony não tinha a intenção de ser mais intenso do que a pergunta que Jacquie fez para ele, mas às vezes ela só conseguia ouvir tudo com uma dose de peso.

"Uma lesma gosmenta também, então gosma na maior parte do tempo", respondeu, e fez um gesto de beber de uma garrafa invisível, depois colocar a língua para fora e para a esquerda, como se tivesse morrido ali. Lony não riu, só encarou Jacquie como se dissesse: OK, e o que mais?

Depois disso, ele correu pelo barco, no andar de baixo, olhando para a água para tentar ver peixes, tubarões ou golfinhos nadando por perto, apontando para longe como se houvesse algo além de água escura lá. Várias vezes, Loother puxou Lony pela camisa para fazê-lo se sentar quando a família toda estava sentada em uma mesa ao lado de uma janela suja, como se estivesse com vergonha do comportamento do irmão. Opal e Jacquie ficaram desconfortáveis com aquele gesto agressivo, a força de Loother, sua expressão ao fazê-lo, mas o garoto não pareceu se importar muito. Além do mais, depois do que Lony fez consigo mesmo, esse tipo de intervenção mais física era quase reconfortante.

Orvil se aproximou e disse aos irmãos algo que os fez rir. Depois se afastou, foi se sentar com as avós e não disse nada.

Opal tirou seu gorro para exibir a careca e parecia que estava dizendo algo a eles que nenhum dos dois sabia como responder.

"Aposto que não vai ser a mesma coisa", comentou Opal.

Orvil e Jacquie trocaram olhares como se estivessem se perguntando do que ela estava falando.

"Eu acho que vai ser diferente", disse Orvil, acreditando que estavam falando da ilha.

"Ou como um completo *déjà-vu*." Jacquie foi a única a rir do próprio comentário.

"Não conseguimos fazer isso de novo", respondeu Opal. "De verdade. Nada disso."

"Sempre achei que isso era reconfortante, fazer de novo algo que já fizemos antes", comentou Orvil.

"Parece um inferno", declarou Opal.

"Sinceramente, não faço ideia do que vocês estão falando", admitiu Jacquie.

"Vou pegar um café, vocês querem?", perguntou Opal.

"Eu não bebo café", respondeu Orvil.

"Eu adoraria. Com creme e açúcar, se puder."

Todos eles acabaram se sentando em espreguiçadeiras bem longe do centro do círculo onde as pessoas estavam se revezando com rezas e falando ao microfone, lendo poesia e fazendo declarações, tocando flautas, tambores e cantando; a maioria parecia cantar.

Em algum momento, Lony ficou em pé atrás de Opal, que decidiu se levantar e esticar as pernas, e um homem indígena estava falando, e o garoto ficava agarrando o braço de Opal, dizendo que sentia o que o homem estava falando, e na primeira vez que ele agarrou seu braço, ela se arrepiou, mas todas as vezes seguintes a assustaram, como se ele estivesse sentindo demais, como se ele precisasse demais daquilo. O que Opal não conseguiu lhe dar e que ele tanto buscava? Era como se ela o tivesse negligenciado. Ou Lony estava fingindo. Era um pensamento horrível de ter, sabia disso. Opal ouviu com o dobro de atenção o que estava sendo dito.

"Olá e bom dia, só queria dizer a todos presentes aqui, nesta manhã, essa hora sagrada antes do nascer do sol, quero dizer a vocês aqui, aos jovens lá no fundo, e aos mais velhos aqui na frente, como deve ser, às crianças, e a todos os nossos irmãos e irmãs que não conseguimos ver, que estão em espírito conosco hoje, nossos parentes e nossos ancestrais, e até aqueles lá longe entrando na transmissão ao vivo, ayyy..." Todo mundo pareceu rir da ideia de pessoas em uma transmissão ao vivo serem listadas junto a nossos ancestrais. "Todos os nossos parentes aqui. Essa energia da manhã, primeiro de tudo, quero reconhecer aos guardiões dessa terra onde estamos, o povo Ohlone, que mantém uma relação com essa terra, com sua aparência e seu cheiro, o que ela dá e o que exige para viverem aqui, as pessoas que a conhecem melhor do que ninguém, cujas memórias vivem aqui, cujos caminhos da vida foram tomados. Quero ressaltar que não estamos fazendo o suficiente para reconhecê-las, reconhecer que estão esquecidas no tempo, e isso não é certo, precisamos melhorar, podemos melhorar. Escutem-nos hoje. Temos algumas pessoas que irão falar, cantores e dançarinos também. Escutem. Vejam. Porque na maior parte do tempo, não fazemos isso. Mesmo nós, indígenas, nos esquecemos de nossos parentes na Califórnia porque alguns deles não são reconhecidos pelo governo federal. Precisamos parar de competir sobre quem pode dizer que é mais indígena que o outro. Não estou falando de vocês, fingidos, vocês têm que ir embora, ayyy...", disse ele, e conseguiu outra risada antes de apresentar a próxima pessoa.

Devagar, Lony começou a se afastar deles como se estivesse ouvindo outras coisas sendo ditas nas fogueiras ali perto. Loother encontrou seu olhar, dizendo para ele ficar, mas, quando o garoto o ignorou e foi para longe, ele o deixou ir.

Orvil observou o irmão se afastar furtivamente e fez uma menção de ir atrás, mas não queria se mexer. Em dado momento, Opal se aproximou por trás e colocou as mãos em seus ombros. Orvil se lembrou de como era estar cercado de outros indígenas, como foi no pow-wow, o poder daquilo, a sensação boa, diferente de tudo, e começou a chorar, depois levou a mão aos olhos e pigarreou. Opal manteve as mãos em seus ombros e Loother fingiu não perceber. Ele pegou o celular, mas continuou observando, sentindo as lágrimas se formarem também.

Orvil está subindo pelas vigas cruzadas que seguram a torre d'água, a tinta branca descascando, mostrando a ferrugem por baixo que eles cobriram de tinta para restaurar. O sal da baía, levado pelo vento, corrói o metal.

Ele sobe devagar para não assustar Lony, que está lá no topo onde há um corrimão e uma passarela.

De vez em quando, olha para Loother lá embaixo, que queria subir também.

Orvil quer acreditar que Lony não vai fazer nenhuma besteira. Ele tenta não pensar que poderia haver um péssimo motivo para o irmão subir ali. Escala as vigas com calma, pensando sobre o que o garoto deve estar pensando, como deve ter perdido o juízo.

Orvil imagina o corpo do irmão caindo.

Lony está em pé no corrimão, balançando perigosamente, encarando-o com um olhar vazio.

Nessa hora, o vento sopra forte, fazendo Lony balançar. Ele sorri para o irmão enquanto abre os braços, depois gesticula com um deles para Orvil se afastar.

Orvil olha para baixo e vê a multidão olhando para eles e se aproxima de Lony, mas não o bastante para tentar pegá-lo. Começa a gritar com Lony, que parece ouvi-lo.

"Lony, o que você está fazendo? Lony, que porra você está fazendo?", berra Orvil contra o vento que tenta silenciar sua voz.

Lony desce do corrimão.

"Está tudo bem. Eu estou bem. Só queria ver uma coisa", diz Lony.

Sua respiração está pesada, o primeiro sinal para Orvil de que o irmão estava com medo.

"Ver uma coisa?"

"Eu ia voar", respondeu Lony.

"Isso não é engraçado", disse Orvil.

"Não era para ser engraçado. Eu ia conseguir se você não tivesse vindo. Acabamos de ser penas. Éramos o pássaro inteiro. Nós costumávamos acreditar, e éramos o pássaro inteiro."

"Do que você está falando, Lony? Voar pra quê? Está tentando ser um super-herói?" Orvil não queria parecer impaciente ou irritado, ainda não estavam seguros.

"Todos nós precisamos ver algo maior do que achamos ser possível. Para nos fazer acreditar. Sabia que a gente costumava exibir nossos poderes?"

"A gente? A gente quem?"

"O povo Cheyenne. Curandeiros. Poderes de exibição. Encontrei um monte de coisa na internet sobre quem éramos, tipo, você sabia que na Língua de Sinais das Planícies eles mostram um corte para dizer Cheyenne, que era uma das formas pelas quais passávamos pelo luto, éramos chamados de povo do corte."

"Ninguém morreu, Lony. Eu ainda estou aqui. Opal ainda está aqui. Você não está de luto por ninguém. É diferente."

"Parece que alguém morreu. Quando você quase morreu. Pareceu que alguém se foi", disse Lony, desviando o olhar do irmão, depois, olhou para baixo, viu alguma coisa e jogou pelo corrimão enferrujado.

"Escuta, se você quiser voar, podemos economizar e viajar de avião para algum lugar, para onde você quiser, para onde você quer ir?", perguntou Orvil.

"Todo mundo vai?"

"Claro."

"Namíbia", disse Lony.

"O quê?"

"Tem umas árvores velhas e mortas lá, as árvores são tão velhas, e estão mortas, mas estão lá, ainda parecem com árvores, ficam paradas como árvores, exatamente como árvores ficam, mas estão mortas, e há dunas vermelhas gigantes, e à noite parece a superfície da Lua, e eu li que você pode até encontrar diamantes catando coisas pela praia, e tem um centro de resgate de guepardos..."

"Diamantes na praia? Lony! O que a gente está fazendo aqui?"

"Olha", disse Lony, apontando para o grafite vermelho pintado na torre d'água. "Eu acho que foi Jacquie que fez isso, mas ela não quer admitir que fez."

"Foi por isso que você subiu até aqui?"

"O que fez *você* subir até aqui?"

"Como assim? *Você*. Foi você, porra!"

"Era só isso que precisava?"

"Só isso que precisava pra quê?"

"Pra você vir ver como eu estava."

CAPÍTULO VINTE E OITO

✵

Escondido no fundo

Orvil dirigia o carro de Mike como pagamento por morar na casa deles e pelo Blanx. Ele estava usando cada vez mais, e tinha parado de vender. Foi Mike quem disse que ele precisava pagar para morar ali. Os irmãos brigaram por causa daquilo. Foi ideia de Sean usar o carro de Mike para ganhar dinheiro. Ele disse que não seria assim sempre. Era só daquela vez. Disse que ia se ferrar se Orvil fosse pego. Orvil disse que ninguém ia descobrir. Mas ele mexeu em sua mochila e pegou um apanhador de sonhos.

Orvil não queria um apanhador de sonhos. Achava que eram cafonas. Mas Opal lhe dera aquele de Natal, disse para ele carregá-lo consigo sempre e lembrar que o objeto existia, para que pudesse apanhar os sonhos que viessem. O presente veio junto de uma guitarra nova e um amplificador. Sua primeira guitarra elétrica. Depois de tudo que fez sua família passar, todas as formas que decepcionou sua avó, ela ainda sabia o que era especial para ele, que a música era importante.

Quando entrou no Honda de Mike, a primeira coisa que fez foi pendurar o presente no retrovisor. Ele odiava o tanto de não indígenas que penduravam apanhadores de sonhos nos retrovisores. Era o pior lugar para você dormir, o pior lugar para você estar sonhando. Eles achavam que iam pegar um acidente de carro em sua rede? Ou estavam usando como Orvil, para ter sorte? Os usuários do Uber não iam saber que não era Mike. Ninguém ia perguntar por que o seu rosto não era igual à foto. Orvil tinha um plano de perguntar aos passageiros se eles podiam pagar em espécie e cancelar a corrida no aplicativo. Diria que o aplicativo ficava com metade do dinheiro, o que não é justo, e ele é um estudante da faculdade comunitária que está tentando pagar o aluguel. Lera sobre aquele esquema on-line e não ia contar para Mike de jeito nenhum. Não até lhe entregar o dinheiro. Era um grande desafio, mas não parecia. Não ficar chapado quando queria parecia ser o único desafio que importava. E era.

Opal achou que Orvil ia andar na linha. Pelo menos foi isso o que ele pensou tê-la ouvido falar um dia com Jacquie do outro lado da parede. O que quer dizer andar na linha? Ele achou uma postagem no Reddit que debatia a origem da expressão, mas logo perdeu o interesse porque não fazia diferença. Orvil não faria aquilo.

Quando chegou à casa de Sean depois de passar tanto tempo fora, ele ficou mais chapado do que jamais ficara, deitado no chão ao lado da cama do amigo, sentindo como se, com certeza, tivesse que se enfiar debaixo dela.

Agora ele estava se enfiando no trânsito nas sombras de caminhões naquela altura da rodovia 880 que sempre parece estar engarrafada. Ele reparou no gigante Oakland Coliseum à esquerda. É enorme. Estava indo esperar no estacionamento de carros de aplicativo do aeroporto. Ele descobriu que as pessoas dão gorjetas melhores quando você as leva do aeroporto para casa, então tenta ficar nessa rota. Orvil ouvia música no carro quando estava sozinho, às vezes algumas das estações de Mike, às vezes sua própria música, gravações que ele e Sean fizeram, e às vezes, se alguém novo que parecia legal entrava no carro, ele deixava sua música tocando, mas se qualquer pessoa branca e velha entrasse, trocava para o rádio, ciente de que isso devia dar uma espécie de conforto para os passageiros brancos pegando motoristas não brancos, a narrativa calma e suave da rádio NPR, como se fosse um indicador sonoro de sofisticação.

Orvil não quer pensar sobre o pow-wow e não o faz na maior parte do tempo, mas, por estar tão perto da arena, não consegue evitar.

Porque o problema de tentar não pensar em algo é que o elefante no qual você está tentando não pensar está bem ali, bem pertinho quando você tenta não pensar nele, surgindo como se anunciasse a própria ausência. E então aparece um elefante de verdade na frente dele, no outdoor, aquela mascote idiota e adorável do time de beisebol de Oakland, o Stomper.

Orvil dirige, deixa pessoas e dirige de volta para o aeroporto, deixa mais pessoas, e o tempo passa, e ele gosta de poder fazer o tempo desaparecer daquele jeito. Alguns têm dinheiro em espécie e concordam com seu plano, e alguns não, ou ele não pergunta. Todos parecem distraídos e passam a corrida mexendo no celular.

Naquele momento, ele não quer pensar nas drogas que vai usar mais tarde. Ele está tentando encontrar um equilíbrio. Merecer aquilo. Mas encosta o carro achando que um passageiro colocou uma mala no bagageiro e esqueceu de tirar. Ou porque estava curioso para saber o que Mike tinha lá atrás. Por obra do destino, lá está uma bolsa. Uma bolsa com algumas roupas de Mike, e um saco bem grande de algum pó. Orvil não sabe nem se importa se é Blanx, cocaína ou MD. Ele olha para os dois lados, como se estivesse prestes a atravessar uma rua movimentada, então leva o saco de plástico consigo para o banco da frente.

No final do seu turno de dez horas, Orvil dirige pela luz amarela como xixi do túnel da rua Webster em direção ao centro de Oakland, vindo da Alameda. Quando sai do túnel, vê a lua sobre a cidade. Está grande, cheia e brilhante. Ele se lembra da primeira vez que Opal tentou lhe mostrar "o índio na lua".

Eles estavam voltando da confeitaria Fentons depois de ter chegado em casa com um boletim quase cheio de notas dez. Ela foi buscá-lo, só ele, para irem comemorar suas notas. No caminho de volta, Opal apontou para a lua com a cabeça.

"Lá está ele, sentado na tradicional posição indiana, vê?", disse ela. Orvil semicerrou os olhos, disse que não conseguia ver e perguntou se a posição era índia como o país ou índia de indígena. "Olha, não sei de onde vem."

"Parece uma mancha", respondeu Orvil, olhando para a lua.

"Talvez você precise de óculos", disse Opal, fazendo-o rir, mas parou ao olhar de novo e perceber que talvez ele tivesse razão.

Ele nunca viu o tal "índio na lua". Mesmo depois de ter presenciado Lony e Loother verem. Orvil pesquisou on-line para tentar visualizar melhor, mas não achou nada sobre aquilo e pensou que talvez sua família estivesse inventando que vira, e ninguém mais via o tal "índio na lua", o que o fez pensar sobre ser indígena e como muito disso era inventando para compensar o fato de não terem conexões com seu povo, o idioma ou o conhecimento que outras pessoas têm sobre ser indígena, e ele odiou pensar aquilo, mas não conseguiu evitar. E logo começou a se irritar com a Lua por sentir que sua luz representava algo falso, que só era uma luz por causa do Sol, mas era considerada uma luz própria. Ele começou a pensar na Lua como uma mentira.

Mesmo agora, Orvil ainda tinha alguns problemas com a Lua e sobre a Lua. Não era mais um ressentimento, e ele não achava que ela fosse uma mentira, mas não gostava dela.

Orvil escuta um baixo pulsante e aumenta a música. *Escondido no fundo, sempre lá no fundo.* Uma voz sinistra assombra o carro. Ele se pergunta o que isso significa. Ele pensa no projétil. O estilhaço de estrela. Como não pensa nisso há muito tempo. Como a voz sumiu sem que percebesse. Pensou em como deve estar diferente para todo mundo, uma pessoa completamente diferente. Ele se imagina sendo controlado pela bala. E se ela tivesse viajado pelo seu sangue, envenenando-o e mudando quem ele era, e Orvil nunca mais seria quem era antes? Ele pensa sobre Opal ter mudado. Como ela ficou tão diferente depois do tratamento.

Seu celular vibra e Orvil vê que é ela. Opal parece vidente. O carro à sua frente para de súbito, a luz vermelha brilhante lança um pico de adrenalina pelo seu corpo e Orvil vê o apanhador de sonhos balançar pouco antes de o carro atrás o atingir. O airbag dispara. A batida por trás faz com que ele bata no carro da frente. Ele escuta um zumbido alto e não sabe se vem de dentro ou de fora. Orvil sai do carro e as pessoas estão gritando. Ele não sabe se foi culpa sua. Parou ao ver a luz, mas será que devia ter parado? Orvil estava olhando para o celular. *Isso é muito ruim*, ele pensa antes de sair correndo. Sabe que é idiotice e que vai parecer desesperado, e vai fazer com que as pessoas envolvidas na batida liguem para a polícia, e isso quer dizer que vão atrás de Mike. Sem falar que está com o grande saco de drogas de Mike, o que quer dizer que nunca mais poderá voltar para a casa deles, o que quer dizer que nunca mais poderá encontrá-los em lugar nenhum, o que quer dizer que precisa fugir. E também quer dizer que, quando esse saco acabar, ele não terá mais drogas.

Orvil corre até o lago e do lago até a International e continua correndo até chegar a East Twelfth. Não corre assim há anos, e está suando e chorando. Ele para em um portão que o separa da rodovia. Vê as luzes dos carros passando pela estrada, ouve um trem passar. Quer consertar tudo, quer que as coisas voltem ao normal. Não quer passar pelo desconforto horrível de parar de usar drogas. O tédio. O arrependimento. Queria não ter abandonado o carro. Ele podia ter saído dirigindo. Mas que merda estava pensando? Nessa hora, ele ouve uma sirene e começa a correr de novo. Corre até chegar em casa, em frente à porta trancada da qual ele não tem uma chave, e não bate na porta, então pula a cerca e vai para o quintal, onde cai no sono na grama debaixo do limoeiro, cansado demais para fazer qualquer coisa.

CAPÍTULO VINTE E NOVE

Ciclos demais

Como eu poderia imaginar que nunca mais veria Orvil, quando nos tornamos tão próximos que achei que nos amássemos? Com Mike entrando em meu quarto querendo me matar por causa do cara que largou o carro dele depois de se meter em um acidente no centro de Oakland. Merda. Claro que não imaginei que isso fosse acontecer, mas eu também não estava vivendo de forma que previsse algo ou planejando alguma coisa além de usar drogas e vender drogas para continuar usando drogas e dizer a mim mesmo que não precisava de escola ou de um futuro se o agora continuasse fazendo eu me sentir tão bem. Claro que não era verdade. Agora eu sei disso. Para alguém como eu, quando você encontra algo que lhe dá um êxtase, não sexual, apesar de funcionar para algumas pessoas, mas se você encontra algo que o nutre de outro jeito que não tem nada a ver com comida, e sim de um jeito que você nunca se cansa, bom, é só isso que vai querer por um tempo, até não conseguir mais por outros motivos fora do seu controle ou morrer. Se você for como eu, vai ficar obcecado. É a única coisa que importa, e não é viver o momento, planejar o futuro ou até mesmo passar o tempo, como dizem, mas o motivo de não chamarem essa merda de "passar o tempo" é porque ela é um desperdício. De novo, agora eu sei disso. Mas na época? Você não conseguiria me convencer a fazer nada além de procurar outra droga ainda melhor que vai me deixar ainda mais chapado. Sou um viciado. É assim que fui criado. Não que eu esteja condenado ou ache que o destino tenha feito isso comigo. Fico fazendo isso comigo mesmo também, assim como estou procurando jeitos de fazer algo melhor agora. Agora.

Mas Mike ficou puto com Orvil por ter deixado o carro daquele jeito e devia mesmo, mas não comigo, porra. Acho que a ideia foi minha. Mike não tinha esquecido isso. Então a gente brigou feio. Ele entrou no meu quarto e eu soube na hora que precisava resolver aquilo, então foi o que eu fiz, mas ele deu um golpe de luta livre ou algo assim quando estávamos na minha cama, e o filho da puta tentou me estrangular, não me prender como na luta livre, ou tentar me apagar, e sim usar as próprias mãos para me estrangular por algo que Orvil fez e sobre o qual eu não tinha nada a ver. Por sorte, consegui tirá-lo de cima de mim a tempo me livrando do aperto dele como sempre soube fazer: enfiando o joelho na barriga dele, então saí correndo do quarto e da casa, fiquei lá fora até saber que, quando voltasse com uma barra de ferro que achei no quintal, ele não iria fazer aquilo de novo.

A coisa mais louca sobre Orvil me dar um perdido é como foi fácil. Sumir em uma cidade como Oakland? Até que é bem grande para uma cidade pequena. Dependendo de onde você mora, pode passar anos sem ver pessoas que sabe que moram ali. Por exemplo, agora eu moro em West Oakland. Tenho um pouco de vergonha de dizer isso. Parece um daqueles lugares irritantes em que os gentrificadores agem como locais e, às vezes, até parece verdade de um jeito distorcido. Os bons — se é que existem — são pessoas realmente decentes e, de qualquer forma, não são como os malditos "manos" que trabalham com tecnologia morando em condomínios e que você sabe que são uns idiotas.

Mas por que sinto como se eu fosse um gentrificador na minha própria cidade sendo que nem sou branco? Eu nasci rico? Nunca vi as coisas desse jeito. Mas acho que uma casa grande e escola particular significam dinheiro.

É difícil não me sentir como uma pessoa branca tendo sido criado como branco em uma comunidade branca. Eu costumo racionalizar para poder compartimentar um sentimento. Isso é o tipo de coisa que meu terapeuta me ensinou. Racionalizar é um jeito de lidar com o trauma, de forma a controlar a resposta a ele. Então eu disse a mim mesmo que era uma vítima em um sistema feito para pessoas brancas, só tentando me contentar com o que eu tinha. Isso faz eu me sentir como se não estivesse gentrificando? Não.

Mas Mike não me estrangulou no dia em que me atacou por Orvil ter deixado seu carro no meio da cidade. E eu descobri por que ele ficou tão puto e era por causa de uma bolsa bem cheia que ele deixou na mala. Era Blanx em pó.

Meu pai retornou e eu voltei à escola e nada mudou, era um covil de drogas com lobos dentro. Eu era um deles.

A história da minha recuperação não é interessante. Não para mim. E a história de meus vícios é ainda menos interessante. Mas o caminho que trilhei e o que fiz ao longo dele são uma lembrança e uma história com as quais tenho que trabalhar. Não consigo montar a história que inclui o que eu preciso, profunda e absurdamente, e que não posso ter de jeito nenhum, mas também não consigo parar de tentar. Isso é interessante para mim.

Estive tentando descobrir o que aconteceu com Orvil. Tantos anos depois. Ao pesquisar o nome dele no Google, só aparecem notícias velhas sobre o tiroteio. O cara era *low profile* demais para que alguém pudesse pesquisar, e, se tinha perfis on-line, nunca eram com seu nome. Eu pesquisei obituários. Até liguei para o registro do Estado para ver se estava nos registros de óbito. Eu tenho perfis on-line com meu nome. E ele não tentou me encontrar. Eu sei disso porque eu tentei me procurar e é fácil.

O jeito como as pessoas entram e saem de nossa vida parece errado. A parte de sair de nossa vida. Como se isso cancelasse o modo como entraram nela se não desse em nada, mas talvez isso seja uma merda capitalista do tipo retorno de investimento, e ninguém deva de fato ficar com você se um dos dois não quiser. Havia uma coisa entre nós. Eu e Orvil. Nós nos conectamos, de verdade mesmo, e tínhamos a música, mas era eu quem tinha as drogas e isso mexeu com nosso relacionamento, era eu quem tinha a casa onde ficávamos que nos permitia fazer o que queríamos enquanto a maioria dos adolescentes têm pais por perto se certificando de que as coisas não vão sair do controle. Eu não culpo ninguém. De verdade. Eu, claro. Eu só queria que houvesse um jeito de continuarmos na vida um do outro. Se eu pudesse pelo menos saber que ele ainda está vivo, seja por ele me adicionar ou me seguir ou me mandar uma mensagem agora para dizer que o que tínhamos foi importante e não devíamos abrir mão daquilo.

Acho que havia algo errado. Acho que havia algo errado entre nós. Errado o bastante para que ele precisasse abrir mão de tudo quando largou o carro de Mike bem no centro de Oakland. Quando eu deixei meu pai e Mike e a casa. Eu também desapareci dentro de Oakland.

Passei anos só trabalhando, namorando e tentando entender meus limites. Vou contar uma coisa que aprendi, se você for um viciado e estiver tentando beber ou usar drogas como pessoas normais, você precisa ter regras para si mesmo e precisa, de fato, segui-las. Regras tipo não use nada até terminar de fazer tudo que precisa fazer. Ou não beba antes das cinco da tarde, ou espere até depois do jantar. Tire várias noites de folga de sua droga favorita. Encontre outros jeitos saudáveis de sentir a mesma coisa, como exercício físico. Tire um tempo para descobrir música, filmes, séries e livros de que goste. Encontrar o que funciona para você leva tempo. Há tanto barulho por aí. Você precisa preencher seus dias e não pode ser com bebida ou drogas. Tome cuidado com o impulso da queda. Nem sempre que você cai parece que está caindo. Aprendi essas regras testando cada uma e todas funcionaram por um tempo, mas esse era o problema: eu sempre acabava em um extremo. Então não conseguia manter um trabalho ou um relacionamento. Eu acabava voltando para a reabilitação. Primeiro foi Blanx, de que eu sempre sentia falta depois que não conseguia pegar mais. Por um tempo, álcool e cocaína. Por anos. Em seguida, comecei a namorar um cara que tinha acesso a ecstasy e fui ao extremo com isso. Devo ter arruinado por inteiro minha habilidade de liberar quantidades importantes de serotonina. Depois, uma garota que eu namorei por tipo, nove meses, acabou confessando ser viciada em opioides. Eu já suspeitava. Tinha até procurado por comprimidos no apartamento dela. Seu nome era, e acho que ainda é, Malorie. Ela lia muito. Vários romances franceses depressivos. Não eram nem no idioma, eram traduções e ela não era francesa, só tinha abraçado a coisa por completo, pelo visto. Eu gostava de um escritor, Levé, porque ele era absurdamente sincero. Ele se matou. Nada mais sincero do que isso. E outro cara que ganhou o prêmio Nobel. Le Clézio. Quando estava esperando Malorie voltar para casa, lia qualquer coisa que estivesse por perto. Havia uma parte em um romance de Le Clézio, não lembro o título, em que há um piano de cauda, antes da invasão nazista. Isso me lembrou de minha mãe. Havia belas descrições sobre como o som do piano soa a distância. E com tudo aquilo de Mike ser um médico nazista, e a doença neurológica dela, parecia que uma espécie de invasão nazista tinha acontecido em casa. Le Clézio era muito mais otimista do que os outros franceses.

Contei a ela como eu gostava de ficar chapado, não que tenha dito desse jeito, e sim do jeito que viciados explicam um para o outro quem são contando o quanto querem, com um certo tom, ou um gesto com as mãos, ou um olhar. Acabamos fumando fentanil com frequência por um tempo. Eu voltei para a reabilitação depois disso e achei que tinha acabado com meu cérebro. Deve ser verdade. Deve estar arruinado. Muitas pessoas não conseguem voltar à vida normal depois de tanto estourarem os receptores cerebrais. Eu descobri que se trabalhasse bastante, me exercitasse, meditasse e fosse para as reuniões, poderia ficar bem. Voltei a tocar. Isso foi outra coisa que ajudou.

É triste ter que abrir mão de algo. Saber que tudo se acaba. Mas a vida tem ciclos demais para ficarmos presos em um só. E alguns ciclos voltam. Por isso, embora parecesse por um tempo que eu e Orvil tínhamos sido unidos pelo destino, talvez o destino tivesse previsto que nós só seríamos nós pelo tempo que tivéssemos juntos.

Preciso entender que algumas pessoas que amo simplesmente não farão parte de minha vida. Parece que estou tentando aprender uma lição que só posso aprender vivendo.

CAPÍTULO TRINTA

※

Apenas espere

Seus anos no ensino médio passam mais rápido do que teriam passado se não tivesse abandonado a escola. Não foi fácil convencer Opal que ele não queria voltar à escola. Que ele só queria trabalhar. Que ele não acreditava na escola. O que seus irmãos iriam pensar? Esperava-se que eles continuassem indo à escola, continuassem tirando boas notas. O que iriam pensar de Opal se ela o deixasse desistir assim? Quando ficaram a sós na cozinha conversando sobre isso, depois que Orvil tinha voltado para casa havia uma semana, ele disse que queria abandonar tudo. Ele não precisava dizer mais nada. Ele não podia dizer que não queria ver Sean. Que ver Sean seria ter que lidar com o que fez com o carro de Mike. O que talvez o levasse a ter que lidar com Mike.

O tempo passava diferente quando você trabalhava em vez de ir à escola. O dinheiro que você ganhava também parecia diferente. Orvil conseguiu um emprego como empacotador no mercado perto de casa. Ele economizou. Deu dinheiro para Opal, que ela recusou. Então deu dinheiro para seus irmãos, que aceitaram na hora. Orvil voltou a ser o bom neto e irmão que ele costumava ser. Na superfície. Até onde eles sabiam, tudo tinha voltado ao normal.

Mas ele tinha aquele saco. Orvil só ficava chapado quando sabia que conseguiria disfarçar. Dividir um quarto com os irmãos não ajudava. Muito menos morar com outra pessoa viciada em recuperação.

O pó branco do saco era forte. Então ele não precisava de muito. Usava quando não estava trabalhando e todo mundo tinha saído. Quando Jacquie estava em uma reunião ou em uma de suas longas caminhadas. Quando Loother e Lony estavam na escola.

O câncer de Opal finalmente entrou em remissão e ela voltou a trabalhar.

Ele não gostava de sentir que precisava daquilo para tocar guitarra. Que só achava que tocava bem quando estava chapado. Não sabia se tocava melhor quando estava chapado ou se só sentia que soava melhor justamente porque estava chapado.

Mas ele tocava quando não estava chapado. Queria tocar melhor e sabia que exigiria prática. E mais prática. E ainda mais prática. Ele tocava no quintal dos fundos onde ninguém poderia ouvi-lo errando as notas e as músicas alheias.

Quando a vida de Orvil mudou o foco para não ficar mais chapado, quando se tornou sobre ficar sóbrio o bastante para seguir em frente, não fazer com que suas escolhas de vida atrapalhassem a vida dos outros, quando percebeu que tudo que estava fazendo não tinha mais a ver com ficar sob o efeito de drogas, parecia como cruzar uma linha de chegada, um ponto de parada e uma encruzilhada. Ele chegou a um momento em que precisava decidir o que fazer dali em diante.

Orvil encontrou um jeito de prolongar o que tinha no saco que roubou de Mike na noite em que saiu correndo do carro e começou do zero. Um jeito de parar e continuar ao mesmo tempo. Mas não era sustentável. Ele estava tentando descobrir em sua mente e em seu coração qual era o próximo passo, o que com certeza não era a mesma merda de sempre.

Orvil fez aquele saco render o máximo que pôde. Tinha o suficiente para mais uma dose antes de largar de vez.

Ele já havia pensado naquilo antes como uma semente no solo em um canto ruim, esperando na sombra pelo tipo certo de luz bater por tempo suficiente; a ideia de que, se ele quisesse ir tão longe, ir embora, embora de verdade, que era o mais longe que se poderia ir se escolhesse deixar a vida. Ele preferia qualquer outra coisa do que a palavra precisa de poucas sílabas: suicídio. Não seria por overdose porque isso dá a entender que foi um erro. Assim como tomar remédios demais, além do prescrito. Queria uma palavra melhor para aquilo. Orvil sempre quis palavras melhores para descrever como era viver e sofrer e amar tudo de um jeito tão inconsequente a ponto de odiar como aquele tudo não poderia amá-lo de volta.

Deixar a vida, era assim que queria definir. Parecia alcançável, a opção de partir.

Orvil não teve nenhum momento em que viu uma luz. Ele fugiu de um acidente de carro. Era um covarde. A sobriedade era a história que escolheu porque a história real era fodida demais. Era assim com muitas histórias. Elas eram versões suportáveis de uma realidade de merda que ninguém queria saber. Isso também era triste. Mais coisas tristes das quais não conseguia falar, assim como ninguém queria falar sobre os pensamentos ou ideias de deixar a vida, assim como ninguém queria falar ou ouvir sobre o fato de as pessoas estarem tristes. Era assim que a tristeza crescia, ou se sustentava, assim como os sentimentos de deixar a vida por outra coisa, algo melhor, ou pelo menos algo diferente. Essa era a questão. Algo diferente. A transcendência era o motivo pelo qual as pessoas escolhiam morrer ou se drogar.

Mas ele ia ficar. Orvil disse a si mesmo que ia ficar e não desistiria e só teria paciência. A vida era longa se você não morresse em um acidente ou ficasse doente. As coisas mudavam. Ele podia esperar e ver o que ia acontecer. Era isso que diria a si mesmo nos seus piores momentos. Apenas espere.

Orvil nunca parou de se preocupar com Lony. Tudo parecia bem. Até não estar mais.

CAPÍTULO TRINTA E UM

Ocean Beach

Não era o fato de Orvil não voltar à escola que preocupava Lony. Isso era apenas um sintoma de algo maior. Foi o que Lony viu no rosto de Orvil quando o irmão achava que ninguém estava vendo. Ele era muito novo para parecer tão cansado. Nem Opal parecia tão cansada. E não era de trabalhar demais ou não dormir o bastante. Alguma coisa o desgastava por dentro. Mas ele não admitia. Orvil não falava sobre nada quando estavam todos em casa ou comendo juntos. E ninguém suspeitava que havia algo de errado ali. Lony não sabia mais o que fazer.

Ele teve um gostinho da liberdade quando saiu para procurar Will, o Cachorro tarde da noite naquela vez que Orvil deixou a porta aberta e o cachorro fugiu. Parecia que o irmão tinha deixado a porta aberta para muitas coisas. Deixara muita coisa afetar a família. Lony ficou preocupado naquela noite. Mas sabia que ia encontrar Will, o Cachorro. Ele sabia. Por isso continuou procurando. Enquanto vagava pelos bairros vizinhos, escondendo-se de carros, inclusive da caminhonete de Opal quando o procuravam, ele sentiu uma leveza. Como se a criança dentro dele estivesse voltando à vida. Parecia uma brincadeira. Ele sabia que era muito sério porque Orvil tinha sumido e o cachorro fugira.

Nada era mais sério do que aquilo, mas ele se sentia diferente. No meio daquela sensação, encontrou o cachorro debaixo de um carro na entrada da garagem de uma casa a dois quarteirões da casa deles. Will, o Cachorro estava tremendo. Lony riu, fez um barulho de estalo e o cachorro foi até ele. Depois, ficou curioso sobre aquela sensação. Como poderia senti-la de novo.

Quando Lony fugiu, pegou um ônibus que o levou de Fruitvale até o BART, o trem metropolitano. Ele não chamaria aquilo de fuga. Mas deixou seu celular em casa porque sabia que não iria conseguir ficar longe por muito tempo se eles ficassem ligando e mandando mensagens. Levou consigo um iPod antigo que havia perdido, ainda com os fones conectados, e então achado debaixo da cama, dentro de uma fronha. Só tinha música clássica, muito Beethoven, de que ele nem gostava mais, mas ouviu durante a viagem de ônibus e trem porque fazia tudo parecer um filme. O único outro cara no trem estava dormindo com o chapéu cobrindo os olhos. Lony estava ouvindo a "Sinfonia Nº 7 em lá maior (Op 92) Mov II – Allegretto". Estava assustado, mas se sentia bem.

Ele desceu na estação 16th Street and Mission e passou vinte minutos ouvindo um cara tocar alguma música latina em um acordeão. Depois, voltou para o trem, querendo ir para mais longe. Decidiu que queria chegar ao oceano. Ele nunca tinha visto o oceano ao vivo. Como aquilo era possível? Ele já tinha visto a baía, claro. A água da baía estava por toda parte.

Lony queria saber como era estar sozinho no mundo. Ou ele não sabia como explicar, até para si mesmo, o que queria sentir, o que tinha em mente. Queria estar lá fora. Não havia muito mais o que dizer, mas não era só isso. Ele ia passar anos tentando entender esse sentimento. Estar lá fora. Viver lá fora. Ele queria aquilo.

O plano de Lony era ficar longe por apenas algumas horas. Voltar tarde e dizer que tinha se perdido. Que ele queria pegar o ônibus, por diversão, mas acabou pegando a linha errada e não sabia onde estava. Estar sem o celular era parte do plano para convencê-los daquilo.

O trem não o levaria até o oceano. Ele perguntou a alguém como chegar lá. Disse a uma mulher que sua avó tinha saído por aí e não tinha tomado seu remédio e que precisava encontrá-la. A mulher lhe deu uma carona até o oceano. Então falou que iria ajudá-lo a encontrar a avó. Ele se sentiu mal durante o trajeto de quinze minutos em silêncio até chegarem lá. A lua estava grande e brilhante e fazia tudo parecer a lembrança de um sonho.

Quando chegaram a Ocean Beach, Lony abriu a porta do carro e saiu correndo o mais rápido que pôde. A mulher gritou alguma coisa enquanto ele corria, mas Lony não entendeu o quê.

Ele correu até a água onde a areia estava mais firme e correu por um bom tempo à beira d'água assim, indo para o norte. Estava com frio, apesar de estar com um moletom e uma jaqueta corta-vento.

Lony encontrou uma tenda vermelha sem ninguém dentro e ninguém por perto e decidiu que iria tentar dormir, mas não onde a tenda estava montada, por que e se os donos aparecessem?

Ele arrastou a estrutura mais para o norte por cerca de uma hora até encontrar um lugar que parecia escondido, como se não fosse possível vê-lo quando se estivesse passando.

Lony pegou no sono assim que a cabeça tocou no chão da tenda, adorando a sensação da areia em seu rosto e, pouco antes de pegar no sono, pensou que devia inventar um travesseiro de areia, quis ter seu celular ali para pesquisar se isso já existia.

CAPÍTULO TRINTA E DOIS

※

Manchas pretas

Orvil está no banheiro com sua carreira pronta. Ele não sabe se só quer ficar chapado ou se não quer mais existir. Não se matar. Não é suicídio. Só quer umas férias de viver e voltar com mais vida. Precisa pensar nos outros. Sempre precisa pensar nos outros. Ele descobriu que, na primeira vez que Lony fugiu, ele não fugiu realmente, só saiu para procurar Will, o Cachorro. Orvil tinha deixado a porta aberta e o cão saiu, depois todos saíram em busca do cachorro e não o encontraram, então o garoto saiu de novo, sozinho, e não o encontraram até chegar em casa, e lá estava ele, na cama com o cachorro. E depois teve a vez em que ele sumiu por uma noite. Voltou e disse que se perdeu quando pegou o ônibus e deixou o celular em casa. Não parecia estranho até acontecer uma terceira vez. Quando o irmão voltou, não se justificou. Depois disso, ele parou de falar. Não por completo. Mas tomou uma decisão em sua mente sobre o quanto iria falar. Opal tentou levá-lo a um psicólogo, mas Lony se recusou. Ele recusou tudo.

Orvil se culpava por aquilo. Por tudo que havia de errado com sua família. Por todo sentimento ruim que ele tinha dentro de si.

Queria se livrar dos sentimentos ruins ali dentro e não sabia como. A música só o levava até certo ponto. Mas ele se sentia entorpecido e não tocava do mesmo jeito como quando usava drogas.

Agora, Orvil está no banheiro com aquela lâmpada ruim que ninguém troca piscando acima dele. Vai ser a última vez. E o restante que sobrou. Ele conhece histórias de como essas são as fatídicas últimas palavras.

A primeira vez que Orvil se lembra de ir ao hospital foi quando pulou de um muro quando estava no jardim de infância. Opal estava cuidando dele naquele dia. Ele queria mostrar a ela que podia fazer mais uma vez. A parede não devia ter mais do que um metro e meio. E o garoto caíra na grama. Mas caiu de mau jeito e quebrou o braço.

Orvil se sentou de novo na privada. Acabou. Ele vai se deitar na cama quando conseguir chegar lá. Vai curtir a onda até o sono tomar conta dele, sem nem perceber. De repente, Orvil sente, depois de inalar, que foi demais. Está preenchendo-o e o drenando com algo que é bom, mas ele sabe, lá no fundo, que bom é ruim e que é seu fim. O banheiro está tremendo. A luz pisca por trás de suas pálpebras. Seus braços estão paralisados. Ele pensa em pegar o celular para ligar para alguém. Mas quem? Não consegue se mexer. Orvil se levanta. Agora são manchas pretas em vez de luz. Sua mente está vazia. Sua cabeça está uma bagunça. Em seguida, ele tomba, como uma árvore; como estava em pé, caiu de cara no chão. Uma vida proclamada como corpo enquanto morre, ou como uma árvore proclamada como produto quando cai. Madeira. A queda faz o mundo sumir. Orvil vê estrelas, mas são brilhos que flutuam ao redor dele e ele quer segui-los. Então alguém bate à porta. Mais de uma voz. Estão mexendo na maçaneta. Vão arrombar a porta. Ele não quer que entrem. Precisa que entrem. Há um sibilo como o barulho do ar saindo de um pneu de bicicleta. Há outras vozes lá no fundo que Orvil consegue ouvir vindo de fora. É alguém cantando? É a pia? Ele está se afogando? Depois escuta sua família, eles estão chamando seu nome. Os olhos dele estão fechados, mas consegue ver todo mundo mesmo assim. *Aguenta firme, meu amor. Aguenta firme.* Quem está dizendo isso? *Está tudo bem, meu amor, eles estão vindo, aguenta firme, Orv.* Loother está gritando "Orv!", como se estivesse com raiva, mas como se estivesse usando o nome do irmão para trazê-lo de volta. Irritado por não estar funcionando para fazê-lo abrir os olhos. Batendo em seu rosto. Uma das mãos ou seu próprio nome. Ele não sabe. Orvil não sabe o que fazer com tudo aquilo antes de partir.

PARTE TRÊS

✸

Futuros

E é em mim que tenho de criar esse alguém que entenderá.

CLARICE LISPECTOR

CAPÍTULO TRINTA E TRÊS

Reabilitação

Eu nem lembro o que aconteceu quando tive a overdose. Acordei no hospital com minha família à minha volta. Parece que foi há muito tempo, a primeira vez que acordei no hospital com eles ao redor, como se uma versão de mim tivesse morrido no dia do pow-wow e outra versão tivesse assumido depois. Ou como se eu tivesse renascido naquele dia como outra pessoa.

Sinto como se ainda estivesse tentando voltar a ser quem eu era.

E sinto que estou chegando lá. Minha família não me abraçou. Foi uma sensação diferente. Todos pareciam tão cansados. Cansados de mim, mas também cansados como se não tivessem conseguido dormir, esperando para saber se eu ia sobreviver. Os olhos de todos estavam vermelhos. Eu não sabia o que dizer. Voltei a dormir. Queria ficar dormindo. Tipo dormindo mesmo.

Fui para um programa que deveria durar sessenta dias. Era em um velho resort à beira do lago que transformaram em um centro de reabilitação, ou centro de tratamento, aos pés de Serra Nevada, a cerca de uma hora de Stockton. O nome da cidade era Copperopolis. E Tulloch era o nome do lago. Aqueles sessenta dias viraram quatro anos.

A reabilitação no lago-resort não foi muito diferente das outras reabilitações, exceto pelo fato de que o lago tinha um clima de festa com vários barcos de festas e jet skis, e aquelas lanchas super-rápidas passando com bandeiras proclamando liberdade daquele jeito rural republicano que sempre muda, mas é sempre a mesma coisa. Eu até entrei na água algumas vezes. Ela sempre parecia verde para mim, mesmo sabendo que não era. No nascer e no pôr do sol, ficava nas cores que o sol criava. Eu nunca aprendi a nadar, então ficar dentro d'água era meio claustrofóbico para mim. Não sei se isso faz sentido. Depois que minha estadia no centro de reabilitação acabou, me perguntaram como eu me sentia sobre voltar para casa. Perguntei que outra opção eu tinha, e me contaram sobre um programa do centro de tratamento que incluía tratamento para pacientes com alta. Então, fiquei limpando casas de veraneio. Por um bom tempo. Economizei. Fui para as reuniões. Limpei casas onde as pessoas tinham festejado. "Festejado" não era uma palavra que eu usava, mas era como todo mundo na equipe de limpeza falava. Limpar a bagunça dos festeiros. Achei que tinha um efeito cíclico as pessoas festejarem no lago e depois irem parar no centro de reabilitação também no lago, depois terem uma recaída e festejarem de novo no lago, como um inferno no paraíso ou um paraíso no inferno. Era assim que o vício sempre pareceu, como a melhor coisa que você esquece no pior dia possível, ou a pior grande coisa em um dia de uma vida que você achava que continuava melhorando porque continuava se drogando.

Eu odiava o trabalho. Então comecei a correr.

Corria todo dia. Pela manhã, antes de ficar muito quente. Eu não estava acostumado com aquele tipo de calor. Por mais da metade do ano. Passando dos trinta graus. O bom era que tinha o lago para refrescar. Comecei a amar correr no calor. Corria ao longo da rodovia e era assustador, aquelas duas faixas eram bem estreitas e as pessoas dirigiam super-rápido, mas comprei um daqueles coletes brilhantes com refletores para me certificar de que conseguiam me ver. Continuei aumentando minha rota. Passei a correr pela manhã e ao pôr do sol. Ainda era difícil. Era como se eu tivesse que continuar e fazer o mesmo esforço todo dia. Então um dia senti que precisava daquilo de um jeito que me assustou. Não era como um vício. Comecei a correr pela sensação. Como me sentia após a corrida. Mas outra coisa acontecia nas corridas. Eu não estava mais correndo para fugir de algo. Estava correndo para algo em mim que precisava de algo como eu precisava antes. Estava correndo em direção ao que me assustava. E eu ia chorar. Aquela merda ia mexer comigo. Não em corridas curtas. Não nos primeiros quilômetros, nem nos oito primeiros. Mas depois de dez quilômetros, algo acontecia. A corrida ia além da corrida em si. Por mais lento que eu provavelmente parecesse, encharcando a camiseta de suor até não haver mais nenhum ponto seco nela. Parecia que eu estava voando.

 Comecei a observar os números, quando eu começava e terminava minha corrida, quão longe eu ia, reduzia os números, somando-os, era algo que se fazia na numerologia e, se eu estivesse fazendo do modo certo, se as coisas estivessem bem, os números se resumiam a quatro, oito ou nove, esses eram meus três números favoritos. Acho que assim me sentia com sorte, acho que me tornei supersticioso, ou sempre fui sem perceber, e coloquei as músicas do celular no aleatório e senti que era melhor se as músicas de que eu mais gostava tocassem em momentos cruciais de minha corrida; acho que isso ia parecer absurdo se eu contasse para alguém, mas nunca vou contar mesmo.

 Eles me ajudaram a encontrar um lugar com o aluguel barato. Era uma casa móvel em um estacionamento de casas móveis em frente a um mercado e a um restaurante mexicano que eu queria amar mais do que amava. Mas se eu corresse o bastante, comer e beber era eufórico. Ficava tão quente lá. Eu nunca suei tanto na vida. No meu tempo livre, eu tocava. Havia um piano de cauda em uma das casas que sempre limpávamos, ao lado de uma janela com vista para o lago. Durante o verão, limpávamos aquela casa uma vez por semana, às vezes duas. Eu ficava depois que terminávamos e tocava até o último segundo possível antes de as próximas pessoas chegarem. Aprendi a ler partitura bem o bastante para aprender músicas de que eu gostava e que o algoritmo do Spotify me recomendava. Meu amor pelo piano começou com a trilha sonora de *Donnie Darko*, em especial a música "Liquid Spear Waltz", que eu joguei no algoritmo e comecei a gostar dos minimalistas como Philip Glass e John Cage, assim como de compositores de filmes como Max Richter, que me levaram a conhecer o gênero neoclássico que vi ser chamado de pós-minimalismo, mas não sei, só parecia que qualquer coisa contemporânea fazendo algo antigo, mas novo, era chamada de "neo" ou "pós", na verdade se encaixando nos nomes que já existiam. Enfim, minimalismo combinava perfeitamente com minha habilidade no piano por ter tocado apenas no porão da casa de Sean, mas, assim que aprendi, vi que combinava com algo em mim, que vinha de dentro, aquelas canções curtas e simples começaram a sair de mim de um jeito natural. Eu me sentia bem tocando. Algo em mim estava sendo reparado. Estava me reparando. Foi a primeira vez que me senti bem tocando sóbrio, lá no lago, às vezes as cores do sol se pondo na água, naqueles tons estranhos de azul e laranja que você só vê na água durante um pôr do sol no verão. Às vezes, eu ficava até escurecer, tocava e via as luzes dos carros do outro lado do lago se moverem na mesma velocidade que os satélites no céu.

Pedi para Opal me mandar meus instrumentos. O violão do cara morto que ela me deu e a guitarra elétrica com o amplificador que ela também me deu de presente. Eu estava tentando me encontrar com o instrumento sem usar drogas e tentando lidar com meus sentimentos também. Eu não sei o que me deixou tão entorpecido por tanto tempo antes de eu começar a usar drogas. Perder nossa mãe tão jovem foi obviamente difícil. E acho que a vida que ela nos deu também mexeu com a gente. Eu fiz bons amigos no centro de tratamento, apesar de eles estarem sempre tendo recaídas. Quando os círculos se quebravam, eu me afastava de todo mundo, como se as recaídas fossem um vírus. E eram mesmo. Mas todos conseguíamos voltar para o círculo. A maioria.

O amigo mais próximo que fiz lá foi um cara grande do povo Miwok chamado Virgil. Os vícios dele eram opioides e álcool. Ele foi a primeira pessoa indígena que conheci lá e a primeira pessoa que me fez pensar sobre a terra onde vivemos. Sobre quem estava ali antes e por que não estava mais, e até, tipo, se ainda estivesse naquela terra, por que nós não sabíamos quem eles eram ou onde viviam, ou como respeitar de verdade os originários daquela terra? Eu era de Oakland, indígena e sentia que pertencia a algo mais antigo que o país. Opal nunca falou sobre as primeiras pessoas que viveram em Oakland. E não pensei em pesquisar. Para ser sincero, não sei quanto teria descoberto por conta própria ou me importado mais do que só saber que eu não sabia nada sobre as pessoas originárias das terras onde morei, mas daí Virgil teve uma recaída, uma maldita overdose, e morreu. Fui ao funeral, mas não soube como lidar com o luto. Não sentia que merecia estar de luto. Mal nos conhecíamos. Só sabia que gostávamos um do outro. Passamos um tempo juntos depois das reuniões. Fomos algumas vezes a uma cafeteria em Sonora.

Voltei à cafeteria a que fomos em Sonora para tomar um café e pensar nele. Eu me lembrava de seu rosto, sua expressão quando me perguntou se eu sabia de quem era a terra onde estava, e eu perguntei onde e ele disse aqui, mas também perguntou sobre Oakland porque sabia que era meu lar. Eu disse que não sabia. Que eu devia ter sabido em algum momento, mas esqueci.

Nessa hora, me senti muito envergonhado. Sobre crescer em um lugar, chamar esse lugar de lar sem saber nada sobre seus povos originários, que viveram ali por milhares de anos. Como eu podia chamar o lugar de lar sem saber quem tinha morado lá, de quem aquela terra foi roubada?

Só aprendemos sobre os missionários quando construímos versões dos prédios dos missionários com palitos de picolé ao aprendermos sobre a história da Califórnia. Palitos de picolé. Meus prédios sempre caíam porque eu não sabia como construí--los ou porque eu não usava cola suficiente.

Naquela hora, tive uma ideia e fui direto à biblioteca para usar o computador e a internet. Iria aprender sobre os povos dos lugares onde morei. Iria começar com esse aqui. Podia pelo menos aprender os nomes. Dizer seus nomes. Onde estava era território dos Miwok, ou dos Central Sierra Miwok. E em Oakland era o povo Ohlone.

Não parecia ser o suficiente. Nem de longe. Pesquisei todos os povos da Califórnia e havia mais do que pensei. Cento e dez povos reconhecidos pelo Governo Federal e pelo menos mais setenta e cinco sem reconhecimento. Eu li a lista toda em voz alta e, apesar de ter dificuldade para falar vários nomes, era bom ler tudo.

Fiquei com sede e fui até o bebedouro. Enquanto bebia, tive a sensação que estava falando outro idioma. De certa forma, estava. Vários idiomas. E no idioma dos nomes. Achei que devia fazer o mesmo com todos os povos do país. Quando pesquisei quantos existiam, eram quinhentos e setenta e cinco reconhecidos pelo Governo Federal, e quatrocentos não reconhecidos. Quase mil nações. Aquilo mudou algo em mim que eu sabia que teria que continuar tentando entender como fazer algo a respeito.

Depois eu me perguntei quantos estados tinham o nome de povos ou palavras em idiomas indígenas. Vinte e seis estados. Então mais da metade do país tinha o nome de um povo ou o nome era de origem indígena.

Ainda não parecia ser o bastante. Não devia ser, pensei, sentado em frente ao computador da biblioteca. O objetivo não era aliviar minha culpa. Pesquisar on-line em uma tarde me fez sentir uma grande vergonha que não devia compensar por passar a vida inteira em uma terra sem reconhecer seus guardiões. E me senti mal pela mulher branca e velha do centro de reabilitação por fazer uma declaração de reconhecimento de terra que eu achava ser um gesto vazio, como zoei aquilo com Virgil depois. Então percebi que, quando ele riu comigo, não foi sincero, provavelmente porque sabia que eu não sabia o que deveria saber sobre a terra em que eu estava e a terra de onde vinha, e foi por isso que perguntou mais tarde.

Quando a pandemia surgiu, eu me encontrava estável o bastante para não precisar ir às reuniões e podia participar por Zoom se ainda quisesse. Aquele período passou voando e congelou ao mesmo tempo. Vi filmes e séries demais, e ouvi e li mais livros do que já tinha lido na vida. Foi uma época boa para mim. Eu sei que foi uma merda para muitas pessoas. Bem merda. O que posso dizer? Foi pior para os viciados. Todo aquele tempo livre. Muitas pessoas nos círculos que eu conhecia, ou tinha ouvido falar lá nas colinas, morreu. Sem estrutura, com tanto tempo e com a sensação de que o mundo estava acabando, ficar chapado parecia a única coisa lógica a se fazer. Se eu não tivesse descoberto a corrida, provavelmente teria me matado também.

Quando enfim voltei para Oakland, continuei a correr. Eu morava perto de um templo mórmon, então eu sempre o via durante as corridas. Eu corria pelas colinas, onde parecia que você estava dentro de uma floresta que não ficava nada perto de Oakland. Mas era uma parte de Oakland e, em todas aquelas trilhas diferentes, eu via o templo, e isso mexia comigo. Ele se tornou algo que não tinha nada a ver com mormonismo. Tinha a ver com o que a corrida se tornou para mim. Ele se tornou uma visão de meu templo secreto. O que eu criei aqui dentro, construído com os quilômetros que corri. O que eu criei para me entender melhor, que eu continuava encontrando nas corridas, uma versão dentro de mim que construí para me entender. Quem eu era. Sei que parece idiotice. E cafonice. E sei que era um templo e as pessoas o construíram para os mórmons. Mas também era parte de Oakland, a vista de Oakland. Comecei a tirar fotos do templo de vários lugares durante minhas corridas. Tentei pensar nos humanos não *pertencerem* à terra, e sim serem *parte* dela. E o mesmo vale para as coisas criadas, todos os prédios, carros, cidades e satélites. Da Terra.

Eu queria me conectar com minha identidade indígena e Cheyenne, mas não sabia como nem conhecia outras pessoas Cheyenne que não fossem de minha família. Estar em recuperação parecia resolver a questão de certa forma. Havia indígenas em recuperação por toda parte. Tinham descoberto que não podiam exagerar no uso de substâncias. Tinham descoberto que algumas feridas eram poços sem fundo que queriam ser preenchidos pouco a pouco, todos os dias. Correr sozinho era o que eu precisava para ficar sóbrio. Tanto que continuei fazendo isso. Todos os dias.

Depois que concluiu o ensino médio, Lony disse que ia fazer uma viagem de carro com os amigos. E não voltou. E não conseguiram falar com ele. E à medida que os anos passavam, tivemos que aceitar o fato de que talvez ele estivesse morto, ou pior, que tivesse nos abandonado. Tínhamos que lidar com aquilo. Todo dia era um teste de força de vontade para mim e, quando alguma coisa ruim acontecia, minha mente tentava achar uma desculpa. Aquela voz em minha cabeça, que eu atribuía à bala, ficava alta nesses momentos. Ela me dizia que parasse de ser tão fraco. Que a sobriedade era uma fraqueza, assim como o consumo excessivo. A voz tentava me convencer de que eu podia pegar leve e me divertir como todo mundo parecia conseguir. *Só um drinque, ficar altinho nos fins de semana para relaxar. Vai se divertir, você é jovem!* Eu não deixei a voz ganhar poder. Eu a deixei sozinha em um quarto. Disse a mim mesmo que não estávamos no mesmo lugar. Que ela estava falando sozinha.

Deixei a coisa sozinha e sem eu ali, interagindo, ela não conseguia fazer o que queria. Com relação a um poder superior, eu nunca me encontrei. Eu amava a versão de Jacquie e de seu poder superior e a adotei para mim. Sem nome. Como se seu poder maior pudesse permanecer sem nome porque nomeá-lo era arrogante demais para falar de algo mais poderoso do que a onda mais forte. Era bom assim. Poderia continuar sendo o que sempre foi, poderia manter seu mistério, e você não precisaria se preocupar com um grupo que se preocupa com sua credibilidade, suas seitas, seus dogmas ou qualquer outra coisa necessária para um grupo decidir junto o que significa. Sei que não há um jeito de saber e que a necessidade vem de um desejo por controle, que tem muito a ver com o motivo por trás dos vícios: controle. O vício se renova todos os dias. Mas também cresce. E um momento ruim aparece do nada. É preciso garantir que você não vai estar no topo da ladeira, prestes a cair. Eu tive sorte. Não foi como o que aqueles médicos disseram a respeito de sobreviver àquele tiro.

A parte mais difícil da sobriedade depois de tanto tempo ainda é não ficar chapado. Que não é a mesma coisa que estar sóbrio. A adrenalina. O conceito. Chegar ao êxtase. A verdade é que ficar chapado de novo não passa de uma bagunça e um arrependimento. Mas é impossível se livrar da ideia, porque, se você já a sentiu antes, tocar a felicidade do esquecimento é já ter ido muito além de si mesmo, além do interesse próprio, para aquele outro além, onde tudo o que importa é obedecer à necessidade pela necessidade em si, como uma coceira que é impossível não coçar, ao mesmo tempo que é impossível coçar o suficiente para satisfazer o que a coceira pede.

No começo, comecei a usar drogas como uma forma de sentir o mundo, quando, em algum momento, aprendi a anestesiá-lo. Mas eu queria sentir o mundo sem usar drogas, e não apenas me tornar obediente às demandas frias de um mundo cruel, ou a um vício igualmente cruel.

Entrego correspondências agora. Vovó não gostou. Trabalho para o UPS. "Não USP-ero nada deles" foi a piada ruim que ouvi quando lhe contei. Ela sempre falava UPS como "usp", e acho que era mais engraçado assim. A vovó continua me perguntando por que eles insistem que a gente vista sacos de papel como uniformes. Mas está orgulhosa de mim. É sua forma de falar. Piadas são seu jeito de dizer que está tudo bem.

Eu toco em uma banda instrumental e experimental. Não tocamos jazz ou hip-hop, ou eletrônica ou rock, mas mexemos com tudo isso. Sei que deve ser irritante ouvir. Tipo, escolhe uma coisa. Sei que esse é um bom jeito de fazer alguém dormir, mas não me importo com quem vai ouvir, ou o que fazem, se escutam ou não. Ser pago para tocar, mesmo que seja apenas o suficiente para uma refeição ou outra, é ser pago para tocar, e eu não preciso do dinheiro. É para isso que tenho o trabalho na UPS. É bom. Posso ser bom quando tento. Dei um jeito de colocar música indígena no meio. Eu procuro encontrar gravações antigas sem direitos autorais. Demorou um pouco, mas achei algumas para usar. Não queria desrespeitar a família da pessoa, então em geral deixo o som irreconhecível. Às vezes, toco as músicas ao contrário, subo ou desço o tom e encho de efeitos. Sempre com distorções. Gosto de trabalhar com canções que você não iria reconhecer de cara como música indígena. Tento chegar ao ponto em que, se alguém lhe contasse, você iria entender, senão, mal iria perceber em meio ao ritmo ou à construção da música. Nosso objetivo, o meu e de meus colegas de banda, sempre foi o mesmo: tentar criar ciclos musicais que não soassem ou parecessem ciclos devido à forma como foram construídos. Todo dia é um ciclo. A vida tenta fazer o mesmo que tentamos fazer com a música. Todo dia é o nascer do sol e o pôr do sol, e o sono que precisamos ter. Até gosto de dormir e sonhar agora. Todo dia a vida nos convence que não é um ciclo. O vício também é assim.

Eu não diria a meus colegas de banda que estou tentando fazer isso. É um segredo meu sobre a música que fazemos, preciso manter em segredo. Ninguém mais da banda está sóbrio, e se eu tentasse colocar minhas merdas no que estamos fazendo juntos, acho que arruinaria tudo para eles.

Nunca mais tive contato com Sean. Gosto de imaginar que ele encontrou seu caminho, seja lá qual for. Gosto de imaginar que nosso tempo juntos significou tanto para ele quanto para mim. Eu me arrependo de ter perdido sua presença em minha vida, mas não me arrependo do que aconteceu. Acho que eu precisava ir ao fundo do poço para saber como me erguer. Talvez todos nós estejamos procurando nossos pontos baixos e altos em busca do equilíbrio, onde o ciclo pareça perfeito, e como se não fosse apenas uma rotina, apenas uma repetição, e sim um belo eco, tão fascinante que nos perdemos dentro dele.

Outro dia, Opal e Jacquie vieram a um de meus shows. Foi um show diurno e pequeno num bar na Alameda, fazendo música ambiente em um *brunch* para hipsters e ex-hipsters que tomavam mimosas com uma das mãos e empurravam carrinhos de bebê com a outra. Na verdade, eu estava procurando um carrinho de bebê específico. Loother disse que viria. Nem acredito que já é pai. Ele tem uma menina. O nome dela é Opal. Ele está estudando na faculdade comunitária em Laney e quer ser escritor. Achei que fosse fazer algo mais prático.

Ninguém reparou na gente, mas esse era o objetivo. Às vezes, uma música boa só precisava ser boa o suficiente para não ser notada. Raramente era algo tão bom que juntava multidões. Não era o nosso tipo de show. Erik Satie, um compositor francês antigo que eu amo, queria compor o que ele chamava de música de móveis, que nada mais era do que músicas de fundo: canções que não deviam ser notadas, apenas meio que para preencher o espaço, e que agora é chamada de música ambiente, mas isso foi no final dos anos 1800, então eu diria que ele estava bem à frente de seu tempo.

Jacquie e Opal se sentaram a uma mesa perto e não olharam para a gente nenhuma vez. Acho que elas estavam querendo ser discretas por mim, mas já estou velho o bastante para querer que elas olhem para mim.

Loother chegou com a bebê no colo. A pequena Opal. Ele parecia exausto de felicidade, como se o que quer que estivesse muito cansado dentro dele tivesse se tornado essa pilha que ele segurava nos braços como se fosse a coisa mais preciosa do mundo. Estava vestindo preto dos pés à cabeça. Acho que pensou que eu estivesse em uma banda de heavy metal. Sua namorada não veio. Eu nunca a conheci em todos aqueles anos em que ele se afastou de nós para ficar com ela. Tenho certeza de que foi melhor assim, mas fiquei decepcionado porque eu queria conhecê-la, mas também achei que seria melhor assim porque Opal disse que elas tinham uma notícia para nos contar. Nós íamos todos comer depois do show já que eles não se encarregavam da alimentação dos músicos, e a comida parecia chique demais. E caríssima.

Recebemos uma boa salva de palmas quando terminamos, e alguns pais vieram depositar dinheiro no balde que colocamos na frente do palco improvisado. No fim, depois que dividimos o valor, não era o suficiente nem para pagar o café da manhã, mesmo se fôssemos para um lugar mais barato, mas, ainda assim, fomos pagos para tocar.

Em uma lanchonete barata que encontramos por perto, pedimos uma montanha de panquecas e um monte de bacon. Opal disse que havia uma carta. Uma carta? Jacquie estava bebendo seu café e sorrindo de leve. Na hora não consegui imaginar de quem seria. Quem escrevia cartas?

CAPÍTULO TRINTA E QUATRO

Carta morta

Enviei isso sem remetente para o último endereço conhecido que tinha, o único que consegui lembrar. Talvez tenha me lembrado errado e vocês não recebam isso. Há tempos que quero escrever pra vocês. Aqui estou eu, escrevendo, e já estou me arrependendo de não ter feito isso antes, ao mesmo tempo que me arrependo de fazer isso agora. Os sentimentos estão sempre tão entrelaçados, significados opostos.
Não é o futuro que imaginamos, não é? Eu nunca imaginei um futuro, na verdade. Achei que iria parar no meio do caminho.
Há uma boa chance de vocês não estarem onde essa carta chegará. Que ela se perca no correio, porque se o lugar para onde eu mandei não a quiser, eu não coloquei um endereço de remetente, porque ainda não tenho um. Então talvez isso não chegue a vocês. Já ouviram falar sobre as cartas mortas? Para onde vão todas as cartas perdidas sem ter para onde ir ou para onde voltar? Vovó Opal, você deve saber disso. São todos nós, não são? Somos a diáspora indígena. Cartas mortas.

Tenho morado ao ar livre há anos, seguindo o sol. Sempre consegui chegar ao lugar certo nas estações em que precisava dele. Eu não saí da Califórnia. Tive um celular em alguns momentos, pelo qual *eu conseguia notícias do mundo às vezes. De propósito. Havia mais e mais pessoas morando ao ar livre como eu. Então veio a pandemia e parecia ser o melhor lugar para estar. Do lado de fora. Era o que eu queria, por motivos que nunca vou entender, desde que era pequeno demais para querer algo tão estúpido e egoísta. Acho que ser egoísta é a coisa mais fácil de ser quando você é abandonado. Ser abandonado é quando você acha que mais ninguém ficará do seu lado quando você precisar. É só você. Sozinho. Sendo quem seria se não houvesse mais ninguém.*

As lembranças que tenho de vocês são do mesmo peso de um corpo que carrego comigo para onde for.

O maior peso você sente com o tempo. Quer dizer, o peso vai acumulando.

Eu nunca imaginei que ao morar ao ar livre iria usar o termo "família" de tantos jeitos diferentes, com tantas pessoas, desde que saí de casa. A palavra "família" nunca mais vai ser a mesma, ou talvez nunca tenha sido. Assim como precisamos de novas palavras para o que nos tornamos, para o quanto mudamos, como ouvimos palavras e nomes no mundo, especialmente quando seu coração se parte ao ir de criança a adulto porque você precisa, porque o mundo não foi feito para crianças.

Escrevo a vocês das montanhas aos pés de Serra Nevada. É um dos melhores lugares do país para viver sem teto em qualquer estação, menos no inverno. Vocês não iriam me reconhecer se me vissem. Não de cara. Estou mais alto. Tenho barba agora.

A verdade é que vocês não me conheciam como eu conhecia vocês. Vocês já eram adultas quando nos conhecemos. Eu nem estava ali direito. Vocês só conheciam uma semente.

Eu fui embora e nunca disse o quão longe fui. Nenhuma explicação. Nada. Depois do que aconteceu com Orvil, como quase o perdemos de novo, e os anos que se seguiram, como nos perdemos uns dos outros, o que acontece quando você só está tentando sobreviver, mas não está prestando atenção de verdade para se perguntar por que nos distanciamos tanto. Eu me pergunto se vocês ainda se reúnem ao longo do ano em aniversários ou no Natal.

Posso contar melhor. Não sou um monstro de coração gelado por ir embora e me manter distante. Depois que Orvil voltou para casa, e depois que Opal melhorou, eu achei que já tínhamos passado por tudo que iríamos passar. Até achei que eu tivesse feito isso ou que eu era parte do motivo de tudo ter melhorado. Por isso eu estava fazendo a coisa com sangue e crença. Mas então todos vocês pararam de ser quem eram. Estavam na defensiva. Fingindo. Então eu fiz o mesmo. Até não aguentar mais.

Eu não sou tão diferente do Lony que vocês lembram, mas na verdade eu sou, sim. Ninguém consegue se distanciar tanto de quem é se você o conhece o bastante, como acontece com uma família, e vocês me conheciam de um jeito que eu nem imaginava, porque eu era uma maldita criança e não sabia de nada, só que crescer era uma grande merda que adultos falavam pra você parar de reclamar sobre a merda que ninguém queria admitir que era uma merda. Não estou chateado. Não me sinto assim, só estou tentando explicar bem por alto o motivo de eu ter ido embora, ou o que estava acontecendo comigo na época, ou o que eu acho que estava acontecendo comigo na época.

Só depois que me formei no ensino médio é que fui embora, que eu sabia que podia ir. Eu sabia que me formar significava muita coisa e eu queria chegar lá, e consegui. Estava fumando um cigarro, ouvindo música alta que não conhecia no alto das colinas de Oakland, aonde eu e meus amigos costumávamos ir para fumar e ver Oakland toda iluminada à noite. Ninguém falava nada. Os outros iam para festas, *mas meus amigos e eu já tínhamos vivido coisas mais intensas do que festas. Quase não me formei. Foi assim para todos nós, mas nos formamos e estávamos sóbrios depois de termos passado por muita coisa. Isso foi melhor do que terminar a escola a caminho de uma universidade promissora ou sei lá. Nada sobre meu futuro ou o deles parecia certo, mas eu pude relaxar por um segundo, com o braço para fora da janela, a música se sobrepondo a qualquer pensamento que pudesse me distrair, o cigarro, que era exatamente do que eu precisava, ainda aceso. Você não consegue muitos desses sentimentos na vida, ou pelo menos eu não, de que qualquer coisa, qualquer um se importava com você, e de que eu podia apenas sentir alívio e curtir o momento. Eu disse obrigado em voz alta. Naquela noite, fiquei assistindo à fumaça sair de minha boca, formando uma corrente que subia pela noite, até o céu, com aquelas poucas estrelas que se pode usar para mapear a cidade. Quando terminei, joguei meu cigarro na rua e ri pensando em voar, a ideia de voar, como eu sempre amei essa ideia, mas tudo precisa descer. Mesmo naquele momento, eu sabia que estava despencando de algo do qual iria demorar muito tempo para me recuperar.*

Depois que fui naquela viagem de carro, quando fui embora e não me senti mal por isso, percebi que meu coração não entendia o que era lealdade ou, se entendia, ela havia morrido ao longo do caminho. Foi esticada até se romper e talvez a minha não fosse flexível, ou longa, ou fosse mais fina do que outras. Ela se rompeu como um elástico e bateu de volta em mim, e aquilo doeu. Não me dei ao trabalho de consertar. Talvez eu estivesse até ativamente deixando que ela atrofiasse. Fui buscar climas mais quentes. Conheci jovens que viviam nas ruas e em parques, e falavam sobre quando moravam em lugares quentes, como era um paraíso trabalhar e não ter que pagar aluguel e encontrar comida em algum lugar: uma aventura de verdade. A vida na natureza como era, como um indígena de verdade.

Eu vivi como indígenas quando nosso mundo acabou naquela primeira vez. Ser livre, vagar por aí e se virar porque tudo se resolve – era isso que eu queria. Fui para o norte. Fiquei um tempo em Sacramento, aquele parque e aquele rio e aquela cidade aberta e plana. Eu cresci ali. Parei de ficar sóbrio. Usei drogas demais. Não estava sendo um bom ser humano ou um bom cidadão, mas também não estava dando dinheiro para corporações de merda ou para o governo dos Estados Unidos que afeta e destrói mais vidas do que conseguimos contar, e eles nem contariam, se pudessem, tudo o que as corporações fazem com as pessoas e o planeta. Talvez eu tenha pedido esmola e talvez tenha roubado, mas eu era jovem e livre. Eu realmente pensei mesmo que estava vivendo como um indígena. Eu estava sofrendo muito, mas nunca dizia nada. Estava fazendo o que se faz quando se está sofrendo e não consegue dizer: cavando outro buraco para se enfiar.

Vou tentar de novo. Eu era um menino e nossa família estava começando a ficar bem, como se estivéssemos nos tornando algo maior do que nunca, com Orvil dançando e nós três andando de bicicleta juntos, e parecia ser o começo de algo. E eu fiquei de boa com o que aconteceu. Tínhamos a chance de melhorar juntos. A única coisa boa de se machucar é que, se isso acontece quando estamos juntos, temos a chance de nos recuperar e melhorar juntos, o que é uma oportunidade para ficarmos mais fortes do que antes. A cura é sagrada e, se você tiver a chance de não carregar algo sozinho, e sim com as pessoas que ama, isso deve ser honrado. A oportunidade de fazer isso merece ser honrada, e todos vocês foram egoístas, todos ficaram com medo de que ia ser algo maior do que nosso amor, e então foi.

Para simplificar ainda mais, eu queria morar ao ar livre. No fundo, era sobre isso. Nada mais. Nada menos. Apenas isso. E vivi ao ar livre por um bom tempo, sempre em algum lugar quente o bastante onde vocês não precisavam se preocupar comigo morrendo congelado, onde eu podia encontrar peixe ou um arbusto de amoras. E encontrei. Eu disse que me senti como um indígena de verdade aqui. Andei pelas estradas vazias do país. Saí de Oakland, segui para o norte de novo. Fui para onde via mais terra do que estrada. Vi as orelhas marcadas de animais que alguns consideram sagrados. Eu me tornei vegetariano. Tive um celular que recarregava quando dava. Eu me lembrava dos números de todos vocês. Eu podia ter ligado. Tentei esquecê-los. Refleti sobre coisas que costumava pensar quando criança. Querer ser um pássaro e que a força do pensamento era mágica e que eu podia voar. Conheci outros jovens como eu, mulheres e homens, e tive relacionamentos com eles. De todos os tipos. Nunca parei de pensar em vocês.

Eu perdoo vocês. Vocês não estão pedindo perdão. Talvez estejam. Provavelmente acharam que eu não tinha percebido. Sempre fui distraído demais para prestar atenção. Eu sabia como vocês falavam de mim. Um sonhador. Eu entendo. Todo mundo acha que crianças não entendem o mundo, o que é o mundo. Mas nós sentimos tudo. Não queremos nada mais do que acreditar que acreditar pode ser o bastante, e quando percebemos que não é, quando vocês fazem as crianças acreditarem que acreditar não é o bastante, aceitamos tudo de olhos fechados.

Eu sei o que é esse mundo. Tenho vagado por ele. É o que jovens fazem. Nós que odiamos ainda acreditar que algo bom virá. Nós jovens sempre sofremos, herdamos, soubemos o que é ser deixados para trás, deixados com nada, deixados com um peso e deixados sem você ou qualquer ajuda ou uma política útil para fazer a ponte entre o vazio e algo que se assemelhe à justiça e à igualdade.

Se os jovens ao menos sobreviverem ao egoísmo desse mundo em extinção, dos velhos brancos que sempre acharam ser donos da terra para usar e gastar o que pudessem alcançar com suas mãos frias e mortas, que sempre levaram esse país para o fundo do poço, para um colapso inevitável. Nós que herdamos a bagunça, essa perda, esse déficit, essa é a minha reza por perdão, nós herdeiros de um mundo abandonado. Que possamos aprender a nos perdoar, para tirarmos o peso, para podermos voar, não como pássaros, mas como pessoas, irmos além do peso e seguirmos em frente para as próximas gerações, para que possamos continuar vivendo e parar de morrer.

Essa é a última coisa que vou dizer. Quero encontrar uma forma de ficarmos todos juntos de novo. Quero voltar para casa. Levei muito tempo morando longe para entender que eu tinha uma. Talvez seja isso que estamos todos fazendo. Vivendo o suficiente para entender que, quando morremos, estamos voltando para casa, e que viemos aqui para saber que, quando morremos, não é um fim, mas um retorno.

Espero que ainda estejam aí em Fruitvale. Naquela outra Fruitvale. Onde fizemos com que cada um de nós se sentisse parte de algo que nos fazia melhores ao nos tornarmos isso. Família. Depois, nos perdemos por causa disso. Cada um de nós. Eu também me perdi. Ainda não sei como confiar no que amo.

Espero não ter ficado longe por tempo demais. Jamais será como antes. Sabemos disso. Espero que não tenham se esquecido de nós, de como éramos quando estávamos bem. Claro que não conseguiriam esquecer as coisas ruins, mesmo se tentassem. Mesmo que tentassem, ainda assim elas voltariam. É necessária uma força sobre-humana para se lembrar do que era bom. Não façam estardalhaço, odeio ter que dizer isso, mas não façam eu me arrepender de voltar, ok? Espero que vocês estejam aí. Mais do que tudo, espero que todos vocês estejam aí.

LONY

AGRADECIMENTOS

Agradeço primeiro e principalmente ao meu editor, Jordan Pavlin, por me ajudar a ver o que isto se tornaria, por acreditar no trabalho quando eu não acreditei e por guiar minha escrita com um foco na leitura e narração com tanta sabedoria e graça. À minha agente, Nicole Aragi, por me representar com humor, carinho, amor e elegância impecáveis. Por aceitar trabalhar comigo, em primeiro lugar.

Eu não poderia ter escrito este livro sem o grande amor e apoio de minha família e amigos. Obrigado, Kateri, minha primeira e melhor leitora, por sua força e seu amor; Felix, por todas as formas que você não sabe que me apoia e me guia; Solomon, pela nova força e esperança que você inspirou; Teresa, Bella e Sequoia, por viverem os anos que vivemos juntos com nosso amor renovado; Mamie e Lou, pelo apoio infinito e amor que têm por nós. Obrigado, Mario Diaz, por ser o irmão incrível que eu nem sabia de que precisava, por ler uma versão inicial e ruim deste livro; agradeço à minha mãe, por ler a mesma versão ruim, por todo o apoio e por amar meu trabalho; aos Diaz, por nos acolher e nos amar como uma família; a Martha, Jeffrey e Geri, por todo o amor e apoio que nos deram ao longo dos anos.

Aos leitores iniciais e finais Kiese Laymon, Terese Mailhot e Julian Aguon, por lerem meu trabalho em vários estágios de desenvolvimento e degradação. Muito obrigado, Kaveh Akbar, por escrever seu romance ao mesmo tempo que eu lá em 2019, por trocar páginas durante um processo impossível e por toda a imensurável sabedoria que você entrega ao mundo.

À cidade de Oakland e sua população, por todos os jeitos que vocês fizeram de mim quem eu sou, e deste e do primeiro livro o que eles se tornaram.

A todos e quaisquer leitores que deram seu tempo a este livro, que usaram seu precioso tempo para lê-lo.

Por fim, gostaria de agradecer ao meu povo, Cheyenne do Sul, que sobreviveu a muito mais do que alguém deveria ter que sobreviver e que tornou possível eu imaginar a vida dos personagens deste livro.